Roland Weis

Schluchseenixen

Ein Kriminalroman

W0178295

rombach verlag

© 2022. Rombach Verlag GmbH & Co. KG, Freiburg i.Br./Berlin/Wien
1. Auflage. Alle Rechte vorbehalten
Umschlag: Bärbel Engler
Satz: rombach digitale manufaktur, Freiburg i.Br.
Herstellung: Rombach Druck- und Verlagshaus GmbH & Co. KG, Freiburg i.Br.
Printed in Germany
ISBN 978-3-7930-9984-0

Inhalt

Vorrede

Dies ist der zehnte Fall für den Lokalreporter Alfred aus dem Hochschwarzwald. Er ist inzwischen ungefähr 30 Jahre alt und deshalb kennt er die Geschichten vom Trainingslager der Deutschen Fußballnationalmannschaft in „Schlucksee" auch nur vom Hörensagen. Es ist aber eine historische Tatsache, dass sich im Frühsommer 1982 die Nationalmannschaft mit ihrem Trainer Jupp Derwall in Schluchsee und Lenzkirch auf die darauffolgende Weltmeisterschaft in Spanien vorbereitete, wo sie es immerhin zum Vizeweltmeister brachte.

Was ist damals geschehen, dass es 40 Jahre später Alfred in einen rätselhaften Mordfall hineinzieht, der im Trainingslager „Schlucksee" seinen Anfang nahm?

Wie immer in meinen Alfred-Krimis ist vieles nicht erfunden. Angefangen vom Hetzel Hotel bis hin zum Lenzkircher Schliecht-Stadion und zu Ortsmarken wie Schluchsee, Riesenbühl und Blasiwald spielt die Geschichte an tatsächlich existierenden Örtlichkeiten. Auch viele der Menschen, die in kleineren oder größeren Nebenrollen die Geschichte vorantreiben, sind wieder einmal dem wahren Leben entnommen.

Es ist nämlich so wie immer: Alfred irrlichtert durch den Hochschwarzwald und trifft dabei tatsächlich lebende Personen, sitzt in bestehenden Gasthäusern, redet mit realen Menschen, recherchiert beim echten Bürgermeister und präsentiert dem Leser damit wieder einmal einen authentischen Hochschwarzwald, so wie er wirklich ist, und nicht so, wie ihn vielleicht ein Autor von auswärts maximal im Urlaub erlebt hat.

Mit den Nationalspielern der Derwall-Ära ist es so eine Sache. Zum Glück haben sie entweder selbst in Büchern und Interviews zum Schlucksee-Trainingslager gesprochen, oder die ehemaligen Hetzel-Mitarbeiter berichten über sie in ihrer

Facebook-Gruppe. Auch hier muss man also nichts erfinden. Alle Originalzitate, so deftig sie für heutige Ohren klingen mögen, stammen aus solchen Quellen. Von Torhüter Toni Schuhmacher über die Förster-Brüder, die „Walz von der Pfalz" Hans-Peter Briegel bis hin zu den Weltstars Manfred Kaltz und Paul Breitner sind alle hier gewesen. Auch Pierre Littbarski und Lothar Matthäus, damals noch Jungspunde, die ihre Koffer selbst ins Hetzel Hotel tragen mussten. Der Verfasser hat sie damals als junger Lokalreporter erlebt.

Roland Weis im Juli 2022

Segelpartie

Das Segelboot, das er ins Visier genommen hatte, hieß Schluchseenixe. Alfred schwenkte mit seinem Feldstecher vom weiß leuchtenden Namenszug über die Reling zum Mast. Das Segel war gerefft. Die Schluchseenixe dümpelte zwischen der Amalienruhe und dem Campingplatz Wolfsgrund. Eine junge Frau kniete halb angezogen im Boot. Alfred beobachtete sie vom Deck des kleinen Segelschiffes aus, das mit ihm, seinem Freund Jochen und seiner Freundin Vanessa gerade erst vom Anlegesteg in Aha kommend die Seemitte gewonnen hatte. Alfred stellte das Fernglas schärfer.

„Könnt ihr mal aufhören zu schaukeln!", moserte er über die Schulter. „Ich erkenne sonst nichts."

„Du mit deinem blöden Fernglas", lästerte Vanessa zurück. Alfreds Freundin lag auf dem Rücken auf Deck der Diana, hielt sich das Smartphone vors Gesicht und tippte konzentriert darauf herum. Am Mastbaum hantierte Jochen mit den Wanten. Ihm gehörte die kleine Jolle, mit der die drei an diesem sonnigen Frühlingstag ihre Segelpartie auf dem Schluchsee unternahmen. Er erklärte konzentriert: „Wir haben Krängung. Daran ist das Rundfahrtschiff schuld. Es wirft Wellen wie eine Herde Walrosse."

Alfred ließ sich nicht ablenken. Jetzt bekam er die Schluchseenixe wieder ins Visier. Die junge Frau dort war jetzt nackt. Alfred zielte auf den Oberkörper. Brüste tanzten durch sein Objektiv, kamen von steuerbord und verschwanden nach backbord, kehrten zurück und verschwanden wieder.

„Verdammte Hacke!", fluchte Alfred, weil es ihm nicht gelingen wollte, das Bild zu fixieren. Er setzte das Fernglas ab. Aber über die Entfernung war die Schluchseenixe nur eine unscharfe

Wanne und die Frau an Bord lediglich eine vage Kontur. Also nahm Alfred erneut den Feldstecher zu Hilfe.

Die Frau fischte nach einem Neoprenanzug. Elegant zwängte sie sich hinein. Alfred sah schlanke Beine aufblitzen, kurz einen nackten Po, als die Frau sich reckte, dann verschwanden auch die verheißungsvollen Brüste unter dem Kunststoffanzug. Sie zog Schwimmflossen an.

„Was macht sie jetzt?", fragte Alfred halblaut, was Jochen fälschlich auf Vanessa münzte und antworten ließ: „Sie tindert! Siehst du das nicht?"

Alfred hörte nicht zu. Noch war er abgelenkt von der Schönen auf der Schluchseenixe, die sich jetzt eine Taucherbrille über den Kopf zog. Dann hievte sie sich eine Pressluftflasche auf den Rücken, die bis dahin vor Alfreds Spannerblicken verborgen im Bootsinneren gelegen hatte. Sie sah sich um, als wollte sie sich vergewissern, dass niemand sie beobachtete. Sie stopfte etwas in einen wasserdichten Plastikbeutel, den sie sich umhängte. Der See war an diesem Frühlingstag nahezu menschenleer. Für Badegäste war das Wasser noch zu kalt, die Segelsaison hatte noch nicht begonnen. Müßiggänger wie Junganwalt Jochen Schiller, der mit dem Geld und dem Segelboot seines Vaters hier seine Tage totschlagen konnte, fielen nicht ins Gewicht.

Die junge Frau ließ sich rückwärts von der Bootskante ins Wasser fallen. Weg war sie. Einige Sekunden lang zeigte ein schaumiges Gekräusel auf der Wasseroberfläche noch an, wo sie untergetaucht war, doch bald fehlte auch dieser Hinweis.

Die Schluchseenixe schaukelte herrenlos vor sich hin. Zuerst nahm Alfred an, die Segeljolle sei mit einem Anker an Ort und Stelle fixiert. Doch nach und nach bewegte sich der kleine Segler weg von der Amalienruhe und machte Anstalten, den Schluchsee mit der Strömung Richtung Unterkrummenhof zu überqueren.

Die nächste halbe Stunde behielt Alfred das führungslose Boot und die Wasseroberfläche in der Nähe im Auge. Doch die junge Taucherin blieb verschwunden. Währenddessen führte Jochen seine Segelkünste vor und kreuzte mit der Diana vom nördlichen zum südlichen Ufer und wieder zurück. Alles an Jochen war dabei perfekt, nicht nur die sicheren Bewegungen, auch das Outfit: die atmungsaktive Dry-Fashion Segeljacke, die wasserdichte Musto Segelhose in navyblau, die schwarze Gill Strickmütze, die ledernen Outdoor Segelhandschuhe, die Dubarry Ultimative Goretex Segelstiefel. Eine Ausrüstung im Gegenwert eines gebrauchten Kleinwagens. Dazu strahlte Jochen wie ein kühner Störtebecker, hielt sein perfektes Junganwaltsgesicht in den Wind und ließ sich durch den unsteten Aprilwind, der über dem Schluchsee wehte, nicht aus der Ruhe bringen. Seine gekonnten Halsen und Wenden fanden aber weder bei Alfred noch bei Vanessa die gebührende Beachtung. Alfred, in Jeans und Pullover, war auf seine Suche mit dem Feldstecher konzentriert. Vanessa im Lidl Allwetterblouson spielte unverdrossen auf ihrem Smartphone.

„Findest du was Passendes?", fragte Jochen zwischendurch an Vanessa gerichtet. Obwohl er genervt sein musste, weil sich weder Alfred noch Vanessa fürs Segeln interessierten, fragte er freundlich, fröhlich, zugewandt, wie er überhaupt stets die guterzogene Fröhlichkeit in Person war. Er liebte es, mit den chaotischen und ewig hungerleidenden Lebenskünstlern Alfred und Vanessa herumzuziehen. Geduldig ertrug er ihre Macken.

Vanessa blickte von ihrem Smartphone auf: „Ein Musiker aus Emmendingen hat angebissen. Ich glaube, mit dem mache ich ein Date. Alle anderen sind Nieten und Idioten. Ein, zwei Pornoheinis!"

Sie redeten über Vanessas Kontakte auf der Tinder-App. Alfred brauchte eine Weile, bis er aufmerksam wurde. Etwa an der

Stelle, als Vanessa sagte: „Der hat so süße Sommersprossen und so lachende Augen. Der könnte mir gefallen!"

„Wer könnte dir gefallen?", fragte er eine Spur zu aufgeschreckt. Vanessa registrierte es sofort und genoss es: „Hier, so ein herziger Musiker aus Emmendingen. Spielt Gitarre. Er hat mich geliked. Wir haben ein Match."

„Hä?" Alfred verstand nur Bahnhof.

„Ich habe ihn nach rechts geswipt, er hat mich nach rechts geswipt", erläuterte Vanessa gönnerhaft, ohne den Blick vom Smartphone zu heben. „Das bedeutet, wir haben beide Bock, uns mal in live zu treffen."

„Aber …, aber …", Alfred wusste nicht so recht, was er sagen sollte. Er versuchte es mit Empörung: „Du bist auf Tinder?"

„Bin ich. Na und? Ist doch jeder."

„Äh …! Ich jedenfalls nicht. Was soll ich auf so einer Sex-App?"

Vanessa lachte herzhaft: „Du hast keine Ahnung."

Jochen versuchte zu entkrampfen: „Tinder ist doch ganz normal. Völlig harmlos."

„Harmlos!", rief Alfred aus. Seine Stimme war eine Spur zu schrill. „Wieso sucht sie nach Typen auf Tinder, wenn sie doch, wenn sie …"

Jetzt hob Vanessa den Blick: „Ich suche nicht nach Typen, was auch immer du damit meinst. Ich habe Spaß daran, Leute kennenzulernen. Ist das etwa verboten?"

Es wäre wohl zum Streit gekommen, wenn nicht Jochen plötzlich hektisch in die Wanten gegriffen hätte: „Verdammt, das Ding habe ich übersehen. Schnell, helft mir, sonst gibt's eine Kollision."

Vor ihnen tauchte die Schluchseenixe auf, das herrenlose Segelboot, das Alfred die ganze Zeit beobachtet hatte. Jochens Diana hielt flott darauf zu. „Lee vor Luv!", rief Jochen laut und manövrierte sein Boot gekonnt an dem Hindernis vorbei.

Alfred nutzte die Vorbeifahrt, um einen Blick ins Innere der kleinen Jacht zu werfen. Es war niemand an Bord.

„Lass uns mal anhalten und das Ding genauer besichtigen", rief er Jochen zu. „Würde mich doch mal interessieren, was es mit diesem Gefährt so auf sich hat." Während Jochen entsprechende Manöver ausführte, erklärte Alfred, was er gesehen hatte: „Da war eine Frau an Bord, die hat sich eine Taucherausrüstung übergestreift, ist von Bord gegangen und seither nicht mehr aufgetaucht. Das ist jetzt bald eine Stunde her."

Wenig später kletterte er von dem einen Boot an Bord des anderen. Jochen hatte sich mit der Diana längsseits gelegt und beide Boote miteinander vertäut. Hinter Alfred kraxelte auch Vanessa über die Reling. Jochen, der nicht nur Segler, Golfer, Reiter, Skifahrer, Tennisspieler und Fechter war, sondern selbstverständlich auch geübter Taucher mit Erfahrungen von den Seychellen über das Rote Meer bis zum Grand Barrier Reef, gab zum Besten: „Bei einer Stunde würde ich mir noch keine Sorgen machen. Mit einer 10-Liter-Pressluftfalsche bleibt man locker eine Stunde unter Wasser. Bestimmt taucht die Frau bald wieder auf."

„Aber ihr Boot treibt seit einer Stunde völlig unkontrolliert auf dem See herum. Das ist doch nicht normal", widersprach Alfred.

„Vielleicht hat sich der Anker losgerissen?", vermutete Jochen.

„Nix da! Der Anker wurde erst gar nicht abgelassen. Er liegt hier gut vertäut vorne im Bug", gab Alfred bekannt.

Die Schuchseenixe war größer als Jochens Diana und erkennbar älter. Es handelte sich um eine etwas in die Jahre gekommene typische einmastige Freizeitjolle, knapp sieben Meter lang, etwa zwei Meter breit und ausgestattet mit einem flachen Mahagoniaufbau. Vanessa tauchte bereits durch den niederen Eingang ins Innere der Kajüte ein.

Jochen packte derweil die Bordverpflegung aus der Warmhaltebox aus. Sie hatten sich, als sie am Morgen in Neustadt losgefahren waren, beim Metzger Kopfmann mit einem Picknick-Catering eingedeckt, das locker eine ganze Regatta ernähren konnte. Der Fleischkäse dampfte noch, als Jochen ihn servierte. Da sie jetzt beschlossen hatten, an Ort und Stelle zu warten, ob die Unbekannte wieder auftauchen und nach ihrem Boot schauen würde, machten sie es sich gemütlich. Vanessa kam aus der Kajüte emporgekrochen und schüttelte enttäuscht den Kopf: „Nichts gefunden. Da liegen ein paar Frauenkleider rum, ansonsten die üblichen Sachen: Geschirr, Wanderkarten, Feuerlöscher, Bordausstattung, all das Zeugs."

Sie vesperten, ließen sich treiben und genossen die Frühlingssonne. Jochen erzählte davon, wo er weltweit bereits Segeltörns mit seinen Eltern unternommen hatte. Außer der Antarktis war alles dabei. Vanessa ließ das Smartphone stecken. Der Streit ums Tindern war damit zwar nicht beigelegt, aber fürs Erste vertagt. Alfred stellte Theorien auf, was es mit der Schluchseenixe und der verschwundenen Taucherin auf sich haben könnte. Der Journalist in ihm spekulierte: „Ihr ist etwas passiert. Sie hatte einen Tauchunfall und liegt jetzt auf dem Seegrund."

Jochen wiegelte ab: „Vielleicht ist sie irgendwo an Land gegangen. Es gibt eine ganz natürliche Erklärung. Sie wollte nicht mehr zurückschwimmen. Sie sitzt jetzt in einem Café und es geht ihr gut."

„Sie hat irgendwo ein Date. Was Romantisches", malte Vanessa sich aus. „Niemand darf davon wissen. Deshalb ist sie heimlich untergetaucht. Morgen kehrt sie zurück, segelt wieder zum Anlegeplatz in Aha und behauptet, sie habe die Nacht auf dem Boot verbracht."

„Dann kann sie ihren Liebhaber ja auch gleich aufs Boot holen und dort mit ihm ihr Abenteuer erleben", widersprach Alfred.

„Nein, nein! Da steckt mehr dahinter." Er erhob sich und machte Fotos von der Schluchseenixe. „Wir berichten darüber auf Goodwood Wälder-News: Rätselhaftes Geisterboot auf dem Schluchsee. Vielleicht meldet sich jemand."

Goodwood Wälder-News war die Nachrichtenplattform für den Hochschwarzwald, die Jochen und Alfred gemeinsam betrieben. Jochen als Geldgeber, Alfred als Chefredakteur. Das Format funktionierte gut, inzwischen gab es bereits über 20.000 registrierte User, was wiederum die regionale Werbewirtschaft kräftig Anzeigenbanner und Pop-ups schalten ließ. Goodwood Wälder-News schrieb ein halbes Jahr nach dem Start bereits schwarze Zahlen.

Sie verständigten sich darauf, die Schluchseenixe ins Schlepptau zu nehmen und mit ihr den Anlegeplatz der Segelschule in Aha anzusteuern. Dort konnte man das Boot wenigstens sicher vertäuen, bis sich die Eigentümer meldeten. Im Anschluss wollten sie die Polizei informieren, damit diese nachforschte, falls die Taucherin verschwunden bleiben sollte.

„Irgendwas hat sich hier verhakt", meldete Vanessa, als sie die Leine festmachen wollte. „Sieht aus wie ein Angelnetz."

Jochen kam hinzu. An der Reling der Schluchseenixe war ein grünlich schimmerndes Nylonnetz befestigt. Es spannte scharf und verschwand im Wasser unter dem Bootskörper. Jochens Versuche, das Netz zu lösen oder zu lockern, schlugen fehl. Er zuckte mit den Schultern: „Hängt irgendwie unter dem Boot. Aber es lässt sich nicht bewegen. Man müsste die Maschen mit einem scharfen Messer zerschneiden, um es loszumachen. Wir lassen es hängen."

Nachdem Alfred erst einmal beschlossen hatte, dass die Schluchseenixe eine Story wert sein könnte, kletterte er noch einmal hinüber, bevor sie wieder Fahrt aufnahmen, und durchforstete nun selbst die Kajüte. Das Innere war ausgestattet wie die Wohnküche eines Miniwohnmobils: Maßgefertigte Ein-

15

bauschränke bis unter die Decke, ein Tisch für maximal vier Personen, Eckbank, Gasherd, Spüle, Kühlschrank, ein Niedergang in den Schiffsbauch, wo hinter zwei Klapptüren enge Matratzenschlafplätze verborgen waren. Die Liebesnacht auf dem Boot wäre keine gute Idee gewesen, musste Alfred insgeheim revidieren. Zu eng, zu niedrig, zu finster. Auf der Eckbank und dem Kajütboden verstreut lagen Frauenkleider: Sweat-Shirt, Unterhemd, Hose, Schuhe, BH, Slip. Alfred achtete sorgsam darauf, nicht auf die Einzelteile zu treten.

Auf dem kleinen Tisch lag prominent ausgebreitet ein schon etwas älteres Buch mit dem Porträt eines kantig wirkenden Mannes auf dem Titelblatt. Der Autor hieß Toni Schuhmacher. Das war offenbar der Mann auf dem Titel. Der Name sagte Alfred nichts. Das Buch hieß: „Anpfiff – Enthüllungen über den deutschen Fußball." Mit Fußball hatte Alfred wenig am Hut, was nicht nur damit zu tun hatte, dass er selbst nie Fußball gespielt hatte. Die Branche war ihm generell suspekt. Dennoch blätterte er das Buch auf, denn es steckte ein auffälliges Buchzeichen zwischen den Seiten, eine Fotografie im Format einer Postkarte. Das Foto zeigte eine sommerliche Szene: drei junge Frauen in knappen Bikinis, die mehr zeigten als verbargen. Sie saßen am Beckenrand eines Hotelpools. Unscharf waren im Hintergrund die Konturen eines 1970er Jahre Betonbunkers zu erkennen. Die drei Frauen warfen einer Riege von jungen kurzbehosten Männern Kusshände zu, die mit dicken Sonnenbrillen auf der Stirn und Adiletten an den Füßen in Liegestühlen lagen. Die Männer lachten den Frauen zu und zeigten prachtvolle muskulöse Schenkel und durchtrainierte Oberkörper. Alfred studierte das Foto aufmerksam. Der Bademode und den Frisuren nach zu urteilen, musste es in den späten 1970er oder frühen 1980er Jahren entstanden sein. Der Fotoabzug jedoch war nagelneu. Das Papier glänzte, das Bild war keine Spur vergilbt, der technische Aufdruck eines Datums auf der Rückseite zeigte: Dieser Abzug war erst vor einigen Tagen entstanden. Handschriftlich, mit Kugelschreiber geschrieben, stand darunter: „Mirri – Knerri – Jassi – wir drei Schluchseenixen."

Das Boot hieß Schluchseenixe. Die drei Frauen auf dem Foto nannten sich Schluchseenixen. Wenn da kein Zusammenhang bestand. Alfreds Detektiv- und Journalistengeist war gleichermaßen geweckt. Er beschloss, Buch und Foto mitzunehmen. Der Blick auf die Uhr sagte ihm, dass sie nunmehr fast drei Stunden auf die verschwundene Taucherin gewartet hatten. Irgendetwas stimmte hier nicht.

Trainingslager Schlucksee

Aus Toni Schuhmachers Buch erfuhr Alfred einiges über ein Trainingslager, das die deutsche Fußballnationalmannschaft 1982 in Schluchsee abgehalten hatte. Zunächst las er, dass Toni Schuhmacher ein Fußballer jener Zeit gewesen war, und zwar der Torhüter der Nationalmannschaft. Auf jener Seite, auf der das Foto der Schluchseenixen im Buch gesteckt hatte, war eine längere Passage rot markiert. Am Rand neben der Markierung wies ein Pfeil auf drei Namen, die Alfred schon kannte: Mirri, Knerri und Jassi. So viel erkannte Alfred anhand der Schrift sofort: Die gleiche Person, die die Namen auf die Rückseite des Fotos geschrieben hatte, hatte sie auch im Buch geschrieben. Zum Lesen kam Alfred aber erst, nachdem Jochen ihn in Neustadt abgesetzt hatte.

Jochen brachte sie, nachdem sie die beiden Segler am Liegeplatz in Aha wetterfest vertäut hatten, mit seinem BMW X7 zurück nach Neustadt. Dort lud er Alfred ab, der neuerdings in den Redaktionsräumen von Goodwood-Wälder-News am Adlerbuckel eine Art Zweitwohnsitz aufgeschlagen hatte. Zwar bestand die Redaktion lediglich aus einem Raum plus Klo, aber hinter dem Schreibtisch, der den Raum im Wesentlichen ausfüllte, war noch Platz für Alfreds Klappbett, das er aus den Beständen des örtlichen Roten Kreuzes abgestaubt hatte.

Noch wohnte Alfred offiziell in seiner Studenten-WG in Freiburg in der Wiehre, im Obergeschoss einer edlen Jugendstilvilla, die Jochen Schillers Vater gehörte. Dort hatte er ein Zimmer, das mit seinen sämtlichen Habseligkeiten vollgestopft war. Obwohl Jochen ihm die Wohnungsmiete vollständig erlassen hatte – sie wurde mit dem Gehalt verrechnet, das Alfred als Chefredakteur der Goodwood-Redaktion bezog – war Alfred fest entschlossen, wieder zurück nach Neustadt umzuziehen.

Es gab viele Gründe, aus Freiburg zu fliehen: Neben den Parkgebühren und dem allgemeinen gesellschaftlichen Druck, das Leben vegan, gegendert und ökologisch einwandfrei zu gestalten, nervte Alfred die Hin- und Her-Fahrerei zwischen Freiburg und Neustadt. Er besaß einen kleinen Sportwagen, den roten Flitzer, der bald das Alter hatte, um als Oldtimer durchzugehen, aber er konnte den Wagen in Ermangelung eines Parkplatzes nicht nach Freiburg mitnehmen. Die Anwohnerparkgebühr von mittlerweile 360 Euro pro Jahr konnte und wollte er sich nicht leisten. Also stand der Wagen in Neustadt entweder in der Doppelgarage seines Kumpels Linus oder auf geheimen Abstellplätzen in der Neustädter Innenstadt, und Alfred nutzte als Schwarzfahrer den ÖPNV, wenn er nach Freiburg musste. Es waren vor allem die Aufgaben bei Goodwood, die Alfred an den Hochschwarzwald banden. Aber auch im Hochschwarzwald war die heile Welt längst in Gefahr. Das Dennenbergstüble hatte geschlossen, weil die Wirtsleute in den Ruhestand gegangen waren, die Spritz war verkauft worden. Damit war Alfred seiner beiden Stammlokale beraubt. Zum Glück gab es noch den Wurstautomaten bei Metzger Kopfmann. Das reichte vorerst zum Überleben.

Vanessa war mit Jochen zurück nach Freiburg gefahren. Alfred hatte erst gar nicht den Versuch unternommen, sie davon abzuhalten. Er war immer noch angefressen, weil Vanessa sich auf Tinder mit fremden Typen verabredete.

Dabei hatten sie sich gegenseitig geschworen, nicht eifersüchtig zu sein, nicht besitzergreifend, keine Ansprüche aneinander anzumelden, sich voller Vertrauen jegliche Freiheit zu gewähren, es zu akzeptieren, wenn der Andere Liebschaften einging. Bisher hatte immer nur Alfred von diesem Toleranzedikt profitiert. Es wäre ihm nie in den Sinn gekommen, dass auch Vanessa von diesen Freiheiten Gebrauch machen könnte. War sie doch so zuverlässig in ihn verliebt, dass er sich bisher jeden Fehltritt hatte erlauben können. Sie war stets zu ihm zurückgekehrt.

Nun rumorte es in ihm. Was war das für ein Musikertyp aus Emmendingen, den sie gut fand? Bestimmt so ein langhaariger Trottel? Oder ein Angeber? Auf jeden Fall ein Arschloch, soviel war klar!

Alfred lenkte sich ab, indem er Toni Schuhmachers Buch „Anpfiff" näher in Augenschein nahm. Die rot markierte Passage, neben der die Namen von Mirri, Knerri und Jassi standen, handelte vom Trainingslager in Schluchsee und lautete wie folgt:

„Der Leithammel und Spielmacher war Breitner. Ein Kämpfer, eine absolute Spielergröße. Seine Dominanz wurde noch verstärkt dadurch, dass bei Trainer Derwall echte Autorität fehlte. Außerhalb des Rasens war er leider kein Vorbild. Er rauchte wie ein Schlot, pokerte, soff wie ein Kosake. Er war der Leithammel, tonangebend bei Spiel und Training, und natürlich auch danach.

Eike Immel pokerte schon wie ein Süchtiger. Oft sah man, wie er aus seiner Brusttasche eine Handvoll Geldscheine herauszog. Oder sah ihn, wie er sich, enttäuscht und völlig gerupft auf sein Bett warf. Nicht selten wurde um 20.000 bis 30.000 DM gespielt. Andere bumsten bis zum Morgengrauen und kamen wie nasse Lappen zum Training gekrochen."

Ungefähr an dieser Stelle im Text setzte der rote Pfeil an, der hinüber an den Rand führte und direkt auf Mirri, Knerri und Jassi zeigte. Alfred pfiff durch die Zähne. Er legte den Fotoausdruck daneben. Wenn Mirri die Frau ganz links auf dem Bild war, dann war sie damals eine hochtoupierte Blondine gewesen, ungefähr mit der Figur von Barbarella und einem Mund, der schon aussah wie mit Botox gespritzt, obwohl die Schönheitschirurgen damals von Botox noch nie etwas gehört hatten. Knerri, die Frau in der Mitte, war schwarzhaarig und

20

trug eine Frisur wie Mireille Mathieu. Dann musste die Frau rechts Jassi sein. Sie sah wie ein scheues Reh aus und hatte einen fransigen, gestuften Haarschnitt im Nena-Stil. Alfred studierte die Fotografie aufmerksam. Alle drei Frauen sahen auf ihre Art gut aus. Alfreds Typ wäre am ehesten Pagen-Knerri gewesen, aber die beiden anderen machten ebenfalls eine ausgezeichnete Figur. Er las den Satz, von dem der rote Pfeil zu den Namen führte, zur Sicherheit nochmal: „Andere bumsten bis zum Morgengrauen und kamen wie nasse Lappen zum Training gekrochen."

Sollte der Pfeil etwa das bedeuten, was Alfred als Erstes dazu einfiel? Er las weiter in den Erinnerungen des Torwarts Toni Schuhmacher: „Wieder andere gossen reichlich Whisky in sich rein. Breitner hat fast alles mitgemacht, aber mit einem gewaltigen Unterschied zu den anderen: Am nächsten Tag auf dem Spielfeld lief er wie ein Uhrwerk. Verrückt. Nur die, die mit ihm getrunken hatten, krebsten rum wie die Schnapsleichen."

Toni Schuhmacher gehörte wohl weder zu den Säufern noch zu den Pokerspielern und auch nicht zu den Verehrern von Mirri, Knerri und Jassi. Denn er schrieb: „So sah es also aus mit Paul Breitner und den anderen Spielern, vor allem den Ersatzspielern, auch Touristen genannt. Ich war fassungslos und empört. Es gab da 30-jährige Spieler, die genau wussten: Das ist meine erste und letzte WM. Sie lebten aber nicht danach. (…) Ich rief den Manger an: Komm mich holen, ich will nach Hause. Hier gibt es keine WM-Vorbereitung. Hier ist die Hölle los. Das ist das größte Chaos, das ich überhaupt je gesehen habe. Es ist wirklich nicht übertrieben. Den Schluchsee haben wir nachher in „Schlucksee" umgetauft. Es gab keine Disziplin, und manche benahmen sich schlimmer als die berühmten Kegelbrüder auf dem Mallorca-Ausflug."

Alfred setzte sich an den Rechner und googelte nach „Schlucksee". 19.400 Ergebnisse wurden ausgespuckt. Fasziniert las sich Alfred durch die diversen Artikel. In einem war die Rede vom „Saufbumszock-Trainingslager", allgemein wurden „Partys und Trinkgelage" beschrieben und unter einem Eintrag „Die größten Skandale der DFB-Auswahl" stand das Schluckseе-Trainingslager unter der Überschrift „Alkohol und leichte Mädchen am Schluckseе" auf Platz eins. Der Trainer Jupp Derwall habe beide Augen zugedrückt, der Spieler Uwe Reinders habe den Spitznamen „Der Raucher" abbekommen. Ein alter Zeitungsartikel sprach vom „Lebertraining am Schluckseе" und zeichnete das schöne Bild: „Damals hatten die Fußballprofis Sündenregister, die noch länger waren als ihre Vokuhila-Matten." Wieder holte Alfred das Pool-Foto von Mirri, Knerri und Jessi hervor. Er verglich die Aufnahme mit den offiziellen Mannschaftsfotos von 1982. Jetzt erkannte er, dass die jungen Männer, die im Hintergrund auf weiß-grün gestreiften Liegestühlen lümmelten, damalige Spieler waren. Immer deutlicher wurde ihm die eigentliche Botschaft dieses Bildes: Diese drei jungen Frauen waren damals mittendrin gewesen in der Skandalgeschichte am „Schluckseе". Sie waren Bestandteil des „Saufbumszock" Trainingslagers gewesen, und es war nicht schwer, sich auszumalen, für welchen Teil von „Saufbumszock" sie zuständig gewesen waren.

Alfred grübelte: Warum lag 40 Jahre nach den Ereignissen von 1982, das schon 1987 geschriebene Buch „Anpfiff" mit dem taufrisch ausgedruckten Foto von damals in der Kajüte der Segeljolle Schluchseenixe? Das konnte kein Zufall sein. Auch die rot markierten Passagen in dem Buch waren frisch. Irgendjemand hatte die alten Geschichten hervorgeholt. Das roch nach einer Story. Wenn es Alfred auch sonst an Talenten mangelte, in einem war er ein Meister: Krumme Geschichten von Weitem zu erkennen. Da kam der Schnüffler, der Journalist, der Detektiv in ihm zum Vorschein. Hatte die verschwundene Taucherin mit dem Ganzen etwas zu tun? Es hatte sich um eine noch junge Frau gehandelt, also keineswegs konnte sie eine der drei Schluchseenixen Mirri, Knerri oder Jassi sein. Alfred versuchte, sich an das Aussehen der jungen Frau zu erinnern. Haare, Gesicht, sonstige Merkmale? Fehlanzeige! Er erinnerte sich an bemerkenswerte Brüste. Das würde gegenüber der Polizei keine gute Personenbeschreibung abgeben.

Sie hatten, nachdem sie das herrenlose Segelboot in Aha vertäut hatten, dem Polizeirevier in Neustadt per Telefon den Vorfall gemeldet: Verschwundene Taucherin, führungsloses Segelboot, Bootsname Schluchseenixe. Das Revier in Neustadt, hatte versprochen, sich um die Sache zu kümmern. Alfred nahm sich vor, am nächsten Tag nachzufragen. Für den Abend begnügte er sich damit, den Kader der Nationalmannschaft in der WM-Vorbereitung anno 1982 zu recherchieren. Bald hatte er die Namen der Spieler beisammen, die damals im Trainingslager am Schluchsee dabei gewesen waren: Toni Schuhmacher, Eike Immel und Bernd Franke hießen die drei Torhüter. Hans-Peter Briegel, Bernd Förster, Karlheinz Förster, Wilfried Hannes, Holger Hieronymus, Manfred Kaltz, Paul Breitner und Wolfgang Dremmler waren die Defensivspieler. Mittelfeld und Angriff bildeten: Stefan Engels, Pierre Littbarski, Felix Magath, Lothar Matthäus, Hansi Müller, Uli Stielicke, Thomas Allofs, Klaus Fischer, Horst Hrubesch, Uwe Reinders und Karlheinz Rummenigge. Einige der Namen sagten Alfred sogar etwas: Rummenigge, war das nicht der Funktionär mit dem roten Kopf? Lothar Matthäus, der rekordverheiratetste Nationalspieler aller Zeiten. Felix Magath, ein bekannter Trainername; Horst Hrubesch, irgendwas mit Frauenmannschaft; Pierre Littbarski, so ein lustiger krummbeiniger Zwerg?

Zwischendurch sichtete er die aktuell einlaufenden Polizeimeldungen von der Pressestelle in Freiburg: Großeinsatz am Schluchsee! Vermisstensuche! DLRG, Rotes Kreuz und Feuerwehr waren alarmiert worden. Die Einsatzkräfte suchten mit

Spürhunden und Tauchern am und im See nach einer vermissten Frau. Möglicherweise die Eignerin eines Segelbootes, das führungslos mehrere Stunden auf dem See getrieben war. Der Einsatz war gegen Mitternacht erfolglos abgebrochen worden. Von der Vermissten keine Spur.

Stammtisch-Odyssee (1)

Alfred traf sich mit seinem Kumpel Linus im Wälderstüble. Die kleine Kneipe im Neustädter Ortsteil Hölzlebruck war der erste Kandidat für die vakante Rolle der Stammkneipe. Linus kannte sich hier aus. „Gutes Pflaster für Berufsunfähigkeitsversicherungen. So viel wie hier habe ich sonst in keiner Kneipe verkauft."

„Woher kommt das?", wollte Alfred wissen.

„Ganz einfach: Das sind meistens Väter von heranwachsenden Jugendlichen. Denen mache ich ihre Verantwortung klar. Solange die jungen Leute noch kein richtiges eigenes Geld verdienen, brauchen sie eine Versicherung gegen Berufsunfähigkeit. Dann schließen die Alten für ihren Nachwuchs ab und alle haben was davon." Bei dieser Gelegenheit erklärte Linus, dass Berufsunfähigkeitsversicherungen überhaupt die einzigen Policen seien, die bei ihm noch gut liefen. „Ansonsten ist der Markt tot! Niemand braucht mehr einen Versicherungsmakler. Alle gehen auf Check24."

Das Wälderstüble liegt direkt an der Hauptdurchgangsstraße, die von der Ortsmitte Neustadt durch den Stadtteil Hölzlebruck Richtung Titisee führt. Zehn Minuten zu Fuß. Gehen kam nicht in Frage. Selbstverständlich fuhren sie dort hin. Alfred mit seinem roten Flitzer, Linus mit seinem Porsche. Sie parkten ihre Fahrzeuge auf dem Vorplatz, ungefähr so, dass sie gemeinsam den Zugang zum einzigen noch verbliebenen öffentlichen Briefkasten von Hölzlebruck verstellten.

„Man isst hier gut! Uschi kocht super!"

„Wer ist Uschi?"

„Die Chefin", klärte Linus auf. „Sie schmeißt mit ihrem Mann Wolfgang den Laden."

„Hoffentlich nicht so schickimicki", nörgelte Alfred, als sie vor dem stylisch mit Holzlamellen verkleideten Eingang standen. Das Wälderstüble befindet sich in einem Flachbau, der bis in die 1980er Jahre noch eine Postfiliale und ein kleines Lebensmittelgeschäft beherbergt hatte, ehe der Umbau zur Kneipe erfolgt war. Das Innere der kleinen Kneipe wurde beherrscht von einer L-förmigen Theke, an der sich verlässlich rund um die Uhr die trinkfeste Hautevolee von Hölzlebruck tummelte. Die Wände wurden flankiert von einer überschaubaren Anzahl kleiner Tische. Zudem gab es auch noch ein rauchfreies Nebenzimmer, das allerdings in Linus' und Alfreds Überlegungen keine Rolle spielte. Die beiden Kumpels waren auf der Suche nach einem Ersatz für das Dennenbergstüble, das den Betrieb eingestellt hatte. Die dortigen Wirtsleute hatten sich sehr zu Alfreds Bedauern in den Ruhestand verabschiedet. Da gleichzeitig auch Alfreds zweite Stammkneipe, die Spritz, den Besitzer gewechselt hatte und noch nicht klar war, was aus der urigen Bierkneipe werden würde, hatten Linus und Alfred beschlossen, auf der Suche nach einer künftigen Stammkneipe ein Kneipen-Casting zu veranstalten.

Die beiden setzten sich an einen freien Tisch direkt neben dem Eingang und orderten jeder ein Bier. Alfred drehte Zigaretten und besah sich die Örtlichkeit. Ihm wäre zwar ein Platz gleich direkt an die Theke lieber gewesen, aber die warnenden Blicke der dort wachhabenden native Hölzlebrucker ließen ihn von dem Vorhaben Abstand nehmen, obwohl einige Plätze frei gewesen wären.

Immerhin durfte man rauchen. Er qualmte und klärte Linus über seinen jüngsten Fall auf: „Am Schluchsee wird eine Frau vermisst. Aber die Falsche. Eigentlich sind zwei Frauen verschwunden."

„Hä?"

Alfred beugte sich vor. Die Speisekarte mit dem Slogan „Futtern wie bei Muttern" legte er beiseite. „Es ist so", erklärte er. „Auf dem Schluchsee trieb eine herrenlose Segeljolle, die Schluchseenixe. Wir haben sie an Land geschleppt, Jochen, Vanessa und ich, und der Polizei gemeldet. Und die hat herausgefunden, dass die Segeljolle einer gewissen Jasmin Hog gehört, einer Hotelbesitzerin aus der Gegend, 60 Jahre alt. Diese Frau ist aber spurlos verschwunden."

„Vielleicht ertrunken?", mutmaßte Linus, während er dem dienstbeflissen wartenden jungen Kellner die Speisekarte zurückgab und „Cordon bleu mit viel Soße" in Auftrag gab.

„Für mich das Gleiche", bestellte Alfred und nahm den Faden wieder auf: „Vielleicht ertrunken, ja. Das kann sein. Aber rätselhaft ist: Ich habe auf dem Segelboot eine Frau beobachtet, die sich einen Taucheranzug angezogen hat und im See abgetaucht ist. Auch diese Frau ist verschwunden."

„Das wird sie gewesen sein, diese Hotelfrau Jasmin Hog."

„Irrtum!", belehrte Alfred. „Das kann sie nicht gewesen sein. Denn die Frau, die ich beobachtet habe, war jung, unter 30. Das muss jemand anders gewesen sein."

„Wie sah sie denn aus?"

„Wie, wie …?" Alfred überlegt einen Moment. „Solche Brüste", erklärte er dann und machte dazu vor seiner eigenen Brust mit beiden Händen vielsagende Körbchen. „Ein Hingucker!"

„Ok", bekräftige Linus. „Dann habe ich jetzt eine Vorstellung."

Sie rauchten, tranken Bier, warteten auf das Essen und besichtigten die Innereien der Kneipe. Alles sah modern aus, dennoch gemütlich, überschaubar. Einmal, als die Wirtin kurz aus der Küche auftauchte, machte Linus Alfred darauf aufmerksam: „Das ist Uschi – kocht wie bei Muttern. Daher der Slogan ‚Futtern wie bei Muttern.'" Sie warf einen mütterlichen Blick auf Alfred und Linus, wohl um abzuschätzen, welche Portionen angebracht seien. Es wurde dann die XXL-Version, wie Linus und Alfred bald erleben sollten.

Hinter der Theke zapfte der zauselbärtige Wolfgang konzentriert seine Biere und ließ sich nicht von den kosmopolitischen Diskussionen aus der Ruhe bringen, die ringsum von den ausschließlich männlichen Thekensitzern geführt wurden. Alfred hörte mit einem Ohr zu. Es ging darum, welches Unternehmen aus der Region weltweit die größte Bedeutung habe, ob das die Firma Testo sei oder eher die Firma IMS Gear aus Eisenbach. Einer, der sich als Angestellter beim Medizingerätehersteller Atmos aus Lenzkirch zu erkennen gab, plädierte für die Firma Atmos, wurde aber schnell von den anderen überstimmt.

„Weißt du, wie Tinder geht?", wollte Alfred von Linus wissen. Linus zückte sein Smartphone: „Ganz einfach: Du lädst dir die Tinder-App auf dein Smartphone, dann meldest du dich an, stellst ein paar vorteilhafte Bilder von dir hinein und gibst eine möglichst schmeichelhafte Beschreibung von dir ab. Dann bist du sozusagen im Schaufenster und jede Frau, die dich interessant findet, kann dich matchen. Umgekehrt kannst du selbst besichtigen, was im Schaufenster steht. Wenn dir eine gefällt, wischst du ihr Bild nach rechts."

„Und dann?"

„Na ja, wenn die betreffende Person ihrerseits dein Bild nach rechts swipt, weil dein Bild und deine Personenbeschreibung ihr ebenfalls gefallen, dann habt ihr ein Match. Dann könnt ihr euch verabreden, kennenlernen, miteinander schreiben, was immer ihr wollt."

„Ein blöder Gitarrist aus Emmendingen ...", zischte Alfred vor sich hin.

„Wie bitte?"

„Ach nichts. Habe nur laut gedacht", erwiderte Alfred. Zum Glück kam das Essen und lenkte ab. Es waren doppelte Bauarbeiter-Portionen. Sie widmeten sich ihrem Berg Pommes und den Riesenlappen von Cordon bleu und benötigten dazu jeweils zwei Biere zum Hinunterspülen. Alfred kehrte zum Schluchsee zurück: „Die vermisste Bootsbesitzerin ist auf jeden Fall nicht identisch mit der Taucherin. Wenn du mich fragst, ist da etwas mächtig faul."

„Hast du das alles der Polizei gemeldet?", wollte Linus wissen.
Sie warteten, bis der Verdauungsschnaps kam. Dann antwortete Alfred zögernd: „In der Bootskajüte lag ein Buch. Das habe ich mitgenommen. Davon weiß die Polizei nichts." Er beschrieb Linus das Toni Schuhmacher Buch und auch das Foto, das er darin gefunden hatte, und fasste zusammen: „Auch da ist was faul. Dieses Buch ist uralt. Das Trainingslager Schlucksee ist schon 40 Jahre her. Wenn du mich fragst, es gibt einen Grund, warum die Sachen ausgerechnet jetzt in der Bootskajüte lagen. Die hat jemand ganz gezielt dort deponiert."

Linus war abgelenkt. Er prostete einem Siggi an der Theke zu. Außerdem einem Batschi. Dann noch einem Klaus, einem Mario und einem Harry und zum Schluss einem Erwin. Er kannte alle, die da saßen.

„Was hast du gesagt? Trainingslager Schlucksee?"

Er sagte es laut genug, dass die Jungs an der Theke es auch verstanden. Sofort brach die Diskussion los.

„Schlucksee, kann ich mich noch gut erinnern", sagte Harry. „Die haben damals nur gesoffen."

„So wie du, als du in der Neustädter Dritten gekickt hast", spottete Klaus.

„Die haben doch die ganze Nacht im Hotel gezockt, wusste Batschi. „Danach war Eike Immel pleite!"

„Das war der Torwart", ergänzte Mario.

„Nein", mischte Alfred sich ein. Er hatte zwar keine Ahnung vom Fußball, aber dank des Buches von der Segeljolle wusste er: „Der Torwart hieß damals Toni Schuhmacher."

„Immel war der zweite Torwart", ergänzte Klaus.

„Und wer war der Dritte? Bei Weltmeisterschaften werden doch immer drei im Kader nominiert", fügte Mario hinzu.

Ein munteres Rätselraten nach dem dritten Torwart begann. Klaus tippte auf Uli Stein. Harry war für Dieter Burdenski. Batschi warf die Namen Rudi Kargus und Walter Junghans ins Rennen. Alfred zog die Liste hervor, die er am Vortag gegoogelt hatte und prahlte: „Alles falsch! Der dritte Torhüter hieß Bernd Franke. Von Eintracht Braunschweig."

Darauf eine Runde!

Der Abend nahm feuchtfröhliche Züge an.

Zu fortgerückter Stunde, etliche Biere und auch einige Schnäpse später, meldete Alfred sich auf Linus' Betreiben bei Tinder an. Die Jungs im Wälderstüble waren wirklich super Kumpel: Batschi und Klaus machten spontan Fotos von Alfred, mal mit, mal ohne Bierglas, für sein neues Tinder-Profil. Außerdem halfen sie bei der Formulierung seiner Talente und hervorragenden Eigenschaften: „Trinkfest!", tippte Batschi ein. „Hat Ahnung von Fußball", ergänzte Klaus. „Raucht wie ein Schlot", trug Linus bei. Alfred war nicht mehr mit allen Sinnen wachsam, so ging ihm manches durch, so zum Beispiel Harrys Eintrag: „Müsste mal wieder zum Friseur." Als aber Mario eintippte: „Muss nach jedem Bier aufs Klo", intervenierte er erfolgreich: „D... d... das schreiben w... w... wir nicht." Energisch forderte er sein Smartphone zurück.

„Nur gegen eine Runde", hieß es. Die wievielte Runde war das eigentlich?

„Zehn von zehn Punkten", vergab Alfred, als er schließlich nach Mitternacht zusammen mit Linus aus dem Wälderstüble wankte. Er lallte: „Das könnte was werden als neue Stammkneipe." Linus lallte zurück: „Wenn du jedes Mal so viel Runden zahlst ..."

Sie stiegen nahezu synchron in ihre Autos, klemmten sich hinter die Lenkräder, starteten die Motoren und rammten sich gegenseitig beim Losfahren die Kotflügel. Der rechte Kotflügel von Alfreds rotem Flitzer kollidierte mit dem linken Kotflügel von Linus' silbergrauem Porsche.

„Fast wie am Schlucksee", meinte Alfred zerknirscht. Anschließend fuhren sie beide mit zerstörten Kotflügeln heimwärts. Linus hinauf in die Josef-Sorg-Straße, wo sein kleines Luxus-Appartement auf ihn wartete, Alfred in die Stadtmitte zum Adlerbuckel, wo er in das Feldbett in der schäbigen Redaktionskammer von Goodwood Wälder-News fiel. Den roten Flitzer parkte er oben in der Hauptstraße auf dem Busparkplatz.

Komplizierte Beziehungen

So etwa um halb acht Uhr am nächsten Morgen klingelte die Polizei Alfred aus dem Schlaf. Die zwei Beamten vom Neustädter Revier standen schon im Treppenhaus vor der Redaktionstür von Goodwood Wälder-News. Alfred stöhnte gequält, als er zerknittert durch den Türspalt linste. Er kannte diese halbe Portion von Polizeibeamtin. Eine alte Bekannte, Johanna Schwarz. Sie reichte ihm gerade mal bis an den Kragen und lächelte wie ein Paketfahrer von Amazon.

„Sind wir uns nicht mal im Hochmoor von Hinterzarten begegnet?", fragte Alfred, um Zeit zu gewinnen.

„Stimmt", antwortete die Polizistin. „Ich habe Sie damals verhaftet. Sie waren hochgradig betrunken."

„Habe ich was ausgefressen?", fragte er gedehnt. Verzweifelt suchte er in seinen Erinnerungen nach dem Ausgang des gestrigen Abends. Er war mit Linus im Wälderstüble gewesen. Aber, ach herrjeh, wie war er nach Hause gekommen? Etwa mit dem roten Flitzer?

„Sie sind der Halter des Fahrzeuges mit der Nummer FR-D-007?", stellte die Polizistin nüchtern fest. „Ihr Fahrzeug steht verbotenerweise auf einem Busparkplatz. Sie behindern den öffentlichen Nahverkehr. Und außerdem ist das Fahrzeug beschädigt."

„Wollen Sie hereinkommen?", lud Alfred die Streife ein, um weitere Zeit zum Nachdenken zu gewinnen. Die Polizistin warf einen Blick in den Redaktionsraum. Da standen zwei Kartons mit leeren Weinflaschen. Es lagen leere Wurstdosen aus Kopfmanns Wurstautomat, Papier, alte Zeitungen und leere Pizzakartons herum. Mitten im Raum stand Alfreds Feldbett mit einem Stapel des Anzeigenblättchens Hochschwarzwaldkurier als Kopfkissen, daneben lag seine Jeans … Er stutzte und sah an sich hinunter. Er stand in Unterhosen und Socken im Türrahmen. Wie peinlich. Die Polizistin rümpfte die Nase beim Blick in das Chaos, aber sie ersparte Alfred weitere Peinlichkeiten, indem sie sagte: „Danke! In Ihre Privaträume möchten wir nicht eindringen. Sie können Ihre Aussage auch unten im Streifenwagen zu Protokoll geben. Ihr Fahrzeug wurde auf Ihre Kosten abgeschleppt, es steht in der Autowerkstatt Vollmer."

Das Problem mit dem roten Flitzer ließ sich leicht lösen. Seit Alfred für Jochen Schiller die Goodwood Wälder-News-Plattform betrieb, hatte Jochen Alfreds Auto kurzerhand zum Dienstfahrzeug erklärt, und entsprechend umgemeldet. Wartung, Steuern, Versicherung und Reparaturen aller Art zahlte seither die Firma. Jochen Schiller war generell großzügig zu Alfred. Er zahlte ihm ein angemessenes Redakteursgehalt, übernahm alle Fahrzeugkosten und ließ Alfred überdies mietfrei in der Studenten-WG in Freiburg wohnen. „Du weißt doch, dass ich dich liebe", hatte Jochen mit treuem Augenaufschlag erklärt, als sie all diese Regelungen getroffen hatten. Es sollte wie ein Scherz klingen, aber Alfred wusste, dass er in Jochen, der nie einen Hehl aus seinem Schwulsein gemacht hatte, einen glühenden Verehrer hatte. Für Alfred, bei dem es mit dem Schwulsein nicht so weit her war, eine schwierige Situation. So oder so war Jochen einer seiner besten Freunde und auf jeden Fall sein Retter aus wirtschaftlicher Not geworden. Trotz des leidlichen Redakteursgehaltes war Alfred immer noch heillos überschuldet und permanent klamm. Er zahlte monatlich nach allen Richtungen seine Schulden ab. Teure Autoreparaturen hätte er sich kaum leisten können. Aber nun ging der rote Flitzer auf Geschäftskosten.

Im Streifenwagen tischte er den Beamten eine auf die Schnelle ausgedachte Lügengeschichte auf, bei der er auf jeden Fall nicht der Fahrer gewesen war, der den roten Flitzer auf dem Busparkplatz abgestellt hatte. Er erfand für diese Rolle eine ominöse weibliche Person, die er über Tinder kennengelernt und vergangene Nacht erstmals getroffen habe. Außer einer blumenreichen Schilderung vom Aussehen ihrer Brüste wollten ihm aber keine weiteren persönlichen Merkmale einfallen. Zum Beweis für die Wahrhaftigkeit seiner Aussage, zeigte er der jungen Polizistin seinen Tinder-Account vor.

„So, so", sagte Johanna Schwarz, als sie Alfreds Selbstporträt mit wachsendem Interesse studiert hatte: „Sauf- und bumsfreudig! Sagen Sie bloß, darauf reagiert jemand?"

„Was? Wie bitte?" Alfred entriss ihr sein Smartphone und kontrollierte den Eintrag. Tatsächlich! Was hatten diese elenden Schurken aus dem Wälderstüble da alles eingetragen, als er ihnen in hilfloser Lage ausgeliefert gewesen war? Und erst das Bild? Alfred mit glasigen Augen, ein Bierglas in der Hand. Nach dem peinlichen Polizeiverhör setzte er sich zum Frühstück ins Bistrot Villinger, trank schwarzen Kaffee und änderte komplett sein Tinder-Profil. Er tauschte das Bild aus und versah sich mit den allerbesten Eigenschaften. Zum Spaß probierte er den Angebotskatalog durch, den er selbst eingegrenzt hatte mit „weiblich, 30 und jünger, nicht weiter entfernt als 50 Kilometer". Es schlugen ihm etliche Schabraken entgegen, die alles Mögliche waren, nur nicht jünger als 30. Es gab aber auch junge, hübsche, sympathische und in jeder Beziehung einladende Vertreterinnen des anderen Geschlechts. Das Liken wollte Alfred sich auf später aufheben, wobei er vollkommen davon überzeugt war, dass er aufgrund seiner mitreißenden Persönlichkeit spätestens am Abend dieses Tages Dutzende Anfragen auf seinem Account haben würde. Fürs Erste begnügte er sich damit, im Katalog nach Vanessa zu suchen. Fehlanzeige! Stattdessen tauchte zu seinem Erstaunen das Bild seiner verschmähten Liebe Anna auf. Das war die BZ-Redakteurin, die Alfred so lange vergeblich angebaggert hatte, bis sie eines Tages einen Kollegen geheiratet hatte, den Fotografen

Peter Sterzer, von dem sie nun schwanger war. Was machte Anna auf Tinder? Alfred wollte es zuerst nicht glauben. Sie war verheiratet. Sie war schwanger. Sie war schon immer eine Rührmichnichtan gewesen. Für schnelle Flirts oder oberflächliche Bekanntschaften war sie völlig ungeeignet. Alfred hatte Jahre bis zum ersten Kuss mit ihr gebraucht. Und dabei war es dann bis heute auch geblieben. Ohne lange nachzudenken, schob Alfred das Bildchen nach rechts. Ein Match!

Zwei Stunden später bekam er schon eine Mail: „Hi Alfred! Habe dich auf Tinder entdeckt. Du hättest mich auch gleich anrufen können. Heute keine Zeit. Treffen wir uns Morgen?"

Und so kam es, dass Alfred sich mit Anna am nächsten Tag zum Kaffeetrinken am Schluchsee verabredete. Sie trafen sich im Café am See, wo sie von der Terrasse herunter einen Premiumblick auf die Eisenbahnschienen der Dreiseenbahn und auf den Bahnhof hatten und dahinter auf die Bucht und die Landzunge Amalienruhe. Den Treffpunkt hatte Alfred vorgeschlagen. Der Fall der verschwundenen Frauen ließ ihm keine Ruhe. Vielleicht fiel ihm ja ein Rechercheansatzpunkt ein, wenn er mit Anna am Ort des Geschehens darüber fachsimpelte.

Sie war Redakteurin wie er, nur dass sie es besser erwischt hatte, nämlich mit einer Festanstellung bei der BZ-Lokalredaktion in Neustadt, eine Stelle, auf die eigentlich Alfred lange spekuliert hatte.

„Ich arbeite noch vier Wochen", erklärte sie, indem sie sich über den sichtlich gerundeten Bauch strich, „und dann komme ich schon in Mutterschutz."

Als Alfred nicht nachfragte, fügte sie auf eigene Faust hinzu: „Termin ist im Juni. Es wird vermutlich ein Zwilling."

„Wie bitte? Auch noch Zwillinge?" Alfred hatte genug daran zu knabbern, dass Anna von einem Vollidioten wie Peter Sterzer ein Kind bekam. Nun sollten es sogar zwei werden.

„Nein, nicht so wie du denkst. Sternzeichen Zwilling. Das Kind kommt im Sternzeichen Zwilling auf die Welt."

Alfred hatte noch immer nicht verwunden, dass Anna, die er jahrelang angebetet und erfolglos hofiert hatte, sich im Vorjahr mit dem Pressefotografen Peter Sterzer verheiratet hatte, einem Typen, der so perfekt war, dass Alfred ihn vom ersten Tag an nicht hatte ausstehen können. Als sie dann im vergangenen Winter auch noch ihre Schwangerschaft gebeichtet hatte, war Alfred bereit gewesen, Anna komplett aus seinem Leben und seinem Gedächtnis zu verbannen. Zu seiner eigenen Überraschung hatte sie jedoch seither auffällig die Nähe zu ihm gesucht, so dass die alte Freundschaft wieder aufgelebt war. Nun aber hatte Anna ihm den nächsten schweren Dämpfer versetzt, indem er sie auf dem Dating Portal Tinder entdeckt hatte. Was war aus der keuschen, wohlerzogenen, unberührbaren Anna geworden?

„Du suchst nach fremden Männern?", fragte er zweifelnd, während sie sich konzentriert dem eben servierten Früchtetee widmete. Alfred trank Tee mit Rum. Sie saßen im frischen Aprilwind auf der Terrasse des Cafés.

„Es ist nicht so, wie du denkst."

„So? Wie denke ich denn, deiner Meinung nach?"

„Ich wollte nur mal sehen, ob ich jemanden kenne. Mit dir habe ich eigentlich nicht gerechnet." Mit einem umwerfenden Augenaufschlag bat Anna sogleich um Nachsicht für diese Bemerkung.

„Ich bin nur zu Recherchezwecken auf Tinder. Das ist etwas anderes", verteidigte Alfred sich.

Anna sah ihn erwartungsvoll an. Er fühlte sich genötigt, sein Leid mitzuteilen: „Vanessa ist auf Tinder. Sie steht auf einen zugekifften, langhaarigen Straßenmusikanten aus Emmendingen. Vermutlich dort in der Psychiatrie …"

„Sieh an! Das hast du alles recherchiert? Was man auf Tinder nicht alles herausfinden kann."

Alfred überhörte den Spott und begnügte sich mit einem brummigen: „Das vermute ich nur. Ich weiß nur, dass er Musiker ist."

Anna lachte belustigt und streichelte Alfred sanft mit zwei Fingern über die Wange. Was für schöne, langgliedrige Finger sie hatte. Alfred durchfuhr ein warmer Schauer. Sie vermochte ihn immer noch zu elektrisieren, so sehr er sich dagegen sträubte.

Nach kurzem Schweigen seufzte sie: „Gell, wir beide haben komplizierte Beziehungen. Du bist eifersüchtig wegen einer Frau, die dich liebt, aber die du nicht wirklich liebst. Und ich bin verheiratet und schwanger von einem Mann, der auf dem besten Wege ist, mich mit dem Kind demnächst sitzen zu lassen."

Sie musste nicht auf Alfreds Frage warten. Sie kam wie aus der Pistole geschossen: „Was? Wie? Er lässt dich sitzen? Dieser Schurke!"

Anna erklärte emotionslos: „Peter hat eine große berufliche Chance. Ein Verlag hat ihn angefragt, ob er für ein großes Buchprojekt als Fotograf ein Jahr lang den Amazonas befahren will. Von der Mündung bis in die peruanischen Anden. Das will er sich nicht entgehen lassen. Peter hat schon zugesagt. Er ist schon in Hamburg, zur Vorbereitung."

Nach kurzer Pause fügte sie hinzu: „Die Geburt seines Kindes wird er verpassen. Und noch viel mehr."

Alfred war sprachlos. Innerlich jubelte er, weil der Blödmann Peter Sterzer nun für lange Zeit in weiter Ferne war, aber er litt dennoch mit Anna, die nun ihr Kind ohne Vater auf die Welt bringen musste. Es drängte ihn, ihr auf irgendeine Weise Unterstützung und Beistand zuzusagen, aber er wusste nicht, wie er es ausdrücken sollte, ohne kitschig zu wirken. So begnügte er sich damit, kurz ihre Hand zu drücken.

Energisch schloss sie das Thema ab: „Ich werde mich scheiden lassen. Und jetzt will ich nicht mehr darüber reden."

Ein Verbrechen wird nicht ausgeschlossen

Auf dem Rückweg hielten sie auf Wunsch von Alfred beim Bootsanleger in Aha an. Anna parkte ihren Golf auf dem Gelände der Segelschule.

„Ich zeig dir nur mal schnell die Jolle, die wir abgeschleppt haben. Sie liegt bestimmt noch am Steg." Alfred hatte extra seine Kamera mitgenommen. Die Bilder, die er bislang von der Schluchseenixe auf Goodwood Wälder-News verwendet hatte, waren Schnappschüsse aus seinem Handy gewesen.

„Ich rieche es", sagte er zu Anna. „Diese Geschichte hat gerade erst begonnen. Wir werden noch mehr Bilder von dem Segelboot brauchen. Vielleicht sollten wir auch zu dem Hotel fahren, das der vermissten Bootsbesitzerin gehört."

„Ich arbeite für die Konkurrenz, schon vergessen?", fragte Anna.

Alfred ignorierte den Einwand. Ein Großaufgebot von Polizisten lenkte ihn ab. Er knipste.

„Was ist denn hier los?", rief er halblaut, da standen sie auch schon an der Polizeiabsperrung. Der gesamte Bootsanlegeplatz war abgeriegelt. Auf dem Gelände tummelten sich zahlreiche Polizisten in Uniform, außerdem jede Menge Nicht-Uniformierte, denen man aber die Kriminalisten schon von Weitem ansah.

„Gehen Sie weiter, hier gibt es nichts zu fotografieren", raunzte ihn ein Polizeibeamter an, als Alfred weitere Aufnahmen von der Szenerie machte.

„Wir sind von der Presse", klärte Anna auf und zückte ihren Presseausweis. Alfred hatte keinen, weil er zu faul war, diesen jährlich neu zu beantragen und ihm die 90 Euro Bearbeitungsgebühr zu teuer waren. Kurzerhand zeigte er seinen Ausweis von der Freiburger Unibibliothek vor. Der Polizist schluckte

den Schwindel und machte sich wichtig: „Hier ermittelt die
Kripo Freiburg. Es geht um die verschwundene Frau. Ein Verbrechen wird nicht ausgeschlossen."

Alfred nutzte die Geschwätzigkeit des Beamten, um seinen
Wissensstand zu aktualisieren: „Die Frau hieß Jasmin Hog,
stimmts? Und sie stammt aus Schluchsee?"

Der Polizist nickte: „Ihr gehört das Waldhotel zwischen
Schluchsee und Lenzkirch. Kennen Sie doch sicher?"

„Sicher!"

„Sie wird seit vier Tagen vermisst. Keine Spur bisher", ergänzte der Polizeibeamte.

„Hey Böhler!", brüllte eine kratzige Altmännerstimme aus einem Pulk von Ermittlern herüber. „Was erzählen Sie da! Keine
Auskünfte an die Presse, habe ich das nicht klar und deutlich
angeordnet?"

Alfred kannte die Stimme. Sie gehörte Oberkommissar Siegfried Junkel!

„Und schon gar nicht an den da. Wer hat denn den hier her-
eingelassen?"

Junkel trat aus der Gruppe hervor und näherte sich schlur-
fend. Er sah wieder etwas besser aus als im zurückliegenden
Winter. Aber sein Gang war schleppend, seine Rücken hing
krumm unter dem Jackett mit Fischgrätenmuster, das er trug,
seit Alfred den Kommissar kannte. Sein verkniffenes Gesicht
versank schier im Kragen, und wenn er noch so etwas wie
Haare hatte, dann kamen sie auf jeden Fall ohne Frisur aus.

„Alfred", knurrte er. „Hätte ich mir denken können, dass du
hier herumschnüffelst. Hast du eine Leiche?"

Alfred gab sich ahnungslos: „Leiche? Was? Wieso?"

„Wo du auftauchst, da ist meistens eine Leiche nicht weit", erklärte Junkel grimmig und warf seine Zigarettenkippe in den
Kies. „Jede Wette, dass zu diesem Segelboot auch eine Leiche
gehört."

„Wenn Sie hier herumturnen, dann liegt diese Vermutung jedenfalls nicht fern", gab Alfred zurück. „Was hat sonst ein Kriminalkommissar hier zu suchen?"

Junkel reagierte nicht darauf. Der faltige Oberkommissar schaute von Alfred zu Anna, von Anna zu Annas Bauch, von dort wieder zurück zu Alfred. Er witzelte, wobei nicht ganz klar war, ob er es vielleicht doch ernst meinte: „Na endlich hast du mal was Vernünftiges zustande gebracht." Er deutete ein Nicken in Richtung von Annas Bauch an.

„Oh, oh, halt! Stopp! Nicht was Sie denken", intervenierte Alfred. „Das war ich nicht."

Junkel hustete seine letzten fünf Zigaretten aus, dann antwortete er: „Du warst es nie. Du bist immer unschuldig, seit ich dich kenne. Und doch immer mitten im Schlamassel. Wie kommt es, dass ausgerechnet du dieses Segelboot auf dem See gefunden und abgeschleppt hast?"

Alfred erklärte dem Kommissar die Umstände. Dann bohrte er nach: „Sie gehen von einem Verbrechen aus, nicht wahr?"

Junkel raunzte zurück: „Was ist denn deine Theorie?"

„Ich habe keine, solange es keine Leiche gibt. Ich habe gesehen, wie eine junge Frau in Taucherausrüstung vom Boot aus ins Wasser abtauchte und nicht wieder zurückgekehrt ist. Außerdem habe ich von der Polizei erfahren, dass die Segeljolle einer Frau namens Jasmin Hog gehört, die seit vier Tagen als vermisst gemeldet ist. Mehr weiß ich nicht."

„Du hast doch auch die vielen Kleidungsstücke gesehen, die wie wild verstreut in der Bootskajüte lagen?", stellte Junkel fragend fest. Als Alfred nickte und „Frauenkleider!" hinzufügte, erklärte Junkel: „Sie gehörten eindeutig der Bootsbesitzerin. Wir haben mit ihrer Tochter gesprochen, sie hat die Kleider identifiziert."

„Aber sie kann unmöglich die Taucherin gewesen sein", beharrte Alfred. „Die Taucherin war deutlich jünger."

„So, so", bemerkte Junkel, der seine Ermittlerkollegen beobachtete und so tat, als habe er nur beiläufig zugehört. „Und was hast du alles vom Segelboot mitgenommen?"

Alfred versuchte seine Überraschung zu verbergen: „Ich? Nichts. Wieso sollte ich etwas mitnehmen?"

„Weil das eine deiner schlechten Angewohnheiten ist. Noch an bisher jedem Tatort, den ich nach dir betreten habe, hat irgendetwas gefehlt. Unsere Spurensicherung hat festgestellt, dass auf dem kleinen Tisch in der Bootskajüte ein rechteckiger Gegenstand gelegen haben muss. Es gibt da so kleine Staub- und Fettränder, die darauf hindeuten. Du hast keine Idee, was das gewesen sein könnte …?" Junkel gab sich beiläufig, aber heimlich lauerte er gespannt auf Alfreds Antwort.

Alfred zuckte mit den Schultern: „Ich kann mich nicht erinnern. Aber ich kann ja mal Vanessa und Jochen fragen. Die waren dabei. Vielleicht haben sie was eingesteckt? Oder vielleicht war es die Taucherin. Die hat einen wasserdichten Beutel mitgenommen, in den sie ihre Sachen gestopft hat. Da könnte auch ein Buch drin Platz haben."

„So, so, ein Buch", registrierte Junkel aufmerksam, ging aber nicht weiter darauf ein. Stattdessen steckte er sich eine neue Zigarette an, bot auch Alfred eine an, der dankend annahm, und drohte dann: „Wir werden euch alle drei zum Verhör vorladen, das ist dir hoffentlich klar. Wenn du mehr weißt, als du zugibst, dann wehe dir. Ich habe keine Lust, demnächst auf deinem Social Media weitere Einzelheiten zu diesem Fall zu lesen."

„Das ist nicht Social Media. Das ist eine Nachrichtenplattform", widersprach Alfred. „Goodwood Wälder-News! Freie Presse!"

Junkel winkte ab. Solche Feinheiten interessierten ihn nicht. Als wäre es ihm plötzlich eingefallen, schoss er eine unerwartete Frage ab: „Sagt dir der Name Giuseppe de Angelis etwas?"

„Italiener?", fragte Alfred. Er schüttelte den Kopf. „Wer soll das sein?"

„Versuch nicht, mich zu verarschen. Was weißt du über Giuseppe de Angelis?"

Alfred stand auf dem Schlauch. Hilfesuchend sah er Anna an: „Kannst du mit dem Namen etwas anfangen?"

Auch Anna schüttelte den Kopf. Sie hakte sich bei Alfred ein und bat: „Komm, lass uns gehen. Hier stehen wir nur im Weg herum."

Junkel hob zum Abschied drohend den Zeigefinger: „Denkt daran: Demnächst bekommt ihr eine Vorladung. Wir brauchen eure Zeugenaussagen."

Als sie wieder in Annas Golf saßen und den Bootsanlegeplatz Richtung Bundesstraße verließen, bat Alfred Anna: „Bieg rechts ab! Wir fahren zurück nach Schluchsee und suchen nach dem Waldhotel. Vielleicht finden wir einen Anhaltspunkt."

Anna stöhnte genervt: „Ach Alfred, ich dachte, wir machen uns einen schönen Nachmittag bei Kaffee und Kuchen und tratschen ein bisschen. Und jetzt hetzt du mich in der Gegend herum, wegen deinem blöden Fall …"

„Es ist nicht mein blöder Fall. Außerdem", er lächelte und streichelte Annas Hand am Lenkrad, „wir können das eine mit dem anderen verbinden. Wir trinken Kaffee im Waldhotel. Wir kehren dort wie normale Gäste ein und sehen uns ein bisschen um."

Das Waldhotel

Das Hotel war nicht zu übersehen. An einer der Straßen, die Schluchsee mit Lenzkirch verbinden, wiesen schon Kilometer vorher große Schilder auf „Ihr Familienhotel" hin, mit dem Versprechen „Wellness und Entspannung in einmaliger Lage". Die „einmalige" Lage bezog sich auf den umgebenden Fichtenwald. Beim Hotel, zu dem ein öffentliches Café-Restaurant gehörte, handelte es sich um einen wenig originellen typischen Siebziger-Jahre Bau, dreigeschossig, aus viel Beton, dem umlaufende Balkone mit schwarzen Holzgeländern und allerlei hölzernen Verschalungen das gaben, was Architekten der 1970er Jahre unter „Schwarzwaldflair" verstanden hatten. Der riesige Parkplatz vor dem Hotelgebäude war nahezu voll besetzt, was dafür sprach, dass der Laden lief.

„Hässlich, aber erfolgreich", fasste Anna den ersten Eindruck zusammen. Anna und Alfred setzten sich im gut besuchten Café an einen Tisch direkt an der großen Panoramascheibe, die einen malerischen Blick auf den Parkplatz eröffnete. Eine Weile schwiegen sie sich an und beobachteten das Treiben. Draußen auf der Terrasse im Liegestuhl saß ein Mann mittleren Alters und hantierte mit einem technischen Kasten. Alfred brauchte geraume Zeit, bis er begriff: Der Mann spielte mit einem ferngesteuerten Spielzeugauto, das groß wie ein Schuhkarton war, einer Art Mondfahrzeug mit übergroßen Monsterreifen. Die futuristische Kiste sauste in atemberaubendem Tempo hin und her, unter den leeren Tischen und Stühlen der Terrasse hindurch, umkurvte einen Sonnenschirmständer, nahm elegant die Lücke zwischen zwei Blumentrögen aus Waschbeton und kehrte wie an der Schnur gezogen zu ihrem Meister zurück. Der Mann an der Fernsteuerung beherrschte sein Spielzeug schlafwandlerisch sicher. Er sah nicht aus wie ein Hotelgast, eher wie jemand, der hier zu Hause war. Er trug eine gesteppte blaue Outdoorjacke, weiße Reebok Schuhe und eine graue Jogginghose. Sein Gesicht war hinter einer blaugetönten Sonnenbrille verborgen, obwohl von der Sonne nichts zu sehen war. Schon raste das Auto in die nächste Runde.

Anna folgte Alfreds Blicken. Auch sie bestaunte die Fahrkünste, während sie in kleinen Schlucken an ihrem Tee nippte.

„Man braucht wohl viel Zeit und Training, bis man das so beherrscht", stellte sie nach einigen Minuten fest.

Alfred stimmte zu: „Ein Hobby für Müßiggänger. Und teuer obendrein. So ein Auto kostet bestimmt eine Stange Geld." Er zückte seine Kamera und zoomte durch die Panoramascheibe auf das Modellauto, von dem er schnell einige Schnappschüsse machte. Nach Sichtung der Aufnahmen informierte er Anna: „Das Modell heißt Traxxas X-Maxx. Du kannst ja mal googeln, was so ein Ding kostet. Ich gehe so lange aufs Klo."

Alfred machte seinen Gang auf die Toiletten und kam dabei an der Hotelrezeption vorbei. Eine aufgemotzte Blondine fortgeschrittenen Alters hielt dort im eleganten hellblauen Business-Kostüm die Stellung. Der Hals verriet ihr wahres Alter, aber ansonsten verbarg ihr Tuning erfolgreich Falten und Krähenfüße. Ihr ins weißlich changierende Blondhaar war mit viel Chemie zu einer Art Löwenmähne zurechtzementiert. Sie besaß ein etwas zu bleich gepudertes Puppengesicht, lächelte ihn mit bis zum Platzen gespannten Schmollmundlippen an und klimperte mit ihren falschen Wimpern, als gelte es, einen Freier zu werben.

„Kann ich helfen?", fragte sie mit angenehm rauchiger Stimme und strahlendem Blick. Unschwer war nicht nur am Gesicht, sondern auch an den gut erhaltenen Kurven zu erkennen, dass sie einstmals ein Hingucker gewesen sein muss. Alfred fragte sich, ob er vielleicht im falschen Etablissement gelandet war. Aber er befand sich eindeutig in einem Ferienhotel.

„Haben Sie vielleicht ein Prospekt?", fragte er zögernd, weil ihm auf die Schnelle nichts Besseres einfiel. Die Wasserstoffblondine händigte ihm einen kleinen Katalog aus, was bei ihren grellrot gefärbten überlangen künstlichen Fingernägeln ein Kunststück war. An ihren Fingern hingen wie die Weintrauben dicht an dicht fette Klunker. Alfred war von der Erscheinung zu beeindruckt, um Fragen zu stellen. Er lächelte zurück. Hatte er es sich nur eingebildet, oder hatte die Rezeptionsblondine ihm zugezwinkert? Verstört kehrte er ins Café zurück.

Als er wieder bei Anna am Tisch saß, stellte er schließlich fest: „Der Betrieb scheint ganz normal weiterzulaufen, obwohl die Chefin vermisst wird. Sieht nicht so aus, als würde das hier jemanden besonders beunruhigen." Er blätterte beiläufig im Hotelprospekt.

Anna klärte ihn über das Modellauto Traxxas X-Maxx auf: „Es gibt mehrere Modelle. Kosten alle zwischen 1200 und 2000 Euro. Teures Hobby!"

„Habe ich mir fast gedacht. Alfred sah nach draußen. Der Mann war verschwunden."

Anna hatte sich den Hotelprospekt geangelt und erläuterte: „Das Hotel hat zwei Inhaberinnen." Sie hatte sich das Kleingedruckte auf der letzten Seite des Hotelprospektes näher angeschaut. „Sieh, hier steht es", sagte sie und schob Alfred das Prospekt hin.

„Inhaber: Jasmin Hog und Miriam Ansbach", las Alfred. „Gibt es keine Männer?"

Anna ging der Frage auf ihrem Smartphone nach. Sie googelte sich auf die Website des Hotels und klärte Alfred auf: „Das Hotel befindet sich seit 1983 im Besitz dieser beiden Frauen, Jasmin Hog und Miriam Ansbach. Das sind fast 40 Jahre. Die können damals ja kaum älter als 20 gewesen sein."

„Vielleicht haben sie geerbt?", schlug Alfred vor.

Die Bedienung kam vorbei. Eine junge Frau mit sportlicher Figur, die hinter der etwas kitschigen Service-Uniform nur unzureichend zur Geltung kam. Aber Alfred hatte einen Blick für so etwas. Sie bewegte sich elastisch, fast tänzerisch.

Alfred winkte sie an den Tisch. Ein Namensschildchen wies sie als „Hedi" aus: „Hedi, darf ich Sie mal etwas fragen?"

Die junge Frau nickte.

„Wie kommt es, dass zwei Frauen das Hotel gemeinsam führen?" Er deutete auf die Infos auf der Rückseite des Prospekts. „Sind das vielleicht Schwestern? Haben sie keine Männer?"

„Oh, da kann ich nicht weiterhelfen. Ich bin hier nur Aushilfe. Da müssen Sie Frau Ansbach selbst fragen. Sie finden sie vorne an der Rezeption."

„Die blonde … Die Frau mit den blonden Haaren …, das ist Frau Ansbach?"

Hedi nickte: „Ja. Sie ist normalerweise nicht so häufig da, aber sie ist eingesprungen, weil …" Sie stockte.

„Weil ihre Partnerin verschwunden ist", ergänzte Alfred den Satz. „Seit vier Tagen wird Frau Hog vermisst, nicht wahr?"

Das Mädchen wurde unvermittelt sehr kurz angebunden: „Dazu kann ich nichts sagen, entschuldigen Sie. Fragen sie Frau Ansbach."

Die junge Aushilfe entfernte sich abrupt. Alfred und Anna sahen sich an.

„Was hältst du davon?"

„Fragen wir Frau Ansbach", schlug Anna vor.

„Oh je", seufzte Alfred. Er beschrieb seine kurze Begegnung mit der blonden Frau an der Rezeption. „Wenn das Miriam Ansbach ist, dann ist sie jedenfalls eine Erscheinung."

„Reden wir mit ihr", empfahl Anna.

Alfred war unwohl bei dem Gedanken. Aber wenn er mehr herausfinden wollte, blieb ihm nichts anderes übrig. Nachdem sie gezahlt hatten, schlenderten sie unschlüssig zur Rezeption.

Doch da war ihnen schon jemand zuvorgekommen. Oberkommissar Siegfried Junkel stand da und plauderte mit der Dame des Hauses! Er sah im Kontrast zur herausgeputzten Rezeptionsblondine mehr denn je aus wie ein Penner. Es war zu spät, umzukehren. Der Polizist hatte Alfred und Anna schon erspäht.

„Ach, sieh mal an", rief Junkel quer durch das Foyer. „Der Sensationsreporter Alfred. Hätte ich mir denken können, dass du auch hier herumschnüffelst. Aus Zufall bist du doch sicher nicht hier gelandet?"

„Kaffee trinken, weiter nichts", sagte Alfred. „Es lag gerade auf dem Rückweg..."

Junkel grinste belustigt und kommentierte: „Den Bären kannst du aufbinden, wem du willst. Du bist natürlich hergekommen, um was über Jasmin Hog herauszufinden, habe ich Recht?"

Zur Frau hinter der Rezeption sagte er erklärend: „Sie müssen wissen, Frau Ansbach, das hier ist Alfred, der junge Mann, der das Segelboot auf dem Schluchsee gefunden und an Land geschleppt hat. Ein tüchtiger junger Reporter. Nur dass er seine Nase zu oft in die Angelegenheiten der Polizei steckt, nicht wahr?"

„Sie waren das?", fragte Miriam Ansbach ehrlich überrascht. Sie schenkte Alfred ein ermunterndes Lächeln: „Das müssen Sie mir aber unbedingt berichten, wie Sie die Schluchseenixe gefunden haben. Und Reporter sind Sie? So können Sie vielleicht diesen Fall aufklären? Das ist doch schrecklich, dieses plötzliche Verschwinden von Jassi, ... äh von Jasmin. Was kann da bloß passiert sein?"

„Wenn hier jemand diesen Fall aufklärt, dann ist das die Kripo", ging Junkel energisch dazwischen. „Und die Kripo, das bin ich! Dass wir uns richtig verstehen!"

„Haben Sie denn schon eine heiße Spur?", fragte Alfred scheinheilig.

Junkel blitzte ihn wütend aus seinen müden Augen an: „Mach, dass du fortkommst. Du behinderst die Ermittlungen. Sonst muss ich meine Leute rufen, damit sie dich in Gewahrsam nehmen."

„Bin ja schon weg", wehrte Alfred ab. Er zog Anna mit sich nach draußen. Vor dem Haus stand ein Großaufgebot an Polizeifahrzeugen. Für Alfred ein sicheres Zeichen, dass Junkel den Fall ernst nahm.

„Wir warten im Auto, bis sie weg sind", bestimmte Alfred, ohne Anna um ihre Meinung zu fragen. „Dann reden wir mit der Ansbach. Ich habe da einen ganz heißen Verdacht. Hast du gehört, dass sie von Jassi gesprochen hat?"

„Und wenn? Was soll das bringen? Du kannst gerne hier warten, Alfred, aber mir ist das zu blöd", wehrte Anna ab. „Ich fahre jetzt nach Hause. Es wird schon dunkel. Ich bin müde, ich sehne mich nach einem heißen Bad und außerdem: Das Kleine zappelt!" Sie zog Alfreds Hand auf ihren Bauch: „Hier, fühl mal!"

Tatsächlich! Aus Annas Bauch empfing Alfred kleine Klopfzeichen. Es wurde ihm warm ums Herz. Er flüsterte Anna ins Ohr: „Wenn Jassi ihre Partnerin Jasmin Hog ist, die vermisste Hotelchefin, dann habe ich eine heiße Spur …"

Anna räkelte sich: „Du kitzelst mich im Ohr. Ich krieg eine Gänsehaut …"

Ihm kam eine verwegene Idee: „Hör zu Anna. Was hältst du davon, wenn wir uns im Waldhotel für eine Nacht einmieten? Wir kommen nur weiter, wenn wir mit Miriam Ansbach reden. Wer weiß, ob wir morgen noch so leicht an sie rankommen. Und sie hat doch gesagt, dass sie von mir hören will, wie wir die Jolle gefunden haben. Das Eisen muss ich schmieden. Du hast doch auch gehört, sie ist nur ausnahmsweise im Hotel. Wir müssen jetzt die Gelegenheit nutzen. Sobald Junkel verschwunden ist."

Anna schwieg und schloss die Augen. Schon fürchtete Alfred, wieder einmal das vollkommen Falsche zur falschen Zeit gesagt zu haben. Er wollte den Vorschlag schon zurücknehmen, sich entschuldigen, sich selbst für blöd erklären, doch da schlug sie die Augen auf, strahlte ihn an und verblüffte ihn: „Das hört sich gut an, Alfred. Das warme Bad lockt! Verbringen wir beide eine Nacht im Hotel. Warum nicht."

„Ich besorge uns die Zimmer, sobald Junkel mit seinem Aufgebot verschwunden ist", versprach Alfred.

„Wieso die Zimmer?", fragte Anna zurück. „Eines reicht uns doch." Sie verblüffte Alfred immer mehr. So kannte er die langjährige Freundin gar nicht. Wenn in der Vergangenheit eines immer sicher gewesen war, dann war es Annas Prüderie gewesen. Niemals hätte sie Alfred früher solche Gelegenheiten geboten. Sie hatte sich in der Vergangenheit nicht einmal küssen und anfassen lassen.

Sie setzten sich in Annas Golf, fuhren ihn außer Sichtweite der Polizeifahrzeuge in einen versteckten Winkel des Parkplatzes und warteten schweigend eine halbe Stunde, bis Junkel und mit ihm sämtliche Polizisten verschwunden waren. Zwischendurch warf Alfred Anna vom Beifahrersitz aus immer wieder verstohlene Blicke zu. Sie lehnte sich im Sitz zurück, den Kopf auf der Nackenstütze, hielt die Augen geschlossen und schien zu schlafen. Alfred studierte ihr schönes Gesicht. Sie sah makellos aus wie immer. Ihre Brust hob und senkte sich unter den regelmäßigen Atemzügen, ihre Hände hatte sie über dem gewölbten Bauch gefaltet, ihr dichtes, schwarzes Haar fiel ungebändigt über ihre Schultern herab. Es drängte ihn, sich vorzubeugen und ihre halb geöffneten vollen Lippen zu küssen. Er beherrschte sich. „Sei kein Dummkopf, Alfred", so redete er mit sich selbst. „Sie hat dir schon so oft eine Abfuhr erteilt, dass du doch Bescheid wissen müsstest. Und auch wenn sie am Nachmittag in Schluchsee davon gesprochen hatte, dass sie sich scheiden lassen will, das hat gar nichts zu sagen."

Mirri, Knerri und Jassi

Sie schliefen in einem gemeinsamen Hotelzimmer, in einem Bett, dicht an dicht, aber sie schliefen nicht miteinander. Vor dem Einschlafen nahm Alfred Anna von hinten in den Arm, was sie sich gefallen ließ. Sie drückte ihren Rücken an ihn und ließ es zu, dass er ihren Bauch streichelte. Dann lösten sie sich wieder voneinander und Anna schlief seufzend ein, während Alfred aufgewühlt noch stundenlang wach lag und grübelte. Einerseits bewegte ihn die innige Nähe zu Anna, ihre Zutraulichkeit, die längst verschüttet geglaubte Gefühle wieder ausbrechen ließ. Zum anderen beschäftigte ihn das lange Gespräch, das sie beim Abendessen mit der Hotelbesitzerin Miriam Ansbach geführt hatten. Die aufgetakelte Blondine hatte sich ungefragt zu Alfred und Anna an den Tisch gesetzt und mit ihrer sinnlich-rauchigen Stimme einschmeichelnd bestimmt: „Ihr seid selbstverständlich meine Gäste. Keine Widerrede." Zu Alfred gewandt kam sie dann gleich zur Sache: „Du hast die Schluchseenixe gefunden? Erzähl mir davon. Vielleicht kann ich dir auch ein paar Sachen erzählen. Das interessiert doch sicher einen Journalisten"
Und ob das einen Journalisten interessierte. Dennoch stutzte Alfred. Das klang fast so, als wollte Miriam Ansbach dringend etwas loswerden. Sie hatte von sich aus den Kontakt gesucht, sie bot sich geradezu als Informantin an. Alfred entschied sich für Frontalangriff: „Jassi, wer ist das? Ist das Jasmin Hog?"
Die Blonde nickte: „Ja, gewiss. Das ist ihr Spitzname. Alle sagen nur Jassi zu ihr. So lange ich denken kann. Wie hast du ihr Boot gefunden?"
Alfred erzählte seine Geschichte. Die unbekannte Taucherin ließ er weg. Miriam Ansbach hörte aufmerksam zu. Zwischendurch stellte sie Fragen: „Wie sah es in der Kajüte aus? Was lag

auf dem Deck herum? Was lag in der Kajüte? Was lag auf dem Kajüttisch?" Alfred schwindelte: „Weiß ich nicht mehr genau. Hab ich mir nicht gemerkt. Hat die Polizei auch schon gefragt." Es beschlich ihn das sichere Gefühl, dass die Ansbach etwas ganz Bestimmtes von ihm hören wollte.

„Sie hat früher häufig solche Bootstouren unternommen", räsonierte die Hotelchefin schließlich. „Aber in letzter Zeit überhaupt nicht mehr. Das ist komisch. Als sie an jenem Morgen das Haus verließ, da hat sie mir noch zugerufen, sie sei eingeladen zu einem Segeltrip. Irgendjemand hat sich mit ihr verabredet." Während sie sprach, spreizte sie die Klunkerfinger und verschränkte die Hände ineinander, ohne dass sich die mörderischen Fingernägel in die Quere kamen. Alfred nahm eine gewisse Nervosität wahr. Irgendetwas wollte die Frau loswerden, oder es beschäftigte sie etwas.

„Haben Sie eine Idee, wer das gewesen sein könnte? Wer könnte mit ihr auf dem Segelboot gewesen sein?"

Sie wartete, bis der Kellner die Suppen serviert hatte, Flädlesuppe für Alfred, Spargelcreme für Anna, dann wünschte sie guten Appetit und führte aus: „Vielleicht war es Knerri, höchstwahrscheinlich sogar. Mit der ist sie früher auch häufig auf dem See gewesen. Aber ich weiß es nicht. Nur so eine Vermutung …"

Alfred setzte den Löffel ab. Er sah Miriam Ansbach in die Augen und sagte ihr auf den Kopf zu: „Knerri? Dann sind Sie Mirri?"

Sie lachte: „Ja, woher …? Ihr dürft mich gerne so nennen."

Es ging Alfred auf, dass er die Spitznamen nicht kennen durfte, ohne sich zu verraten. Er druckste herum: „Na ja, habe ich halt so kombiniert. Sie heißen Miriam, da macht man doch schnell ein Mirri draus. Wer ist Knerri?"

Anna warf Alfred warnende Blicke zu. Ihr hatte er von dem Foto aus dem Fußballerbuch erzählt, jenem Foto mit den drei

Frauen, und dem Spruch „Mirri – Knerri – Jassi – wir drei Schluchseenixen". Annas Blicke sagten: Sei jetzt bloß vorsichtig, was du erzählst. Verrate lieber nicht, dass du das Buch mit dem Foto gefunden und mitgenommen hast! Aber so schlau war Alfred von allein. Treuherzig schenkte er Miriam Ansbach einen dackeläugigen Blick und stellte sich ahnungslos: „Sie haben von einer Knerri gesprochen. Wer ist das?"

Offenbar bemerkte Miriam Ansbach die Spannung nicht, unter der Alfred stand. Sie spielte weiterhin mit ihren Fingern, drehte an den diversen Ringen und klackerte mit den Fingernägeln und erklärte dabei: „Knerri ist eine alte Freundin. Eva Knerdler, so heißt sie richtig. Als wir drei jung waren, waren wir ein Herz und eine Seele. Wir nannten uns die drei Schluchseenixen."

Das wusste Alfred schon von der Notiz auf der Fotografie, die er auf der Segeljolle gefunden hatte. Das behielt er aber für sich. Stattdessen beugte er sich vor. Sein Blick blieb am beachtlichen Dekolletee seiner Gegenüber hängen. Es war egal, wohin man bei ihr schaute, Finger, Frisur, Lippen, Busen, Beine, überall war immer von allem eine Idee zu viel, zu vulgär, zu einladend. Vorsichtig fragte Alfred: „Und mit dieser Knerri ist Frau Hog zum Segeln gegangen, an jenem Tag, seitdem sie vermisst wird?"

„Ich weiß es nicht genau", schwächte Miriam Ansbach ab, um dann aber doch nachzuschieben: „Aber Jassi hat so Andeutungen gemacht. Ich glaube schon. Die beiden hatten ja auch was zu besprechen …" Sie fügte den letzten Satz so gewollt beiläufig an, dass Alfred sofort hellhörig wurde. Ihm entging, dass Mirri ihm für einen Sekundenbruchteil einen lauernden Blick zuwarf, so als wollte sie sich versichern, dass Alfred die Andeutung auch wirklich verstanden habe. Aber Anna, der solche Dinge nie entgingen, bemerkte es und machte Alfred später, als sie allein auf ihrem Hotelzimmer waren, darauf aufmerksam: „Hast du bemerkt, wie sie dir den Köder hingeworfen hat?" Sie ahmte Mirris rauchige Stimme nach und sagte gedehnt: „Die beiden hatten ja auch was zu besprechen."

Alfred reagierte jedenfalls wie gewünscht und hakte sofort nach: „Jetzt machen Sie mich aber neugierig, Mirri. Was hatten Jassi und Knerri zu besprechen? Geht es etwas genauer?"

„Das kann ich nicht sagen, das darf ich nicht sagen", wehrte Mirri sofort ab. Aber ihre Körpersprache verriet das Gegenteil. Sie wollte etwas loswerden.

„Warum? Was ist daran so geheim?"

„Es ist eine Frauensache. Die beiden haben eine alte Geschichte miteinander. Und Knerri würde niemals wollen, dass man darüber redet."

„Wo findet man diese Knerri, diese Frau Knerdler?", hakte Alfred weiter nach.

Auch auf diese Frage schien Miriam Ansbach gewartet zu haben. Wie aus der Pistole geschossen kam ihre Antwort: „Sie ist ein bisschen spleenig. Sie wohnt zurückgezogen in einem alten Bauernhaus in Blasiwald am Weidberg. Angeblich betreibt sie ein Kunstatelier. Aber man sieht nie etwas von ihr. Sie veranstaltet auch keine Ausstellungen."

„Haben Sie selbst noch Kontakt zu ihr?", bohrte Alfred weiter, während der Hauptgang serviert wurde: Rumpsteak für Alfred – wenn schon die Hausherrin einlud – und großer Salatteller für Anna.

Mirri zögerte mit der Antwort. Sie tat so, als wolle sie Alfred und Anna nicht beim Essen stören und erhob sich vom Tisch.

„Ich komme später noch mal. Jetzt lasst es euch erst einmal schmecken." Mit diesen Worten ließ sie Alfred und Anna allei und entfernte sich zu einem Tisch am anderen Ende des Restaurants, wo ein gutaussehender älterer Mann mit weißgrau meliertem, welligem Haar saß und ihr einen Stuhl anbot. Alfred studierte den fremden Gast, mit dem Mirri sich sofort in ein angeregtes Gespräch vertiefte, aus den Augenwinkeln. War das vielleicht Mirris Ehemann? Seltsamerweise waren in den Geschichten von Mirri, Knerri und Jassi bislang noch keine Männer vorgekommen.

Als der Kellner wieder vorbeischaute, um nachzufragen, ob Alfred und Anna noch irgendwelche Wünsche hätten, wollte Alfred mit Blick auf das Namensschildchen, das den Mann als „Rudi" auswies, wissen: „Rudi, können Sie mir sagen, wer das da drüben ist, der Herr, zu dem sich Frau Ansbach gesetzt hat? Ist das ihr Ehemann?"

Der Kellner Rudi lachte kurz auf.

„Mirri hat keinen Ehemann, aber eine ganze Reihe von Männern", sagte er belustigt. „Mit ihrer ersten Ehe hat sie vor vielen Jahren Schiffbruch erlitten. Außer ihrem missratenen Sohn Ralf ist davon nicht viel übriggeblieben." Er stockte kurz, hielt sich die Hand vor den Mund und meinte in gespieltem Erschrecken: „Entschuldigung, das habe ich nicht gesagt."

„Reden Sie nur weiter", ermunterte Alfred den Kellner und ignorierte die Blicke von Anna, die ihn gemahnten, nicht so frech zu fragen.

„Wie gesagt", redete Rudi unbekümmert weiter. „Sie hat keinen Ehemann. Wer der Herr da drüben ist, kann ich Ihnen aber auch nicht sagen. Soll ich hinüber gehen und fragen?"

„Gott bewahre", mischte sich Anna ein. „Wir sind doch nicht hier, um im Privatleben der Leute herumzuschnüffeln."

„Das ist ein Gast", informierte der Kellner ungerührt weiter. „Er ist Italiener. Er wohnt schon seit zwei Wochen im Hotel. Ich kann im Gästebuch nachschauen, wenn Sie das möchten. Mirri … äh Frau Ansbach kennt ihn ganz gut, wohl von früher. Sie sitzen fast jeden Abend zusammen an der Bar."

Später, als sie längst gegessen hatten, die meisten Tische im Restaurant sich geleert hatten und sie beide nur noch an ihrem Espresso nippten und verklemmt den Moment hinausschoben, an dem sie zusammen auf das gemeinsame Zimmer und ins gemeinsame Bett gehen mussten, tauchte Mirri Ansbach noch einmal an ihrem Tisch auf. Sie verabschiedete den weißmelierten Italiener, der sich mit ihr vom Tisch erhoben hatte, mit den Worten: „Bis später an der Bar, Tscheppi, tschau, tschau" und warf ihm einen Handkuss hinterher. Zu Alfred und Anna sagte sie, während sie sich, ohne zu fragen an deren Tisch niederließ: „Kommt ihr auch noch rüber an die Hotelbar? Dann stelle ich euch Tscheppi vor, ein alter Freund."

Alfred hätte liebend gerne zugesagt, aber Anna warnte ihn zischend: „Wenn du das machst, Alfred, dann steige ich auf der Stelle ins Auto und fahre zurück nach Neustadt. Verdirb es nicht!"

Die Warnung half. Alfred lehnte ab: „Ein anders Mal vielleicht", hielt er sich ein Hintertürchen offen. Mirri schmollte ein wenig, klackerte mit den Klunkerfingern und schlug die bestens erhaltenen Beine übereinander, so dass Alfred mehr davon mitbekam als nur das Rascheln der Strumpfhose.

„Ich kann nicht so früh ins Bett", teilte Mirri ungefragt mit und gurrte dabei kehlig mit ihrer markanten Stimme. „Ich bin ein Nachtmensch, schon immer gewesen." Man glaubte es ihr aufs Wort. Sie zückte ein silbernes Zigarettenetui aus ihrem hellblauen Blazer, griff sich ungeachtet ihrer gelmanipulierten Fingernägel erstaunlich kunstfertig eine Zigarette. Sie bot auch Alfred eine an, was dieser unter den missbilligenden Blicken Annas dankend annahm.

„Jetzt isst ja niemand mehr", sagte sie, während sie mit einem edlen, flachen Damenfeuerzeug ihre Zigarette anzündete. „Um diese Zeit ist das Rauchverbot im Restaurant aufgehoben."

Anna rückte ihren Stuhl vom Tisch ab: „Tschuldigung, ich bin schwanger. Ich vertrage den Rauch nicht."

Alfred legte sofort wie ein ertappter Sünder seinen noch nicht entzündeten Glimmstängel auf den Tisch. Miriam Ansbach

nahm noch einen tiefen Zug und drückte dann ihre Zigarette demonstrativ auf dem Unterteller von Alfreds Espressotasse aus. „Ach ihr zwei Süßen, dann sagt doch was. Das kann ich ja nicht wissen, dass da was unterwegs ist …" Sie warf Alfred einen verschwörerischen Blick zu, als habe sie ihm eine solche Heldentat gar nicht zugetraut. Alfred überließ es Anna, das Missverständnis aufzuklären, aber Anna dachte nicht daran. In das betretene Schweigen hinein, das folgte, seufzte Miriam Ansbach wie eine enttäuschte Verehrerin. Sie schob Alfred eine Visitenkarte zu: „Das ist Knerris Adresse. Besuch sie mal! Vielleicht erzählt sie ja was von ihren Angelegenheiten." Vielsagend fügte sie hinzu, während sie sich bereits wieder erhob: „Das könnte für einen Journalisten eine interessante Story werden, wenn er alles herausfindet, was Knerri so betrifft …"
Wie viele Köder wollte sie noch auslegen? So viel hätte jetzt auch der letzte Vollidiot begriffen: Sie wollte, dass Alfred weiter in der Geschichte rührte und dass er Witterung zu Eva Knerdler aufnahm. Er steckte die Visitenkarte ein.
Dann verbrachte er die Nacht mit Anna im Hotelzimmer.
Am nächsten Morgen hatte Anna es eilig. Sie schleppte Alfred bereits kurz nach sieben Uhr zum Frühstück. „Ich muss heute wieder in die Redaktion", verkündete sie. „Du bist so nett und schickst mir die Fotos, die du am Bootsanlegeplatz und hier vom Hotel gemacht hast. Halbe, halbe, so war es ausgemacht." Sie frühstückten schweigend. Anna scrollte auf ihrem Smartphone herum und stieß leise Verwünschungen aus.
„Was ist los?", wollte Alfred wissen.
„Keine einzige Rückmeldung von Peter. Er hat sich seit zwei Tagen nicht gemeldet. Ich bin ihm vollkommen egal."
„Ich polier ihm die Fresse, sobald er von seinem Amazonas-Trip zurückgekehrt ist."
„Das kann lange dauern", meinte Anna lachend. „Besser wäre es, ihn fräßen vorher die Piranhas."

Annas Groll auf ihren Mann Peter Sterzer versetzte Alfred in Hochstimmung. Er hätte gerne noch weiter über den ungeliebten Rivalen gelästert, aber er wurde abgelenkt von einem penetranten surrenden Geräusch. Zwischen den Tischen und unter ihnen hindurch näherte sich in waghalsigem Tempo ein Traxxas X-Maxx. Es handelte sich um ein ähnliches, aber nicht das gleiche Modell wie dasjenige, das sie am Vortag auf der Terrasse beobachtet hatten. Irritiert schaute Alfred in die Runde. Am Eingang zum Frühstücksraum lehnte der Mann, der schon auf der Terrasse Modellauto gespielt hatte, und hantierte mit der Fernsteuerung. Er wirkte hoch konzentriert und schien Alfred, Anna und die wenigen übrigen Gäste, die sich so früh im Saal verloren, überhaupt nicht wahrzunehmen. Der Traxxas X-Maxx, wiederum ein Hightech Modell aus der Preisklasse 1200 bis 2000 Euro, sauste unter dem Nachbartisch hervor und nahm zielstrebig die Kurve zu Alfreds Platz. Eines musste man dem Piloten lassen: Er beherrschte sein Spielzeug. Der rasende rote Kasten touchierte mit seinen Monsterreifen beinahe ein Tischbein, dann verschwand er unter Alfreds und Annas Tisch. Das war der Moment, in dem Alfred zu einem kurzen, aber wirkungsvollen Fußtritt ausholte. Er traf das Monstrum in voller Fahrt. Es flog zwei Meter durch die Luft und landete wie ein Käfer auf dem Rücken. Die Räder surrten empört weiter.

„Ärger!", konstatierte Anna, als sich mit wutverzerrtem Gesicht der Fernsteuerpilot näherte. Er trug zwar immer noch seine schlabbrige Jogginghose, aber diesmal keine blaugetönte Sonnenbrille. So erkannte Alfred ein sonnengebräuntes, weiches Gesicht, umrahmt von blonden Engelslocken, aus dem zwei helle, kalte Augen bösartige Blicke verschossen. Alfred rechnete mit mindestens einer Backpfeife und machte sich auf ein Handgemenge gefasst, aber der Mann rauschte an ihm vorbei, zischte einen vernichtenden Dreier „Arschloch! Wichser!

Idiot!" und hatte ansonsten nur sein aufs Kreuz gelegtes Modellauto im Sinn. Er stellte es wieder auf die Räder und ließ es mit Hilfe seiner Fernsteuerung die Flucht ergreifen. Auf kürzestem Wege verschwanden beide, Traxxas X-Maxx und Pilot, aus dem Frühstückssaal.

„Was war das denn?", fragte Anna konsterniert.

Digitale und analoge Recherche

Tim Joy weigerte sich, Vanessas Tinder-Account zu hacken. „Das mache ich nicht! Sie ist doch deine Freundin", erklärte er, als Alfred bei ihm im Zimmer stand und um diesen „kleinen Gefallen" bat.

„Gerade weil es meine Freundin ist, Tim. Sieh es so: Ich muss sie vor Unheil bewahren."

Tim Joy saß in einem monströsen Lehnsessel vor der imponierenden Front seiner Computerbildschirme, die eine komplette Wand in seiner WG-Behausung bedeckten, und schüttelte den massigen Kopf. Er sah wie immer wie ein fernöstlicher Buddha im Unterhemd aus. Sein Bauch quoll hervor und überflutete die Sesselkanten nach allen Richtungen. Manchmal schien es Alfred, als sei der Kumpel an diesem einen Sessel in seiner vom Licht der Computerbildschirme futuristisch beleuchteten Wohnhöhle festgewachsen. Tim Joy war ein gefräßiger und weitgehend bewegungsloser Nerd wie er im Buche steht. Er verließ seinen Arbeitsplatz nur, wenn der Pizzabote oder Lieferando klingelten, um neue Kalorienbomben abzuladen. Nach Alfreds bescheidener Einschätzung war Tim Joy der genialste Computerhacker zwischen Lissabon und Moskau. Und er war steinreich, sowohl was echtes Geld als auch was Kryptowährung betraf – die er mit Hilfe seiner Hackertricks von schlecht geschützten fremden Konten und Depots abgezweigt hatte. Als er Alfred einen Kontoauszug gezeigt hatte, wurde ihm schwindelig.

„Ist nur ein Spiel", hatte Tim Joy abgewunken. Tatsächlich unternahm er nichts mit seinem vielen Geld, außer gigantische Mengen von Burgern, Pizzen, Dönern und Coca-Cola zu bestellen. Das Haus verließ er so gut wie nie, zuletzt vor zwei Jahren, als man ihn für mehrere Monate wegen illegaler Computertricksereien eingebuchtet hatte.

Tim Joy wohnte mit Alfred und zwei weiteren Mietern in einer WG. Sie teilten sich Küche, Bad, einen riesigen Hausflur und den mit Sperrmüll vollgestopften Keller. Neben Alfred und Tim Joy gehörten der obskure südamerikanische Revolutionärs-Guerilla Hugo sowie der vielversprechende Jung-Jurist Jochen Schiller zur WG. Jochens Vater gehörte nicht nur die Wohnung, sondern die komplette Jugendstilvilla in der Prinz-Eugen-Straße, wo sich die Wohnung in der dritten Etage befand. In der zweiten Etage lebte in wechselnder Besetzung ein Großclan vom Balkan, im unbewohnten Erdgeschoss bewahrte der alte Schiller ein Museum an alten Möbeln und Antiquitäten auf. Im Dachgeschoss über Alfreds WG lebte ein einsamer Geiger, der im Haus die Aufsicht über Mülltrennung, Zählerablesung, Kehrwoche, Kaminfeger und andere deutsche Pflichtaufgaben führte.

Jochen Schiller besaß in Alfreds WG zwar ein eigenes Zimmer, aber er wohnte nicht hier. Er hielt das Zimmer lediglich frei, damit er hier beliebig ein- und ausgehen konnte, einmal, um Alfred zu hofieren, zum anderen, um „das echte Leben" zu spüren, wie er sich gerne ausdrückte. Der Mitbewohner Hugo, eigentlich Spezialist für das „echte Leben", war derzeit ebenfalls nicht anzutreffen, denn er befand sich wieder einmal im Knast. „Wegen Hehlerei, unerlaubtem Waffenbesitz, Fahren ohne Führerschein, Drogenschmuggel, Widerstand gegen die Staatsgewalt, Erregung öffentlichen Ärgernisses, Förderung der Prostitution, Gründung einer terroristischen Vereinigung, Verbreitung von Falschgeld und Falschaussage vor Gericht. Such dir was aus", hatte Alfred zu Jochen Schiller gesagt, als dieser sich nach dem Abwesenden erkundigt hatte. Jochen Schiller hatte daraufhin die Anwaltskanzlei seines Vaters in Marsch gesetzt, und seither liefen die diskreten, aber vielversprechenden Bemühungen von „Schiller & Partner", den Delinquenten geräuschlos wieder aus dem Strafvollzug herauszupauken.

Da auch Alfred in jüngster Zeit häufiger in Neustadt in der Redaktionsbude von Goodwood Wälder-News nächtigte als in seinem Zimmer in Freiburg-Wiehre, war Tim Joy faktisch der einzige ständige Bewohner. Er aß allerdings für vier, weshalb Döner Ali, Freddy Fresh Pizza, die Leute von Burger Factory und Mr Döner aus dem Stühlinger keinen Verdacht schöpften, wenn sie Portionen ablieferten, die normalerweise für eine gesamte Studentenverbindung ausreichten.

Tim Joy war immer am Essen. Auch jetzt, da er sich mit Alfred unterhielt. Er griff in eine der Pizzaschachteln, die um ihn herum aufgestapelt lagen und zog einen mit Salami belegten Lappen hervor. Während er hineinbiss und die Viertelpizza dann mit einer unnachahmlichen Technik, ohne abzusetzen in sich hineinschlürfte, brachte er zwischen den Zähnen hervor: „So etwas wie ein Tinder-Profil ist doch komplette Privatsache. Du willst wissen, mit wem sie sich matcht? Mit wem sie sich trifft? Bist du eifersüchtig?"

„Nein!", wehrte Alfred ab. „Aber sie geht da gerade einem völlig durchgeknallten und gewalttätigen Heavy Metal Gitarristen aus Emmendingen auf den Leim. Ich will ja nur, dass du mal nachforschst, was das für ein Typ ist … und mit wem sie sich sonst noch so verabredet."

Für Tim Joy wäre es ein Klacks gewesen, sich in fremde Accounts auf Facebook, Twitter, Tinder oder jedem beliebigen Social-Media-Kanal zu hacken und sich dort zu bewegen, als sei er der Account-Inhaber selbst. Tim Joy hatte bei Goodwood Wälder-News ein Tool installiert, das aus allen aktuellen Onlinemeldungen den Hochschwarzwald betreffend automatisiert kurze News formulierte. So herrschte ständig Aktivität auf Goodwood, auch wenn Alfred gar nicht textete, sondern sich auf Segeltrips auf dem Schluchsee befand, oder in fremden Hotelbetten.

Jetzt meinte Tim, während er sich den nächsten Teiglappen griff: „Ich suche Vanessas Match mit dem Musiker aus Emmendingen heraus und fühle dem Typen mal auf den Zahn. Aber mehr nicht. Hinter Vanessa spioniere ich nicht hinterher."

„Danke!", sagte Alfred. Und da er schon einmal dabei war, schob er nach: „Außerdem könntest du noch ein bisschen für mich im Fall der verschwundenen Frau in Schluchsee recherchieren. Finde mal alles raus, was du im Netz über einen Menschen mit Namen Giuseppe De Angelis herausfinden kannst. Den Namen hat mir Kommissar Junkel zugerufen. Das hat er nicht ohne Grund gemacht. Junkel lanciert solche Informationen nur, wenn er sich davon etwas verspricht."

Alfred hatte zuvor nochmals mit Junkel telefoniert. Er hatte ein schlechtes Gewissen, weil er das Toni Schuhmacher-Buch „Anpfiff" vom Segelboot mitgenommen hatte. Sollte er es beichten? Das würde vermutlich Ärger einbringen.

„Sie haben mir da so einen italienischen Namen zugerufen", sagte Alfred am Telefon zu Junkel. „Wollen Sie mir nicht mehr dazu verraten?"

„Giuseppe de Angelis!", bestätigte Junkel mit schnorriger Stimme. Durch das Telefon klang er wie eine schlecht geölte alte Schreibmaschine.

„Was ist mit dem?"

„Ich dachte, das findet so ein schlauer Schnüffler wie du schon von alleine heraus", lästerte Junkel. Dann fügte er gedehnt hinzu: „Es ist doch klar, dass du mir irgendetwas verheimlichst. Irgendwas, was mit diesem Boot Schluchseenixe zu tun hat. Ich kenne dich gut genug, du bist ein unzuverlässiger Lügner und Trickser."

„Aber … nicht …", versuchte Alfred zu intervenieren, aber Junkel ließ sich nicht abbringen: „Wir können es so machen: Deine Informationen gegen meine. Du erzählst mir, was du auf der Schluchseenixe gefunden hast, ich erzähle dir, was es mit Giuseppe de Angelis auf sich hat."

„Nur wenn Sie mir Straffreiheit garantieren", forderte Alfred in einer Mischung aus Scherz und Ernst.

Junkel ließ sich auf den Tonfall ein: „Bist du in Freiburg? Auf einen Cognac im Auditorium Minimum! In einer halben Stunde."

Alfred parkte den roten Flitzer, den er am Vortag frisch ausgebeult und lackiert aus der Autowerkstatt abgeholt hatte, in der für Autos verbotenen Altstadt auf dem für Autos verbotenen Uni-Gelände des KG II. Er legte hinter die Windschutzscheibe die auf Professorin Silvia Winkrewcz ausgestellte Sondereinfahrtsgenehmigung, die er sich vor geraumer Zeit in seiner Zeit als Student bei der seinerzeitigen Lateinlehrerin geklaut hatte. Mit der hatte er sowieso noch eine Rechnung offen. Aber das war eine andere Geschichte. Bis zum Pub Auditorium Minimum in der Löwenstraße war es von hier nur ein Katzensprung. Der Laden war wie immer voll. Er hatte seinen Namen von der benachbarten Universität, und den Großteil seiner Gäste ebenfalls. Junkel gehörte unter diesen Gästen zu der Sorte: Alter weißer Mann inmitten von jungem Gemüse.

Junkel war schon da und saß an einem der kleinen Tische im Freien. Er trug trotz frühlingshafter Wärme sein ausgebleichtes Allwettersakko, rauchte Selbstgedrehte und spielte mit einem bereits geleerten Cognacglas. Er sah aus wie immer: Ein Penner mit schweren Tränensäcken unter den Augenschlitzen, schlecht rasiert, ungewaschen und heruntergekommen. Wer ihn unterschätzte, der hatte schon verloren. Bei Alfred bestand die Gefahr nicht. Er hatte den schlauen Oberkommissar oft genug erlebt. Irgendwie waren sie über die Jahre Freunde geworden und dennoch misstrauische Rivalen geblieben.

„Auch einen Cognac?", fragte Junkel, während Alfred sich niederließ.

Ein Jüngelchen mit Serviertablett und Serviette über dem Arm tänzelte durch die Tischreihen herbei, mit einem Gang, einer Haltung und einem Gesichtsausdruck, als sei er persönlich der Maitre de Hotel im Savoy von Paris.

„Was trinken?", fragte er lässig.

„Danke Lorenz, zwei Cognac", bestellte Junkel forsch, ohne Alfreds Antwort abzuwarten.

Alfred wusste zwar, dass Junkel häufig hier im Freiburger Kneipeneldorado namens Bermuda Dreieck verkehrte, neben dem Auditorium Minimum wahlweise im benachbarten Légère, im Schlappen, im Unicafé oder im Café Journal, aber er wunderte sich dennoch immer wieder, wie der alte Oberkommissar überall den Stammgaststatus besaß.

„Sie kennen wohl jeden Hilfskellner mit Namen?", stellte Alfred fest, während sich der junge Adonis Lorenz mit Grandezza entfernte, um weitere Bestellungen an den Nachbartischen aufzunehmen.

„Muss ich", erwiderte Junkel. „Die Jungs und Mädels, die hier in den Kneipen kellnern, wissen mehr als jeder verdeckte Ermittler. Lorenz", er deutete auf den entschwindenden Kellner, „der studiert in Wahrheit Musikwissenschaften und Philosophie. Aber wenn du ihn nach den zweifelhaftesten Drogendealern des Viertels befragst, und ob sie sich eher im Bruder Wolf oder im Schlappen treffen, das erfährst du von ihm und dann kann er dir gleich ein paar schwere Jungs ans Messer liefern. Eine Frage des Trinkgeldes."

„Dealer sind mir egal", maulte Alfred gespielt. „Ich interessiere mich für Giuseppe de Angelis."

Junkel nickte und kramte mit seinen gelben Nikotinfingern in der Sakkotasche. Schließlich zog er eine angeknitterte Visitenkarte hervor und schob sie über die Tischplatte zu Alfred hin. Sie zeigte das leicht verwackelte Bild einer italienischen Trattoria.

Alfred las: „Ristaurante della Foresta Nera – proprietario: Giuseppe de Angelis" und darunter eine Telefonnummer sowie die Adresse: "Via Giovanni Cantoni, Milano."

„Eine Pizzeria in Mailand?", stellte Alfred fragend fest. Er zückte sein Smartphone und fotografierte die Karte ab, ehe Junkel einschreiten konnte. Erst dann gab er die Karte zurück. Der Cognac wurde gebracht. Lorenz servierte mit breitem Grinsen aber missbilligendem Blick, so als dächte er sich seinen Teil über zwei Gäste, die ein so völlig aus der Mode gekommenes Getränk wie Cognac bestellten.

„Ist was?", fragte Alfred gereizt.

„Halb vier", antwortete Lorenz mit einem kurzen Blick auf seine Armbanduhr frech. Solche Typen, die ihn an sich selbst erinnerten, mochte Alfred nicht. Um sich abzulenken, drehte er sich eine Zigarette, während Junkel genüsslich an seinem Cognac nippte und dabei leise erläuterte: „Diese Visitenkarte haben wir in der Schluchseenixe gefunden. In den Kleidern, die dort herumliegen. In einer Hosentasche der vermissten Jasmin Hog."

„Woher wissen Sie, dass es sich um Kleidung der Vermissten handelt?"

„Haben wir überprüft. Ihre Tochter hat es uns bestätigt."

„Sie hat eine Tochter?"

Junkel moserte: „Hörst du überhaupt zu? Das habe ich dir doch schon oben in Schluchsee gesagt. Ja, sie hat eine Tochter. Die arbeitet als Aushilfe in Schluchsee in der See-Apotheke. Aber diese Tochter kennt keinen Giuseppe und hat keine Erklärung, was die Visitenkarte in der Hosentasche ihrer Mutter zu suchen hatte."

„Wie ich Sie kenne", sagte Alfred, während er sich seinen Glimmstängel mit Junkels Feuerzeug anzündete, „haben Sie schon in Mailand nachgeforscht. Was rausbekommen?"

Der Oberkommissar schob sein halbvolles Glas vor sich hin und her. „Was ich jetzt erzähle, sind Ermittlungsgeheimnisse. Nichts für deine komische Homepage, verstanden!"

„Es ist keine komische Homepage, es ist ein Nachrichtenformat", widersprach Alfred. „Aber ja, ich habe verstanden."

„Ok", fuhr Junkel fort. „Und dann erzählst du mir, was das für ein Buch war, das du aus der Kajüte geklaut hast. Oder noch besser, du gibst es mir gleich."

„Liegt oben in Neustadt", sagte Alfred, der damit widerstandslos den Diebstahl einräumte. „Es ist ein Fußballerbuch." Er beschrieb kurz die markierte Passage über das Trainingslager der Nationalmannschaft 1982 in Schluchsee. Junkel wusste sofort Bescheid. Er gehörte zu der Generation, die die Ereignisse damals im Fernsehen verfolgt hatte: „Schlucksee!", rief er aus und hob sein Cognacglas zum Anstoßen. „Die haben damals gesoffen wie beim Junggesellenabschied. Wurden aber trotzdem Vizeweltmeister … Prost!" Er kippte seinen restlichen Cognac hinunter.

„Giuseppe de Angelis ist Italiener, 65 Jahre alt, und er betreibt seit bald 40 Jahren dieses Ristorante in Mailand", sagte er schließlich. „Davor – und jetzt halte dich fest – hat er im Hochschwarzwald in der Gastronomie gearbeitet. Das haben wir mit Hilfe der italienischen Kollegen überprüft."

„Deshalb Ristorante della Foresta Nera", kombinierte Alfred. Er hat sein Lokal nach dem Hochschwarzwald benannt.

Junkel ging nicht darauf ein. Er erzählte weiter: „Das Restaurant in Mailand ist seit zweieinhalb Wochen geschlossen. Der Inhaber ist spurlos verschwunden. Seine Angestellten wissen nicht warum und wohin."

„Sie meinen, die verschwundene Jasmin Hog könnte damit etwas zu tun haben?", fragte Alfred nach.

Junkel nickte: „Die Visitenkarte lag nicht umsonst dort. Vielleicht wurde sie sogar absichtlich hinterlegt. Damit wir auf den Kerl aufmerksam werden …"

Junkels letzte Überlegung elektrisierte Alfred. Schon die ganzen letzten Tage hatte er sich das Hirn darüber zermartert, warum ausgerechnet ein uraltes Fußballerbuch in der Schluchseenixe so prominent ausgelegt war. Jetzt ging ihm ein Licht auf: „Junkel, Sie haben mal wieder Recht! Das hat jemand absichtlich hinterlassen. Genauso wie das Buch von Toni Schuhmann, dem Torwart …"

„Er heißt Schuhmacher", korrigierte Junkel.

„Ist doch egal", winkte Alfred ab. „Dieses Buch lag da wie auf dem Präsentierteller. Und die Stelle mit Schlucksee war auch noch markiert, es lag ein Buchzeichen drin, ein … ein …" Alfred unterbrach sich. Er war drauf und dran, sich komplett zu verplappern. Aber der alte Fuchs Junkel hatte es schon bemerkt.

„Raus mit der Sprache. Was für ein Buchzeichen?"

Alfred zückte sein Smartphone, wo er das abfotografierte Bild mit den drei „Schluchseenixen" abgespeichert hatte, und zeigte es Junkel. „Hier, das war das Buchzeichen. Ein frischer Abzug von einem alten Foto."

„Mirri, Knerri und Jassi – die drei Schluchseenixen", las Junkel laut vor. Alfred sah, wie es dabei im Kommissar arbeitete. Auf seiner Schläfe bildete sich eine knotige Ader, das bedeutete scharfes Nachdenken.

„Miriam Ansbach, Eva Knerdler und Jasmin Hog", half Alfred ihm auf die Sprünge. „Das sind die drei Frauen. Miriam Ansbach, die alte Barbiepuppe aus dem Waldhotel hat mir das bestätigt."

Junkel sagte nichts dazu. Er schloss die Augen, hielt das Gesicht in die Sonne und wirkte wie ein müder Rentner beim Nickerchen. Dass er scharf nachdachte erkannte Alfred daran, dass der Oberkommissar nervös auf seinen knittrigen Lippen herumkaute.

„Das Foto und das Buch sind konfisziert", erklärte Junkel schließlich. Dann tippte er Alfred mit einem Finger gegen die Brust: „Und weißt du, was ich glaube? Ich glaube, du hast dich vertan. Diese Taucherin, die da vom Boot in den See verschwunden ist, das muss Jasmin Hog gewesen sein. Eine andere Erklärung gibt es nicht. Sie ist dann beim Tauchen verunglückt, und sobald wir ihre Leiche gefunden haben, klärt sich das alles als ein tragischer Unfall auf."

„Jasmin Hog ist über sechzig", widersprach Alfred. „Ich weiß doch, was ich sehe. Die Taucherin war eine junge Frau, keine 30."

„Du hast dich getäuscht. Eine andere Erklärung gibt es nicht. Du kannst die Frau ja nicht einmal beschreiben."

Alfred empörte sich: „Hören Sie mal, ich werde ja wohl noch 30-jährige Titten von 60-jährigen unterscheiden können. Solche Brüste hat keine Frau über 60 …"

„Deine Erfahrungen möchte ich haben …", konterte Junkel.

Für Alfred war klar, dass Junkel ihn von der Fährte ablenken wollte. Der Oberkommissar glaubte keineswegs an die Unfall-Theorie, dazu kannte Alfred ihn zu gut. Es gab auch viel zu viele Ungereimtheiten. Alfred zählte sie im Geiste alle auf: Die Hinweise auf Schlucksee! Der rätselhafte Giuseppe. Die junge Taucherin. Sie hatte ihre Sachen in einen Plastikbeutel verpackt und bei ihrem Tauchgang mitgenommen. Das sprach dafür, dass sie keine Spuren hinterlassen und nicht zum Boot zurückkehren wollte. Und weiter: Alle Zeugen hatten ausgesagt, dass Jasmin Hog in Begleitung einer zweiten, weiblichen Person in See gestochen war. Das hatte Miriam Ansbach bestätigt, und wie Alfred inzwischen von Kommissar Junkel wusste, auch der Parkwächter in Aha, ebenso die Leute vom Segelverein Schluchsee, von dessen Ufergrundstück aus die Schluchseenixe abgelegt hatte. Es habe sich dabei um eine ältere Frau gehandelt. Die entscheidende Frage also war: Was war nach dem Ablegen auf der Schluchseenixe geschehen? Alfred hatte davon durch das Fernglas nur den Schlussakt mitbekommen, und der gab Rätsel auf: Die Taucherin, die im See verschwunden war.

Knerri

Die wichtigsten Passagen aus dem Buch von Toni Schuhmacher kopierte Alfred sich heraus, bevor er es, wie mit Oberkommissar Junkel vereinbart, beim Neustädter Polizeirevier ablieferte. Das Bild der drei Schluchseenixen Mirri, Knerri und Jassi scannte er und speicherte es digital ab. Dann machte er sich einen Plan, wie er in der Angelegenheit der Schluchseenixen weiter vorgehen wollte. Er besaß die Adresse von Knerri, der dritten Nixe. Eva Knerdler wohnte in einem abgelegenen Anwesen in Blasiwald, einem kleinen Ortsteil von Schluchsee, am jenseitigen Ufer des Sees. Alfred erreichte den Ort, indem er die verbotene Abkürzung über die Staumauer nahm. Von dort fuhr er durch den Weiler Eisenbreche bis hinauf zur kleinen Dorfkirche, wo er den roten Flitzer auf dem dortigen Parkplatz abstellte, der so groß war, als sei er für eine Papstmesse konzipiert. Nun musste er einen kleinen Trampelpfad nehmen, der ihn zunächst in den Wald führte, dann eine steile Viehweide hinunter bis zu einem zwischen einer Baumgruppe versteckten alten Bauernhaus. Alfred kletterte über umgestürzte Baumstämme und wild übereinander aufgetürmte Gletscherfindlinge, und es ging ihm dabei auf, dass dies unmöglich der offizielle Zugang zu Eva Knerdlers Haus sein konnte. Als er endlich dort angekommen war, sah er, dass von der Talseite her, über einen Zinken, der „im Loch" hieß, ein kleines, unbefestigtes Sträßchen zum Anwesen führte. Das hätte er mit dem roten Flitzer eigentlich nehmen müssen, dann wäre ihm die Kraxelei durch den Wald erspart geblieben.

„Was suchen Sie hier?", fauchte ihn eine Frauenstimme aus dem Unterholz heraus an. Alfred drehte sich auf dem Absatz, sah aber niemanden. Stattdessen kam unter den Bäumen eine schwarze Katze mit steil aufgestelltem Schwanz hervor, stolzierte zielstrebig auf Alfred zu und strich ihm um die Hosenbeine.

„Miez, miez, miez", machte die Frauenstimme. „Wo bist du Dana, komm Dana, komm, hier zu Mami."

„Hier, bei mir. Ihre Katze ist bei mir", rief Alfred in den Wald hinein.

Zweige raschelten, Äste wurden zurückgebogen und aus der dichten Fichtenschonung kam eine eigenwillige Gestalt heraus. Die Frau trug einen übergroßen Pullover, seltsame Schlabberhosen und gelbe Gummistiefel. Ihr dichtes, graues Haar hing ihr in wirren, ungekämmten Strähnen über die Schultern. Ihr Gesicht war wettergebräunt und voller sympathischer Falten. Zwei klare, graue Augen taxierten Alfred neugierig. Dann sagte die Frau mit unüberhörbarem Spott in der Stimme: „Haben Sie sich verirrt?"

„Nein", erwiderte Alfred verlegen. „Ich habe nur den falschen Weg genommen. Ich hätte von unten kommen sollen. Mein Auto steht oben bei der Kirche. Ich suche nach Eva Knerdler. Sind Sie Eva Knerdler?"

Die Frau, von der Alfred sicher war, dass es sich um Eva Knerdler handelte, sagte nichts dazu. Stattdessen nahm sie ihre Katze auf den Arm und drückte sie fest an ihren Pullover.

„Du sollst doch nicht immer ausbüchsen, Dana. Immer muss ich dich im Wald suchen." Ungefragt erklärte sie an Alfreds Adresse: „Dana soll eigentlich beim Haus bleiben. Manchmal verschwindet sie spurlos und kehrt erst nach mehreren Tagen zurück. Ich muss sie immer suchen."

Nur um überhaupt etwas zu sagen, erwiderte Alfred: „Schöner Name, Dana. Ziemlich ungewöhnlich für eine Katze."

„Dana ist die keltische Muttergöttin", erklärte die Frau und setzte sich hangabwärts in Richtung des versteckten Bauernhauses in Bewegung, die Katze behielt sie dabei auf dem Arm.

Alfred folgte ihr und wiederholte seine Frage: „Sind Sie Eva Knerdler?"

Anstatt darauf zu antworten, drückte die Frau Alfred unvermittelt ihre Katze in den Arm: „Da, halten Sie mal. Ich muss was erledigen." Sie griff in die weiten Taschen ihrer Schlabberhose und zog eine Handvoll Kastanien hervor. Mit großem Ernst warf sie die Kastanien einzelnen nach allen Richtungen in den grasbewachsenen Hang und auch in den angrenzenden Wald hinein.

„Was machen Sie da?", fragte Alfred neugierig.

„Kastanien", sagte die Katzenmami, „ich pflanze Kastanien." Sie warf eine letzte Kastanie in die Wiese und erklärte: „Ich habe einen Kastanienbaum im Garten. Dort sammle ich die Dinger ein, und immer, wenn ich in der Natur unterwegs bin, streue ich sie aus." Sie blieb stehen und machte eine Handbewegung, die den gesamten Talgrund umfasste: „Schauen Sie sich doch mal um! Überall diese scheußlichen Fichten, diese dürren Krüppel, die herumstehen wie in einer Baumplantage. Daran ist die Forstwirtschaft schuld. Und dann wundern sie sich, unsere Experten, wenn der erstbeste Sturm ihnen den kompletten Wald zerlegt. Ich pflanze Kastanien, damit wir hier in Zukunft schönere Wälder haben."

„Interessant", stammelte Alfred, während er – immer noch die Katze auf dem Arm – hinter der Frau her stolperte, die sich jetzt wieder in Richtung ihres Anwesens in Bewegung gesetzt hatte. Solange er die Katze trug, fühlte er sich auf jeden Fall eingeladen, der Frau zu folgen.

„Ich wohne da unten", sagte sie. Sie bog die Zweige eines wilden Holunders zur Seite und dahinter zeigte sich eine verwachsene schmale Steintreppe, die sie hinunterstieg. Unvermittelt drehte sie sich zu Alfred um, der ihr auf dem Fuße folgte, und fragte: „Was wollen Sie von Eva Knerdler?"

Alfred entschied sich für die Wahrheit: „Ich bin Journalist. Ich recherchiere im Fall der verschwundenen Jasmin Hog."

„Hoy! Na sowas?", staunte die Frau. Das war nicht gespielt, sie war wirklich überrascht.

„Jassi wird vermisst? Das wusste ich ja gar nicht. Was ist passiert?"

„Lesen Sie keine Zeitung? Haben Sie kein Internet?", fragte Alfred, während sie am Fuß der Treppe angelangt waren. Von hier führte ein Trampelpfad durch den kolossal verwilderten Garten zum Eingang des Bauernhauses, der versteckt unter dem tief herabgezogenen Schindeldach lag.

„Nein! Internet gibt's hier nicht. Und was soll ich mit der Zeitung? Da steht sowieso jeden Tag das gleiche drin. Ich lebe hier ein bisschen abgeschieden für mich selbst, müssen Sie wissen. Aber ich vermisse nichts. Mir fehlt nichts."

Sie deutete ein Kopfnicken Richtung Eingangstür an: „Möchten sie einen Tee? Ich mache meinen Tee selber. Pfefferminze aus dem Garten. Melisse habe ich auch. Salbei und Ringelblume. Alles da. Ich habe auch selbstgemachten Birkentee. Oder Brennnnesseltee. Auch Eichenrindentee. Ist gut gegen Durchfall. Haben Sie Durchfall?" Sie drückte mit einer Schulter die schwarze, hölzerne Eingangstür auf und wartete nicht auf Alfreds Antworten: „Die meisten Menschen in der Stadt haben Durchfall. Die wissen gar nicht mehr, wie ein normaler Stuhlgang aussieht. Was ist mit Ihnen? Wie sieht Ihr Stuhlgang aus?"

„Äh ... ich .... äh ... wie soll ich sagen .... äh ..." Alfred stammelte hilflos vor sich hin, während die Frau ihn in eine niedrige, holzgetäfelte Wohnstube führte, die vollgestopft war mit uralten Möbeln. An der Innenwand lehnte ein rußgeschwärzter alter Küchenherd mit eisernen Kochplatten. An der Fensterseite stand ein langer Holztisch. Eine Eckbank führte an der Wand entlang um ihn herum. Zwei Stühle gehörten dazu. Es sah gemütlich aus. Alfred setzte die Katze ab, die sich sofort zur schmalen Fensterbank begab und sich dort auf einem speckigen Kissen niederließ, offenbar ihrem angestammten Lieblingsplatz.

Alfreds Gastgeberin plauderte unterdessen unbefangen weiter: „Die Menschen können nicht einmal über ihren Stuhlgang sprechen. Sie schauen ihn nicht an, sie nehmen ihn nicht ernst. Dabei ist er der wichtigste Bioindikator für ihr körperliches Wohlergehen. Schau in deine Schüssel und du weißt, wie es um dich steht. So einfach ist das." Sie lachte kehlig und wurde Alfred immer sympathischer. Er beobachtete sie, während sie einen Kessel mit Wasser aufsetzte, die Glut im Ofen anschürte, neue Holzscheite nachlegte und im Wandschrank Blechbüchsen nach Teeblättern durchwühlte. Sie wirkte geschmeidig. Sie war schlank, und je länger Alfred ihre Bewegungen verfolgte, ihre flinken, schlanken Finger, ihr konzentriertes, schmales Gesicht, desto mehr konnte er sich hinter dieser eigenwilligen Erscheinung die junge, schwarzhaarige Knerri vorstellen, deren Bikinibild ihm vor Augen stand.

Ehe er sich aber einem Durchfalltee auslieferte, entschied Alfred: „Mir bitte was mit Pfefferminze, wenn es geht."

„Erzählen Sie mal, was ist mit Jassi? Warum wird sie vermisst? Und wieso kommen Sie zu mir mit dieser Geschichte?"

Alfred setzte sich auf die Eckbank, kraulte mit einer Hand die keltische Muttergöttin Dana und erzählte ausführlich vom rätselhaften Verschwinden der Hotelchefin Jasmin Hog. „Sie sind doch ihre langjährige Freundin, oder liege ich da falsch?", schloss er seinen Bericht ab.

Sie brachte zwei dampfende Teetassen an den Tisch, schob eine davon zu Alfred hin und setzte sich mit der anderen auf einen der Stühle. Aus ihren schönen, neugierigen Augen blickte sie ihn direkt an, während sie die Teetasse mit beiden Händen umfasst hielt und an die Lippen führte, um zur Abkühlung hineinzublasen.

„Ich habe Jassi bestimmt seit fünf Jahren nicht mehr gesehen. Wir haben kaum noch Kontakt", sagte sie. „Wie kommen Sie darauf, dass ich Ihnen weiterhelfen kann?"

„Darauf hat mich Frau Ansbach gebracht, Mirri", antwortete Alfred wahrheitsgemäß. „Mit Mirri waren Sie doch auch befreundet. Das ist die Partnerin von Frau Hog. Denen beiden gehört das Waldhotel …"

„Du meine Güte, Mirri. Ja, die kenne ich natürlich auch. Die wird sich freuen, wenn Jassi verschwunden bleibt. Die beiden haben sich doch nur noch gestritten."

Alfred zückte einen verknitterten kleinen Notizblock und machte sich Notizen. Die Frau beobachtete ihn aufmerksam. „Was schreiben Sie da?", wollte sie wissen.

„Ich habe mir lediglich notiert, dass Sie Knerri sind, Eva Knerdler. Das sind Sie doch, oder?"

Knerri gab darauf keine Antwort. Stattdessen zog sie eine Schnute wie ein junges Mädchen und wischte sich eine Haarsträhne aus dem Gesicht.

„Ich will Ihnen was verraten", sagte sie dann. „Wir drei waren wirklich lange gute Freundinnen. Aber das ist vorbei. Mirri und Jassi haben sich immerzu nur um ihr Hotel gestritten. Jassi machte die Arbeit und Mirri spielte lediglich die Grande Dame. Mit mir wollten sie sowieso nichts mehr zu tun haben, seit ich mich hierher verkrochen habe. Und ehrlich gesagt, ich vermisse die beiden nicht."

„Leben Sie ganz allein hier?", schob Alfred dazwischen. „Das ist doch ziemlich einsam hier draußen. Und kein Internet …"

Die Frau lachte: „Es ist schön hier. Ich bin eins mit der Natur. Wenn ich etwas brauche, besorgt mir das meine Tochter. Julie kommt mindestens einmal in der Woche und schaut nach mir. Machen Sie sich um mich keine Sorgen."

„Um was ging es bei dem Streit zwischen Jassi und Mirri?", forschte Alfred nach. Der Pfefferminztee schmeckte prima. Er verbrühte sich die Lippen. Knerri warnte zu spät: „Vorsicht heiß!"

Sie stand auf und brachte ihm ein Glas kaltes Wasser. Als sie wieder saß, beantwortete sie Alfreds Frage: „Mit dem Hotel sind die beiden auf Gedeih und Verderb aneinander gekettet. Aber es gab immer Streit um die Führung des Hauses. Jassi hat sich abgerackert. Mirri hat nur das Geld herausgeholt und es zusammen mit ihrem missratenen Sohn Ralf durchgebracht. Der Faulenzer wohnt auch im Hotel und macht keinen Finger krumm. Deswegen ist ja auch Jassis Tochter eines Tages ausgestiegen. Die Annika arbeitet jetzt lieber halbtags in der Apotheke."

Alfred machte sich Notizen: „Mirris Sohn: Ralf. Jassis Tochter: Annika. Knerris Tochter: Julie."

Unvermittelt fragte er: „Können Sie tauchen?"

Sie schüttelte den Kopf: „Ich kann lange die Luft anhalten. Im Radon Bad in St. Blasien lasse ich mich oft im warmen Wasser treiben, mit dem Kopf unter Wasser. Ich halte es über eine Minute aus. Das entspannt. Müssen Sie mal ausprobieren. Aber tauchen? So richtig mit Taucherbrille und Schnorchel. Nein Danke!"

Knerri war ziemlich gesprächig. Das wollte Alfred ausnutzen. Er bohrte weiter: „Wie kamen Mirri und Jassi eigentlich zu dem gemeinsamen Hotel? Das hat doch bestimmt viel Geld gekostet?"

Knerri schenkte ihm einen nachdenklichen Blick, aus dem ein gewisses Misstrauen sprach. Hatte er etwas Falsches gefragt? Einen Moment sah es für Alfred so aus, als verdüsterte sich Knerris Miene. Sie grübelte kurz, dann antwortete sie in der alten aufgeschlossenen Freundlichkeit: „Sie haben das Hotel vor 40 Jahren gemeinsam gekauft. Es war eine Zwangsversteigerung. Deshalb konnten sie es sich leisten."

Jetzt spielte Alfred vorsichtig seinen ersten Trumpf aus: „Und davor, da haben sie alle drei gemeinsam in einem Hotel gearbeitet, nicht wahr? Jassi, Mirri und Knerri – die drei Schluchseenixen."

Knerri zuckte kurz zusammen. Alfred beobachtete ihre Regungen genau. Sie wirkte irritiert. Aber gleich hatte sie sich wieder gefangen und ließ perlendes Lachen erklingen: „Ach, die alten Zeiten. Ja, das waren wir drei, Jassi, Mirri und ich. Drei flotte Feger, das dürfen Sie glauben. Wir nannten uns die drei Schluchseenixen. Das hat zu uns gepasst."

Alfred beschloss aufs Ganze zu gehen. Er hatte noch einen Trumpf in der Tasche: „Sie waren also Kolleginnen im Hotelfach. Dann haben Sie gemeinsam in dem Hotel gearbeitet, in dem damals die Fußballnationalmannschaft zum Trainingslager abgestiegen ist? Wo war das gleich nochmal?"

Knerri fuhr vom Tisch auf. Eine Sekunde lang schien sie sich auf Alfred stürzen zu wollen. Sie funkelte ihn böse an, alles Freundliche war jetzt aus ihrem Blick gewichen: „Das geht Sie gar nichts an. Wenn Sie in diesen alten Geschichten herumstochern wollen, da sind Sie falsch bei mir. Das geht niemanden etwas an." Sie eilte energischen Schrittes zur Tür und riss sie auf: „Hier, sind Sie so nett und lassen Sie mich jetzt in Ruhe. Auf Wiedersehen!"

Das war unmissverständlich. Alfred erhob sich langsam, packte sein Notizbuch ein, strich der behaglich schnurrenden Dana noch ein letztes Mal über den Rücken und bedankte sich für den Tee.

„Ja, ja, schon gut", sagte Knerri und drängte ihn schier nach draußen. „Gehen Sie jetzt! Gehen Sie!"

Alfred wusste intuitiv: Er hatte einen Volltreffer gelandet. Irgendetwas aus der gemeinsamen Vergangenheit von Jassi, Mirri und Knerri verfolgte die drei bis in die Gegenwart. Vielleicht hatte sogar Jassis Verschwinden etwas damit zu tun. Auf jeden

Fall aber lag die Lösung des Rätsels im damaligen Trainingslager der Fußballnationalmannschaft.

Stammtisch-Odyssee (2)

Linus jammerte: „Ich muss einen der beiden Porsches verkaufen. Zwei Autos dieser Preisklasse kann ich mir nicht mehr leisten."

Linus besaß einen älteren schwarzen und einen ziemlich neuen silbergrauen Porsche, der einen neuen Kotflügel hatte, und mit dem die beiden hinunter in die Gutachstraße zum Jahnstadion fuhren.

„Die haben einen guten Stammtisch dort in der Stadiongaststätte", lockte Alfred seinen Kumpel: „Der Stromi von der Spritz geht jetzt immer dort hin, seit die Spritz verkauft ist. Lass uns das auch mal ausprobieren."

Alfred war gut gelaunt und bereit, eine neue Runde auf der Suche nach einer künftigen Stammkneipe einzuläuten. Die gute Laune kam auch daher, dass Tim Joy ihm eine Nachricht geschickt hatte: „Weißt du schon, dass die Polizei morgen Nachmittag 14 Uhr das Segelboot in Schluchsee an Land ziehen will? Damit sie es besser untersuchen können. Das wäre doch sicher ein gutes Foto für Goodwood-News?"

Alfred nahm sich vor, am nächsten Tag das Ereignis zu fotografieren und bedankte sich für den Tipp. Er funkte zurück: „Schon was rausgefunden über den arbeitslosen Rockmusiker aus Emmendingen?"

„Ich verdiene fast 20 Prozent weniger Courtage als noch im letzten Jahr", jammerte Linus unterdessen, während er auf den Parkplatz beim Jahnstadion einbog. „Die alten Kunden sterben weg, neue kommen nicht hinzu, und wenn jemand wechselt, dann macht er das mit Check24 im Internet. Mich braucht niemand mehr."

„Du Ärmster", spottete Alfred. „Soll ich dir was leihen?"

Das fragte der Richtige. Alfred hatte bei Linus noch Schulden in fünfstelliger Höhe. Ebenso wie er Schulden bei Jochen Schiller hatte, bei den einstigen Wirtsleuten vom Dennenbergstüble, die ihren Laden längst dichtgemacht hatten, bei diversen Kumpels aus der Spritz und sogar bei seinem ehemaligen Chef Leuchter, der längst Rentner war. All diese Schulden stammten aus Alfreds Hungerjahren als Student. Davon hatte er sich noch längst nicht erholt.

„Ich verkaufe den schwarzen Porsche", verkündete Linus beim Aussteigen. „Man muss auch mit nur einem Porsche auskommen können."

„Das bezweifle ich", spottete Alfred. „Wird ganz hart!"

Es war früher Abend. Im Stadion herrschte Trainingsbetrieb. Jugendspieler flitzten zwischen Umkleidekabinen und Rasenplatz hin und her. Ein einsamer Leichtathlet umrundete in Intervallläufen auf der Tartanbahn den heiligen Rasenplatz, auf dem Fußballtraining nicht gestattet war.

Die Stadiongaststätte war zweigeteilt in einen neueren, hellen Anbau und einen älteren Teil, der einem engen Schlauch glich, in dem außer dem langen Verkaufstresen vom Stammtisch nicht viel mehr Inneneinrichtung Platz hatte. An der Wand gegenüber dem Stammtisch hing breit wie ein Fußballtor ein Flachbildschirm unter der Decke. Irgendein internationales Fußballspiel wurde gezeigt. Der Ton war abgestellt.

Am Stammtisch saßen fünf Gäste, alles ältere Herren. Einen davon kannte Alfred aus der Spritz, das war der schnauzbärtige Stromi. Deshalb fragte er auch nicht lange, sondern setzte sich mit Linus auf die freien Plätze. Die beiden Neuankömmlinge ernteten zwar ein paar fragende Blicke, aber als Bekannte von Stromi waren sie geduldet. Stromi war ein begnadeter Aufschneider, der sich mit seinen vielen Talenten wochen- oder monatsweise als Gelegenheitsmaurer, Hilfsschreiner, Aushilfskoch, Maler, Blechner, Gärtner oder Kabelverleger verdingte, bis er wieder flüssig genug war, um die nächsten Wochen in der heimischen Gastronomie zu verbringen. Wenn man Stromi befragte, dann war er alles schon einmal gewesen, und zwar meistens besser, erfolgreicher, talentierter als jeder andere.

Als Alfred den Fehler machte und das Gespräch mit der Bemerkung eröffnete: „Wusste gar nicht, Stromi, dass du auch was mit Fußball zu tun hast", da gab es erwartungsgemäß eine Belehrung über das größte Talent, das je in den Reihen des FC Neustadt gekickt hatte: Stromi!

„Ich war lauffaul, ja das stimmt", erklärte Stromi, ohne dass das jemand behauptet hätte. „Aber ich brauchte nicht viel Raum. Ich hab halt die Kisten gemacht, aus dem Nichts. Das Tor hab ich immer getroffen."

„Eigentor!", kommentierte trocken Stromis Nachbar. Das war ein schmaler, älterer Gast, den die anderen Herbert nannten. Herbert hatte eine kleine 0,2 Liter Flasche Underberg vor sich stehen und war damit beschäftigt, den Kräuterlikör von seinem graubraune Papieretikett zu befreien.

„Ich war immer für ein Tor gut. Eine Kiste in jedem Spiel", beharrte Stromi.

„Du hattest in jedem Spiel einen in der Kiste, das stimmt", bestätigte Herbert lachend. „Meistens schon vor dem Spiel."

Da nicht am Tisch serviert wurde, erhob sich Alfred, um an der Theke zu bestellen. Für sich ein Bier, für Linus, der den Porsche nicht in Gefahr bringen wollte, ein „Weißweinschorle oder sonst was ohne Alkohol."

„Glas?", fragte der Wirt, als er vor Alfred die Flasche Rothaus-Bier auf die Theke stellte, die er zuvor aus dem Kühlschrank hinter sich geholt hatte. Alfred wollte nicht auffallen. Er schielte danach, wie die anderen am Tisch ihr Bier tranken. Alle aus der Flasche. Also verzichtete er ebenfalls aufs Glas.

Die Speisekarte war überschaubar. Alfred entschied sich für ein Paar Landjäger und eine der trockenen Brezeln, die möglicherweise seit dem letzten Spieltag auf der Theke auf Abnehmer warteten.

Nach und nach lernten Linus und Alfred die übrigen Stammtischgäste kennen. Neben Stromi und Herbert, die sich jetzt darüber stritten, ob das Kicken in Kreisliga B überhaupt seriös als Fußball zu bezeichnen sei, waren das Männi, Heinz und Helmut. Alfred erfuhr, ohne dass er danach gefragt hätte: Männi war in seinen jungen Jahren Mittelstürmer in der Ersten Mannschaft; Helmut Verteidiger in den 1980er Jahren; Heinz war sogar zehn Jahre lang Vorstand des Vereins gewesen und Herbert hatte nicht nur in der Ersten, Zweiten und Dritten Mannschaft gespielt, er war obendrein auch lange Jahre Spielausschussvorsitzender für die Aktiven des FC Neustadt gewesen. Also lauter Fußballprofis, denen gegenüber Stromis Karriere sich etwas ernüchternd ausnahm: Der kickte nämlich lediglich in der Dritten Mannschaft Kreisliga B. Alfred, der von den Feinheiten keinerlei Ahnung hatte, erfuhr von Herbert, während er das zweite und dann das dritte Bier orderte, dass in einer Dritten Mannschaft, wenn ein Verein wie der FC Neustadt eine solche zum Spielbetrieb anmelde, all jene zum Einsatz kämen, die nicht kicken könnten, oder besser feiern als kicken, oder die keine Lust hätten Schiedsrichter zu werden, oder die selbst mit über 50 immer noch nicht aufhören wollen. „So wie der Ewald damals", – wer auch immer Ewald war, Alfred forschte nicht weiter nach.

Während Stromi sich darauf verlegte, für sich in den Disziplinen Feiern, Kicken und Feiern, Kicken nach dem Feiern und Feiern nach dem Kicken die Marktführerschaft zu reklamieren, wurde Alfred vom Klingeln seiner Whatsapp benachrichtigt. Tim Joy schickte eine Meldung: „Hey Alfred! Musiker aus Emmendingen heißt Janosch Koczan. Tscheche!"

Alfred grübelte über die Botschaft. Er zeigte sie Linus, der seit drei Weißweinschorle vergeblich versuchte, seinem Gegenüber

Heinz eine Pflegezusatzversicherung aufzuschwätzen. „Das ist eine der wichtigsten Versicherung für Senioren über 70", beharrte Linus, und obwohl Heinz eindeutig älter als 70 war, fand er das Argument überhaupt nicht überzeugend.

„Stör mich doch nicht, ich hab ihn gleich so weit", wehrte Linus ab. Alfred musste seinen Kummer loswerden: „Aber Vanessa lässt sich mit so einem kommunistischen Typen ein. Aus Tschechien. Der gibt sich als Gitarrenspieler aus. Hast du schon jemals von einem tschechischen Gitarristen gehört? Da ist doch was faul."

Um sich abzulenken, mischte Alfred sich in die Debatte am Stammtisch ein. Er hatte nur von Stromi das Stichwort „Fußballer" und „Saufen" gehört und warf dazwischen: „Erinnert sich noch jemand an das Trainingslager in Schlucksee? Dort gehörte Saufen zum Trainingsprogramm."

Sofort erntete er lebhafte Erinnerungen. Herbert stellte seinen soundsovielten Underberg ab und verkündete: „Die haben damals in Lenzkirch trainiert. Im Schliecht-Stadion. Das war öffentlich. Ich hab ein paarmal zugesehen."

„Hab ich auch gesehen", bestätigte Männi. „Wir sind damals sogar nach Schluchsee gefahren, um uns im Hetzel Hotel die Autogramme abzuholen. Dort hat der ganze Tross gewohnt. Das war noch anders als heute. Die Spieler waren überhaupt nicht abgeschirmt. Man konnte sie frei im Foyer ansprechen. Lothar Matthäus war der Jüngste. Der musste sogar seine Koffer selber schleppen. Hab ich mit eigenen Augen gesehen."

„Die Mädels sind wie Groupies ins Hetzel gepilgert", wusste Helmut. „Es hatte sich schnell rumgesprochen, dass die Nationalspieler keine Kostverächter waren."

„Skandal!", fasste Herbert zusammen.

„Sie haben immer Waldläufe um den Riesenbühl herum bis zur Wassertretstelle am Sportplatz gemacht. Dort konntest du Hans-Peter Briegel und Toni Schuhmacher dann beim Wassertreten zusehen", sagte Helmut. „Die Mädels lagen dort auf der Lauer. Aber nicht wegen Briegel, sondern wegen Hansi Müller. Der hatte die schönsten Beine, nach ihm waren sie alle verrückt."

„Der hieß ja auch der schöne Hansi", bemerkte Männi, der dabei leicht neidisch klang.

Alfred merkte sich bei all diesen Anekdoten nur eines: Das Hotel, in dem die Mannschaft damals abgestiegen war, hieß Hetzel Hotel. Gab es das überhaupt noch in Schluchsee? Er hatte vor einigen Tagen in der Goodwood-Redaktion sämtliche Hotels aus Schluchsee durchgegoogelt und bei jedem Hotelnamen noch die Stichworte „Nationalmannschaft Trainingslager" mit eingegeben. Doch bei keinem der örtlichen Hotels war er fündig geworden. Und ein Hetzel Hotel, soviel erinnerte er sich, war nicht dabei gewesen.

Um überhaupt einen Beitrag zur immer angeregter werdenden Schlucksee-Diskussion zu leisten, warf er dazwischen: „Wer weiß, wie damals der dritte Torwart hieß? Hinter Toni Schuhmann und Heiko Immel?"

Herbert und Männi korrigierten gemeinsam. Die Torhüter hießen Toni Schuhmacher und Eike Immel. Aber die Nummer drei wussten sie beide nicht. Stromi war sich sicher: „Uli Stein!" Das fanden die anderen plausibel. Alfred hingegen wettete auf Bernd Franke. Sie wetteten um eine Runde: fünf Bier, ein Underberg, eine Weißweinschorle mit wenig Sprudel.

Horst, der Wirt, wurde beauftragt, im Internet zu recherchieren. Horst gab die Aufgabe an seine Frau Petra weiter und die kehrte nach wenigen Minuten von ihrem Rechner zurück und verkündete, dass Alfred die Wette gewonnen habe. Von nun an galt er etwas, an diesem Stammtisch.

Die Whatsapp schlug erneut Alarm. Neue Info von Tim Joy: „Er ist Musikprofessor an der Musikhochschule Freiburg. Dozent für Konzertgitarre."

„Mist! So ein verkopfter Schöngeist. Der wird Vanessa den Kopf verdrehen", fluchte Alfred, während er dem unermüdlichen Versicherungsgespräch von Linus eine neuerliche Störung verpasste, indem er dem Kumpel sein Smartphone unter die Nase hielt.

„Ist mir doch egal", lallte Linus, der die letzten drei seiner Weißweinschorle jeweils mit dem Zusatz bestellt hatte: „Nur wenig Sprudel". Pflichtgemäß ließ deshalb Horst beim Einschenken den Sprudel komplett weg, sicher ist sicher.

Herbert mochte keinen weiteren Underberg und verabschiedete sich mit der Klage: „Darf nicht so viel trinken! Sonst macht sich meine Gicht wieder bemerkbar."

Mit ihm verließen auch Heinz – ohne Versicherung – und Männi die Runde. Auch der Nachbarraum, wo Jugendtrainer und Betreuer noch lange fachsimpelnd gesessen hatten, leerte sich. Nur Stromi und Helmut leisteten Alfred und Linus noch weiter Gesellschaft. Sie diskutierten weitere Einzelheiten des Schlucksee-Trainingslagers. Helmut wusste Bescheid: „Weil es in Schluchsee keinen guten Rasenplatz gab, sind sie immer mit dem Bus vom Hotel nach Lenzkirch gefahren und dort haben sie im Schliecht-Stadion trainiert. Anschließend mussten sie sich dort duschen und umziehen. Das war so ein Kellerloch. Der Pierre Littbarski hat am Wasserhahn am Clubhaus seine Kickschuhe sauber gebürstet. Das habe ich damals fotografiert."

„Auf den Littbarski!", johlte Linus, und sie stießen miteinander an.

Später tranken sie auch noch „auf den Breitner", und „auf die Förster-Buben", „auf den Kaltz" und „auf den Schuhmann". Dann rief Horst den Feierabend aus und scheuchte den Expertenstammtisch davon.

„Zehn von zehn Punkten", beschied Alfred, als sie gemeinsam Arm in Arm zum Parkplatz wankten. „Nur an der Speisekarte müssen sie noch etwas feilen."

Linus erbot sich, neben Alfred auch Stromi und Helmut noch nach Hause zu fahren. Helmut verzichtete und wankte zu Fuß davon. Stromi wurde auf den Notsitz im Heck des Porsches gequetscht und über Gutachstraße, Unterstadtanbindung, Hochbrücke, Hauptstraße bis vor das Bistro Doorknocker chauffiert, wo er sich einen „Absacker" genehmigen wollte, während Alfred die nahegelegene Redaktionsbude am Adlerbuckel ansteuerte. Linus kollidierte leider mit einem großen Pflanzenkübel, der zwischen Bistro und Einfahrt zum Adlerbuckel ungünstigerweise ausgerechnet die Wendeplatte blockierte, die Linus jetzt für seinen Porsche gebraucht hätte. Der Pflanzenkübel, ein gut gemeintes aber am falschen Platz deponiertes Stadtverschönerungsobjekt, kippte mitsamt dem Olivenbaum, der in ihm steckte, krachend auf die Hauptstraße und rollte dort einige Meter weit bis in die Straßenmitte. Linus versuchte mit Alfreds Hilfe, das unbotmäßige Ding wieder aufzustellen oder wenigstens an den Straßenrand zu rollen. Aber da sie beide darin weniger Übung hatten als im Autofahren mit 1,3 Promille, schafften sie es nicht und ließen den Klotz schließlich liegen. „Wer kommt auch auf die Idee, mitten im Schwarzwald Olivenbäume aufzustellen", nörgelte Linus und gab dem Ding einen Fußtritt. Anschließend begutachtete er den rechten Kotflügel, der eine ordentliche Schramme abbekommen hatte, erklärte den Schaden aber für unwesentlich „und sowieso, Vollkasko, ist versichert", und brauste davon. Alfred wankte Richtung Redaktionsbüro und empfing eine letzte Whatsapp-Nachricht von Tim Joy, den er auf diesen Kanal vergattert hatte, obwohl Tim immer warnte, Whatsapp sei unsicher. Nichtsdestotrotz postete der Kumpel: „Er unterrichtet auch an der Jazz- und Rockschule!"

Schiffsbergung

Die Polizei fand die aufgequollene Leiche von Jasmin Hog festgezurrt am Schiffsbauch der Schluchseenixe. Sie hing dort matschig wie ein zu lang gekochter Karpfen in einem grünen Nylonfischernetz, das so unter den Schiffsrumpf gespannt war, dass die Frauenleiche nicht von der Strömung losgerissen und davongeschwemmt werden konnte.

Alfred fixierte das Geschehen im Zoom seiner Kamera und schoss Fotos, während ein Kran die Schluchseenixe vom Bootsanlegesteg in Aha aus dem Wasser hob und in einer eleganten Kurve einige Meter hoch durch die Lüfte über den Strand hievte. Alfred lag bäuchlings auf dem Dach eines benachbarten Bootsschuppens. Die Polizisten, die das Gelände absperrten, konnten ihn nicht sehen. Er aber hatte den Überblick über die gesamte Szenerie.

Eine Polizistenstimme, die zweifelsfrei zu Oberkommissar Junkel gehörte, rief: „Stop! Stop" Stop! Da hängt was am Rumpf!"

Die Schluchseenixe schaukelte am Kran. Junkel und weitere Polizisten näherten sich von unten, legten die Köpfe in den Nacken und besichtigten, was da über ihnen schwebte. Das Anglernetz, das schon Alfred und Vanessa aufgefallen war, als sie das Boot abgeschleppt hatten, war unter das Boot gespannt und barg den bläulich gefärbten Leichnam einer Frau im Taucheranzug. Die Luftschläuche, die Taucherbrille und Pressluftatemgerät verbinden sollten, waren herausgerissen und hingen wie die schwarzen Tentakel eines Tintenfisches durch die Netzmaschen nach unten. Auch ein Arm der Leiche baumelte durch eine zerrissene Masche hindurch. Es sah so aus, als habe die Taucherin im Todeskampf verzweifelt versucht, die Nylonmaschen des Netzes zu zerreißen und sich zu befreien. Aussichtslos!

Alfred besah sich durch das Teleobjektiv seiner Kamera die Details. Die Frau hatte sich nicht aus Versehen in den Nylonmaschen verfangen, das erkannte Alfred auf den ersten Blick. Jemand musste das Opfer unter Wasser in die Falle gelockt und dann das Netz befestigt haben. Wenn das aber so war, das war gleich die nächste Kombination, die Alfred anstellte, dann musste dieser Jemand einen Helfer oder eine Helferin auf dem Schiff gehabt haben. Denn das Netz konnte nur jemand zugezogen haben, der oben auf Deck die Maschen entsprechend festzurrte.

Eindeutig steckte ein Frauenkörper im Taucheranzug. Vom Gesicht konnte er allerdings wenig erkennen, weil die Tote noch eine Taucherbrille trug. Ein paar fahle Haare flatterten wie tote Algen im Wind. Als der Kran die am Haken baumelnde Jolle Zentimeter um Zentimeter herabließ, so weit, bis Junkel und seine Polizistenschar in Augenhöhe den ungewöhnlichen Fang unter die Lupe nehmen konnten, wurde der Winkel für Alfred zu ungünstig. Er sah nicht mehr, was weiter mit der Toten geschah. Die Bergung des Leichnams nahm über eine Stunde in Anspruch. Minutiös dokumentierten die Ermittler jeden Schritt, jeden Handgriff, ehe sie das Fischernetz vom Bootsrumpf lösten und die tote Frau in eine Blechwanne gleiten ließen, über der sich sofort ein Deckel schloss. So kam das Opfer in die Gerichtsmedizin zur Obduktion.

Alfred harrte während der gesamten Operation auf dem Dach des Bootshauses aus und schoss sagenhafte exklusive Fotos für Goodwood Wälder-News. Im Geiste dankte er Tim Joy für den Tipp. Woher hatte der Computerfreak von der Polizeiaktion gewusst? Doch sicher nur, indem er sich in die Rechner des Polizeipräsidiums gehackt und dort geschnüffelt hatte. Aber warum? Alfred hatte ihn nicht darum gebeten. Recherchierte Tim Joy jetzt schon auf eigene Faust? Im Geiste machte Alfred sich einen Vermerk. Das musste er herausfinden.

Während er die Bergungsaktion beobachtete, hatte er Muße, über die Sache nachzudenken. Noch wusste er nicht, dass es sich bei der Frauenleiche um die tote Jasmin Hog handelte. Das erfuhr er erst später durch die offizielle Pressemitteilung der Polizei. Aber er ahnte es schon an Ort und Stelle. Es war zu offensichtlich. Und wieder türmten sich neue Rätsel auf: Die im Fischernetz gefangene Frau im Taucheranzug war auf keinen Fall identisch mit der jungen Taucherin, die Alfred beobachtet hatte. Die junge Taucherin wiederum konnte nicht identisch mit der Begleiterin von Jasmin Hog sein, die laut Augenzeugen mit ihr gemeinsam zur Segelpartie gestartet war. So mussten am Tag des Verbrechens mindestens drei Personen eine Rolle gespielt haben: Die ermordete Jasmin Hog, die ungefähr gleichaltrige Frau, die mit ihr an Bord gegangen war, sowie die junge Frau, die das Boot im Taucheranzug verlassen hatte und nicht wieder aufgetaucht war.

Die Schluchseenixe wurde auf die Ladefläche eines Autotransporters gehievt und dort festgezurrt. Offenbar beabsichtigte Oberkommissar Junkel, das Segelboot in Polizeigewahrsam zu nehmen und irgendwo in einem Hangar zur weiteren Untersuchung abzustellen. Für ein letztes gutes Foto von diesem Verladevorgang musste Alfred sich recken, etwas nach vorne robben bis zur Dachkante, auf die Knie gehen, aufstehen, in gebückter Haltung vom Dach des Bootshauses herunter knipsen. „Klick, klick, klick", ratterte die Kamera. Alfred bemerkte nicht, dass er bereits auf dem überhängenden Teil des Daches stand. Plötzlich gab es ein großes Bersten und Krachen und das Dach des Bootshauses gab splitternd nach. Alfred mitsamt gezückter Kamera stürzte zusammen mit Dachpappe, morschen Brettern und geborstenen Balken drei Meter in die Tiefe und landete auf dem Wulst eines glücklicherweise aufgepumpten großen Schlauchbootes, das hier zum Trocknen ausgelegt war. Der Sturz wurde dadurch gemildert. Alfreds Körper federte auf dem Bootsrand, kugelte wehrlos in ein Brennnesselgebüsch und blieb dort liegen, alle Viere von sich gestreckt. Der Schreck war größer als der Schmerz. Der Himmel über den Brennnesseln verdüsterte sich. Oberkommissar Junkels verknitterte Grimasse erschien. Neugierig studierte er das Fallobst.

„Dich habe ich schon vermisst", kommentierte der Polizist schließlich verdrießlich.

Er stieß Alfred mit der Spitze seiner ausgetretenen Halbschuhe an: „Kannst du aufstehen? Ist was gebrochen?"

„Alles gut", wehrte Alfred ab. An Junkels ausgestreckter Hand zog er sich empor. Als er stand, klopfte er sich den Staub von den Kleidern. Junkel schielte vielsagend zur Kamera, die Alfred eisern in der Hand behalten hatte.

„Ich hoffe nicht, dass du illegale Aufnahmen von einem Polizeieinsatz gemacht hast?", brummte Junkel, so dass es außer ihm und Alfred niemand der vielen Neugierigen, die einen Kreis um die Szene bildeten, verstehen konnte.

„Iwo", wehrte Alfred ab. „Bin ja gerade erst gekommen und wollte mich in Position bringen. Was ist denn passiert? Darf ich ein paar Aufnahmen machen?"

Zu sehen war nur noch die vom Fischernetz befreite Schluchseenixe, die inzwischen transportsicher verpackt auf der Ladefläche des LKW lag. Daneben stand noch der Kranwagen, der das Schiff aus dem Wasser geholt hatte. Der Polizeikombi mit der Blechwanne und Jasmin Hogs Leiche war längst verschwunden.

Junkel machte eine einladende Geste, die den gesamten Bootsanlegeplatz umfasste: „Mach gerne Fotos. Tu dir keinen Zwang an." Er grinste dabei fröhlich. Entweder, weil er wusste, dass Alfred sowieso alles längst schon fotografiert hatte, oder, weil er sich darüber freute, dass der Lokalreporter zu spät am Platz erschienen war. Bei Junkel wusste man nie.

„Habt ihr was gefunden", fragte Alfred und versuchte dabei so harmlos wie möglich zu klingen.

„Bis auf deine verdammten Fingerabdrücke in jedem Winkel des Bootes haben wir nicht viel gefunden. Deine Fingerabdrücke und die deiner seltsamen Freunde. Vielleicht muss ich dich auf die Liste der Verdächtigen setzen …"

„Verdächtig für was?", fragte Alfred listig.

Genauso listig antwortete Junkel: „Für alles! Du bist grundsätzlich verdächtig, immer. Seit ich dich kenne."

„Sie haben mich doch bereits vernommen."

Junkel schenkte Alfred einen mitleidigen Blick: „Ich sollte dich in Untersuchungshaft nehmen. Auf freiem Fuß richtest du einfach zu viel Schaden an."

„Behindern Sie nicht die Arbeit der freien Presse!", gemahnte Alfred in ähnlich lässigem Tonfall.

„Solange die freie Presse nicht die Arbeit der Polizei behindert. Was hattest du bei Eva Knerdler zu suchen?"

Aha, das wusste Junkel also auch schon.

„Kastanien!", antwortete Alfred. „Wir haben Kastanien gepflanzt. Es gibt zu viele Fichten-Monokulturen."

„Du willst mich verscheißern."

Die Dialoge zwischen Alfred und Junkel klangen oft scherzhaft und manchmal waren sie das auch. Aber dahinter lauerten beide immer auf eine Information, einen Versprecher des Anderen. Es war ein getarntes Aushorchen. Alfred mochte den Oberkommissar, aber er traute ihm nicht über den Weg. Und umgekehrt war es nicht viel anders. Alfred begann, sich umständlich eine Zigarette zu drehen, um Zeit zu gewinnen. Er bot Junkel ebenfalls Tabak zum Selberdrehen an, was dieser dankend annahm. Sie rauchten und beäugten sich.

„Na gut", sagte Alfred schließlich zwischen zwei Zügen. „Ich habe die Knerdler nach Jasmin Hog und nach Miriam Ansbach ausgefragt. Die drei waren dicke Freundinnen als sie noch jung waren."

„Mirri, Jassi und Knerri, die drei vom Hetzel Hotel", bestätigte Junkel. „Die haben dort gemeinsam vor 40 Jahren Hotelfach gelernt und im Service gearbeitet."

„Das Hetzel Hotel gibt es nicht mehr", gab Alfred seinen Wissensstand zum Besten. Er paffte dazu an Junkel vorbei in den Himmel, als wolle er seine Empörung über diesen Umstand ausdrücken.

„Es heißt jetzt Vier Jahreszeiten", klärte Junkel trocken auf. „Aber es ist noch derselbe Laden, oben am Fuße des Riesenbühl."

Alfred ließ sich nicht anmerken, dass dies für ihn eine willkommene neue Information war. Das Hotel Vier Jahreszeiten hatte also die Nachfolge des Hetzel Hotels angetreten. Dieser riesige mehrgeschossige Komplex oberhalb des Ortes, der am Berg klebte wie die Apartment-Burgen in den Retortendörfern französischer Skiressorts. Es handelte sich beim Vier Jahreszeiten um ein mehrflügeliges, verschachteltes Imperium, an dem auf einem Areal von der Größe des Neustädter Jahnstadions Nebengebäude, Sporthallen, Tennisplätze, kleinere und größere Pavillons, Swimmingpool und anderes Zubehör angedockt waren. Von Weitem war Alfred das Vier Jahreszeiten wie ein am Berg gestrandetes riesige Kreuzfahrschiff erschienen. Er war in den vergangenen Tagen mehrfach an dem Komplex vorbeigefahren. Aber niemals wäre er auf die Idee gekommen, es hier mit dem verzweifelt gesuchten Hetzel Hotel zu tun zu haben. Jetzt wusste er Dank Junkels Geschwätzigkeit mehr.

Apothekerwissen

„Am Monatsende höre ich bei der BZ auf. Dann gehe ich in Mutterschutz."

Anna erzählte es beiläufig, als sie sich – wie immer öfter in letzter Zeit – beim Bistrot Villinger zum Kaffeetrinken trafen. Annas Bauch hatte sich inzwischen sichtbar gerundet, und da Alfred schon seit Monaten von ihrer Schwangerschaft wusste, hätte er sich eigentlich denken können, dass es nun bald so weit war. Dennoch gab er sich überrascht: „Ja was? Wieso? Stimmt etwas nicht?"

„Nein, alles im Plan", erwiderte Anna lächelnd. „Nur habe ich deswegen keine Lust, mich noch in neue Themen oder irgendwelche Recherchen zu stürzen. Das verstehst du doch sicher, oder?"

Alfred hatte Anna angeboten, die weiteren Recherchen im Fall der ermordeten Jasmin „Jassi" Hog gemeinsam anzugehen. „Du arbeitest für die BZ, ich für Good-News. Wir spielen uns die Bälle zu und unsere Bosse müssen gar nicht wissen, dass wir zusammenarbeiten", so hatte Alfred gelockt. Jetzt, da inzwischen auch die Polizei in ihrer jüngsten Presseinformation von einem „Tötungsdelikt" gesprochen hatte, war das Jagdfieber bei Alfred ausgebrochen. Er unterbreitete Anna sofort seine Pläne für die nächsten Schritte: „Du redest mit der Tochter der Ermordeten, dieser Frau, die angeblich in der See-Apotheke arbeitet. Das ist doch viel leichter von Frau zu Frau, als wenn ich da rumrecherchiere. Und ich sehe mir dafür mal das Hotel Vier Jahreszeiten genauer an. Vielleicht gibt es dort noch jemanden, der sich an die Zeit im Hetzel Hotel erinnert. Jassi, Knerri und Mirri, die drei Schluchseenixen, waren nämlich alle drei vor 40 Jahren dort als junge Hotelfachangestellte beschäftigt."

„Das musst du alleine machen", winkte Anna ab. Sie rührte in ihrem Früchtetee, während Alfred seinen unangetastet ließ. Er hatte lediglich aus taktischen Erwägungen ebenfalls Früchtetee bestellt, weil er wusste, dass es Anna nicht gefiel, wenn er schon am frühen Nachmittag ein Bier trank.

„Mir ist aufgefallen, dass du in letzter Zeit weniger trinkst und weniger rauchst", meinte Anna wohlwollend und tätschelte dabei sogar Alfreds Wange, wie sie es in letzter Zeit ebenfalls häufiger tat. Er wollte ihr den Glauben nicht rauben. Vom jüngsten Absturz nach dem Abend in der Stadiongaststätte musste sie ja nichts wissen.

„Ich werde solide wie Peter Sterzer", lästerte Alfred.

„Hör mir mit dem Egoisten auf", erwiderte Anna ungewohnt rustikal. Gereizt fügte sie hinzu: „Ich will von dem Kerl nichts mehr hören. Seit Tagen keine Nachricht von ihm. Nicht einmal ein wie geht's bringt er fertig. Funkstille! Ich habe ihm geschrieben, dass ich die Scheidung eingereicht habe. Meinst du, das hat ihn irgendwie interessiert? Seine Mail dazu bestand aus drei Worten: ‚Dann mach mal!' Mehr hat er nicht dazu geschrieben. Das sagt doch schon alles."

„Und vor lauter Wut bist du daraufhin auf die Tinder-App gegangen", folgerte Alfred. „Wo ich dich dann gematcht habe."

Anna errötete. Tinder war ihr peinlich. Sie erklärte umständlich, dass sie sich dort nur ein Profil eingerichtet habe, um ein bisschen Selbstbewusstsein zu tanken. Sie erhalte dort viele Anfragen von Männern jeglichen Alters und Herkommens und das täte einfach nur gut. Niemals habe sie die Absicht gehabt, auf auch nur eine dieser Anfragen zu antworten. Bisher habe sie zwar manche Männer nach rechts gewischt, um zu sehen, ob sie von ihnen geliked worden war, aber sie habe noch nie den Kontakt aufgenommen.

„Weißt du, das ist so: Wenn du als Frau ein angeknackstes Selbstbewusstsein hast, dann kannst du nach Umkirch in den

Heuboden gehen. Dort wimmelt es von Männern in der Balz. Und da finden dich alle Männer schön, du kannst dich vor Avancen nicht retten. Nach einem Abend im Heuboden fährst du nach Hause und denkst nur noch: Mann, bin ich schön!" Sie strich sich durch die schwarzen Haare, als wollte sie diese Feststellung unterstreichen. Dann fuhr sie fort: „Und so ist es auch mit Tinder. Du stellst dein Profil mit einem schönen Bild dort ein und alle paar Minuten macht es Klingeling, weil irgendein Kerl sich mit dir treffen will. Das baut dich dann wieder auf."

Zufrieden mit dieser Analyse lehnte Anna sich lächelnd zurück und nippte an ihrem Tee. Alfred dachte ein bisschen über das Gehörte nach, dann wandte er ein: „Ich vermute, die meisten Frauen auf Tinder machen das so. Anders ist es doch nicht zu erklären, dass ich noch kein einziges Match habe. Ich habe mindesten zwei Dutzend Frauen, die mir gefallen würden, nach rechts geswipt. Aber meinst du, auch nur eine hätte angebissen? Nichts! Null!"

„Kein Wunder", belehrte ihn Anna. „Ich habe dein Profil ja gesehen. Da würde ich auch ablehnen."

„Wie? Ich habe mein bestes Bild eingestellt. Ich habe mich ehrlich beschrieben."

„Das ist es ja", kicherte Anna. „Du warst vielleicht zu ehrlich. Sieh mal, natürlich kannst du reinschreiben, dass du Raucher bist. Das erwartet man. Aber wieso schreibst du rein, dass du veganes Essen ablehnst?"

„Weil es stimmt."

„Du hast alles aufgezählt, was man besser nicht aufzählt: Dass du gerne Bier trinkst, dass dir Schwarzwälder Speck schmeckt, dass du niemals ein Elektroauto fahren würdest, dass du Gendersprache bescheuert findest, dass du Tempo 30 für staatliche Gängelung hältst, dass für dich Windräder im Schwarzwald ein Graus sind, und, und, und …"

Sie seufzte und fasste mit fröhlicher Ironie in der Stimme zusammen: „Keine Frau reagiert auf so einen Typen. Schon gar nicht Frauen aus Freiburg. Du wirst ewig Junggeselle bleiben."
„Auf Tinder wird das vielleicht nichts, dafür mache ich das Rennen im richtigen Leben", gab sich Alfred unbekümmert. „Wenn ich will, dann fliegen mir die Frauenherzen zu ..."
Fast hätte Anna sich verschluckt. Sie prustete amüsiert los.
Selten zuvor in ihrer langjährigen und wechselvollen Freundschaft waren Alfred und Anna sich so vertraut und unverkrampft nahe gewesen wie in diesen Tagen. Lag es daran, dass Anna verheiratet und vergeben war und damit außerhalb von Alfreds Fanggebieten? Oder war es ihre Schwangerschaft? Oder die Tatsache, dass Anna sich verändert hatte, dass sie Alfred nicht mehr erziehen wollte, sondern so akzeptierte, wie er war? Alfred dachte darüber nach, während er nach Schluchsee zur See-Apotheke fuhr, wo er Annika, die Tochter der Ermordeten Jassi zu treffen hoffte. Den Namen wusste er von Junkel. Allerdings traute er sich nicht einfach in die Apotheke hinein. Er hatte sich keine Gedanken darüber gemacht, wie er die Tochter der ermordeten Hoteliersfrau ansprechen wollte. Arbeitete sie heute überhaupt? Junkel hatte gesagt, dass sie nur als Aushilfe angestellt war. Alfred fuhr zuerst zweimal an dem Haus vorbei und versuchte, durch die Glasfront hindurch etwas zu erkennen. Das war unmöglich, es spiegelte sich lediglich der rote Flitzer in den Scheiben. Deshalb stellte er den Wagen auf dem Kundenparkplatz ab. Unschlüssig drehte er sich eine Zigarette, stieg aus und stand rauchend herum. Dabei versuchte er, so unauffällig wie möglich ins Innere der Apotheke zu spähen, sobald jemand hineinging oder herauskam. Alfred erkannte einen Mann hinter einer Verkaufstheke. Das war sicher der Inhaber Peter Johe, dessen Namen auf der Eingangstür stand. Hin und wieder huschte eine junge Angestellte im weißen Kittel durch den Bildausschnitt. Das konnte nicht

die gesuchte Annika Hog sein, dafür war sie viel zu jung. Nach dem, was er von Junkel und im Waldhotel von Mirri Ansbach über Jassis Tochter erfahren hatte, musste Annika Hog ungefähr Mitte 30 sein. Die schwatzhafte Wasserstoffblondine Mirri hatte ungewöhnlich ausführlich über die Töchter ihrer Freundinnen Jassi und Knerri gesprochen. Jetzt, wo er sich die Informationen in Erinnerung rief, wurde Alfred dieser Sachverhalt erst richtig bewusst.

„Die Jassi, die hat ja überhaupt als Letzte von uns Dreien Nachwuchs bekommen, ihre Annika", hatte Mirri an jenem Abend Alfred und Anna erzählt. „Da war sie schon lange hier mit mir im Hotel. Mein Ralfi, der war da schon vier oder fünf Jahre alt. Und die Knerri, nun ja", – an dieser Stelle legte Mirri eine bedeutungsschwere Pause ein und unterstrich dies noch durch affektiertes Augenrollen – „die Knerri war schon 1983 so weit. Die hat ihre Julie bekommen, da waren wir alle drei noch ein Herz und eine Seele. Da haben wir ihr auch während der Schwangerschaft beigestanden. Sie war ja ganz alleine damals." Auch diesen letzten Satz betonte Miriam Ansbach extra, indem sie die einzelnen Worte ganz gedehnt und abgehackt aneinanderreihte. „Sie ... war ... ja ... ganz ... alleine ... damals."
Alfred hatte an jenem Abend nicht weiter nachgefragt und auch nur beiläufig die Informationen über diese Kindergeschichten aufgenommen. Hätte er besser zuhören sollen? Steckte eine Botschaft darin? „Sie ... war ... ja ... ganz ... alleine ... damals." – Wieso hatte Mirri diesen Umstand so ausdrücklich betont?
Jetzt verließ die junge Frau die Apotheke. Sie hatte sich eine Freizeitjacke übergezogen. Alfred zückte sein Smartphone und kontrollierte die Zeit. Es war bereits nach 18 Uhr. Also Feierabend.
„Entschuldigung", so sprach Alfred die junge Apothekenhelferin an: „Kennen Sie Annika Hog? Ist das Ihre Kollegin?"

Die Frau blieb stehen: „Annika?"

Sie musterte Alfred. „Sie heißt nicht mehr Hog", erwiderte sie dann. „Sie meinen bestimmt Annika Fredeler. Hog ist ihr Mädchenname."

„Ja, ja, die meine ich", beeilte Alfred sich zu bestätigen. „Ich hatte gehofft, sie hier zu treffen. Wir haben … wir waren mal auf der gleichen Schule", log er aus dem Stegreif. „Und jetzt bin ich wieder in der Gegend, weiß aber nicht genau, wo sie wohnt. Wissen Sie vielleicht … Könnten Sie mir weiterhelfen?"

Arglos nickte die junge Frau und gab bereitwillig Auskunft: „Sie wohnt mit ihrer Familie drüben im Wolfsgrund. Im Bergackerweg. Das gelbe Haus. Kann man nicht verfehlen."

Alfred bedankte sich vielfach und notierte sich die Adresse. Die junge Frau eilte Richtung Kirchplatz davon. Es vergingen weitere zehn Minuten, ehe Apotheker Peter Johe in Begleitung einer zierlichen weißhaarigen Frau ebenfalls seine Apotheke verließ. Er schloss die Eingangstür ab. Alfred trat näher.

„Tschuldigung, darf ich mal was fragen?"

Apotheker Johe nickte: „Nur zu. Wie kann ich helfen?"

Er hatte ein rundes, freundliches Gesicht mit einer vertrauenserweckenden Ausstrahlung. Ein Gesicht, wie geschaffen für einen Apotheker.

„Ich bin auf der Suche nach Annika … Annika Fredeler. Sie arbeitet doch hier bei Ihnen?"

„Ja, aber nur mittwochs und samstags. Soll ich ihr etwas ausrichten?" Peter Johe beuget sich zu der weißhaarigen Frau neben sich: „Geh doch schon mal voraus, Mama. Ich komme gleich nach."

Die Mama machte keine Anstalten, sich zu entfernen. Aus wachen blauen Augen studierte sie Alfred, der sich unangenehm durchschaut fühlte. Er entschied sich für die Wahrheit, jedenfalls im Groben: „Ich ermittle im Fall der ermordeten Jasmin Hog."

„Schrecklich, nicht wahr?", entfuhr es Mama Johe. „Wie kann jemand solch ein Verbrechen begehen?"

„Ja", bestätigte Alfred. „Das ist schrecklich. Uns interessiert die frühe Vergangenheit von Frau Hog. Als sie mit Miriam Ansbach und Eva Knerdler im Hetzel Hotel arbeitete."

Peter Johe sah seine Mutter an: „Ich muss da passen. Das war vor meiner Zeit."

Die Mutter des Apothekers aber nickte wissend: „Ich kann mich erinnern. Das waren drei wilde Feger. Sie nannten sich die drei Schluchseenixen. Und sie ließen nichts aus. Ich hatte damals gerade die See-Apotheke übernommen. Sie müssen wissen, vor Peter, also vor meinem Sohn, da habe ich viele Jahre lang die Apotheke geführt. Und, oh ja, ich kann mich sehr gut erinnern … Das war ja ein Drama damals, als die junge Eva Knerdler schwanger wurde – und kein Vater weit und breit."

Bei Alfred machte es Klick. Er war auf der richtigen Spur. Und die Apothekerin schien eine ergiebige Informationsquelle zu sein. Wie konnte er sie noch weiter ausfragen? Peter Johe drängte zum Aufbruch: „Komm Mama, steig ins Auto. Wir wollten heute Abend doch noch mit den Kindern ins Hiesle nach Wittenschwand …"

„Ich kann Sie doch nach Hause fahren", erbot sich Alfred. „Schenken Sie mir zehn Minuten. Wir können uns da drüben auf die Bank setzen."

„Was wollen Sie denn noch alles wissen?", fragte Mutter Johe skeptisch. Weder ihr noch ihrem Sohn kam es in den Sinn, Alfred nach einem Dienstausweis zu fragen. Überrumpelungstaktik funktionierte manchmal eben doch.

„Eben das! Wie das damals war mit Eva Knerdlers Schwangerschaft? Welche Rolle spielten Miriam Ansbach und Jasmin Hog?"

Gisela Johe lachte. „Na gut, dann setzen wir uns halt auf die Bank und ich erzähle Ihnen was. Fahr voraus, Peter. Der junge

Mann soll mich dann heimfahren." Zu Alfred gewandt: „Wir wohnen oben in Faulenfürst. Das geht leider nicht zu Fuß für eine alte Frau wie mich."

Der Apotheker zuckte mit den Schultern, sagte zu Alfred: „Wenn sie mal ins Reden kommt, dann kann sie nicht mehr aufhören" und entfernte sich.

„Stört es Sie, wenn ich rauche?", fragte Alfred, als sie auf der anderen Straßenseite Platz auf der hölzernen Parkbank genommen hatten, von der aus sich ein prächtiger Ausblick auf den tiefer gelegenen See bot. Giesela Johe verneinte und meinte trocken: „Ich bin Apothekerin. Was glauben Sie, wie viele Leute ich schon erlebt habe, die sich mutwillig ihre Gesundheit ruinieren? Machen Sie nur weiter."

Dann kam sie zur Sache: „Eva Knerdler, alle sagten damals Knerri zu ihr, war kaum 20, da wurde sie schwanger. Ein Skandal! Niemand wusste, wer der Vater war. Sie schwieg eisern und bekam ihre Tochter Julie. Die hat sie alleine großgezogen."

„Gibt es diese Tochter Julie noch irgendwo. Kann man mit ihr reden?"

„Aber ja doch. Sie arbeitet drüben im Buchladen von Ingeborg Hall. Eine nette Frau. Sie ist verheiratet und hat zwei Kinder. Aber mit ihrer Mutter, mit Eva Knerdler, ist sie über Kreuz."

„Warum?"

„Warum wohl? Weil die arme Frau immer noch nicht weiß, wer ihr Vater ist. Das hat Eva Knerdler immer für sich behalten. Jahrelang war das hier das Dorfgespräch."

„Interessant", kommentierte Alfred und paffte über Giesela Johes Kopf hinweg Richtung See.

„Und wie lauten die Theorien?"

Jetzt lachte die Senior-Apothekerin: „Da ist alles drin. Manche haben den damaligen Hoteldirektor vom Hetzel im Verdacht. Andere glauben an eine Vergewaltigung oder an irgendeine peinliche Geschichte."

„Kann es nicht einfach sein, dass sie … das Eva Knerdler damals so viele Männer hatte, dass sie schlicht und einfach nicht weiß, wer der Vater ist?"

„Nein!", sagte Giesela Johe entschieden. „Eine Mutter weiß immer, wer sie geschwängert hat. Lassen Sie sich da nichts weißmachen, junger Mann."

„Warum sagt sie es dann nicht? Nicht einmal ihrer eigenen Tochter?"

„Das ist ihr Geheimnis. Vielleicht ist sie deshalb so verschroben geworden. Sie spinnt, wenn Sie mich fragen. Sie lebt irgendwo in einer einsamen Bauernhütte und sammelt Kräuter und gefährliche Pilze. Ich kann mir denken, was sie daraus zusammenmixt. Es wird ihr endgültig den Verstand kosten."

Alfred verschwieg, dass er Eva Knerdler bereits kennengelernt hatte. Stattdessen wechselte er das Thema: „Was ist mit Jasmin Hog und ihrer Tochter Annika? Gibt es da einen Vater?"

„Aber sicher!" Mama Johe schaute Alfred entrüstet an. „Die Jassi war ewig lange mit dem Winni zusammen, mit dem Srödel. Das war der Tennislehrer im Hetzel Hotel. Jetzt hat er eine eigene Tennisschule. Der Winni und die Jassi, die haben zueinander gepasst. Winni Sprödel ist Annikas Vater. Als sie zur Welt kam, haben Jassi und Winni geheiratet. Jassi wollte, dass er beim Waldhotel Tennisstunden gibt und dort ein Tenniszentrum errichtet. Er wollte aber nicht. Nach ein paar Jahren war Schluss mit den beiden. Dann haben sie sich scheiden lassen."

Alfred machte sich eifrig Notizen. Jetzt fehlte noch Mirris Werdegang. Er fragte nach: „Kennen Sie auch Miriam Ansbach und ihren Sohn Ralf. Wo ist dort der Vater?"

„Die Mirri, ja die kenne ich auch. Die war die Schlimmste. Aber alle drei waren Luder und hatten es faustdick hinter den Ohren. Die Mirri, die hatte immer so etwas Berechnendes. Der ging es immer nur um sich selbst. Ihren Sohn Ralf kenne ich kaum, er ist ein unangenehmer Typ. Aber ich weiß, dass der

Vater ein pleitegegangener Bauunternehmer war, der schnell das Weite gesucht hat, nachdem er Mirri geschwängert hatte. Mirris Sohn Ralf ist ohne Vater als Hotelkind aufgewachsen. Die Mutter hat ihn ständig verhätschelt und verwöhnt. Das ist ihm nicht gut bekommen."

Langsam nahm das Bild Konturen an, das Alfred sich von Mirri, Jassi und Knerri machte. Giesela Johe lieferte ihm noch weitere Einzelheiten. Vor allem bestätigte sie, was Alfred längst wusste: Die drei Schluchseenixen hatten offenbar in ihren wilden Jahren keine Party ausgelassen und im Hetzel Hotel und drumherum in ganz Schluchsee den Männern reihenweise die Köpfe verdreht. Und jetzt, 40 Jahre später, hatte eine von ihnen sterben müssen, Jasmin Hog. Alles roch danach, dass die Gründe dafür in jener wilden Zeit zu suchen waren, im Jahr 1982, als die Deutsche Fußballnationalmannschaft zum Trainingslager im Hetzel Hotel weilte.

Während er Giesela Johe zu ihrem Haus in Faulenfürst fuhr, fragte Alfred sie, ob sie sich an den Aufenthalt der Fußballer in Schluchsee erinnern könne. Aber sie verneinte: „Ich habe zwar davon gehört, aber das hat mich damals nicht berührt. Viel spannender fand ich ein Jahr später die Schluchsee-Absenkung. Das war spektakulär. Fußball interessiert mich nicht."

Tücken der Onlinewelt

Keine Nachrichten von Vanessa. Sie war seit jener Segeltour auf dem Schluchsee wie vom Erdboden verschwunden. Alfred quälten schlimme Fantasien. Was, wenn sie den Musikprofessor aus Emmendingen traf und vielleicht auch noch sympathisch fand? Er versuchte es per Mail, per Whatsapp, per Telefon – nichts! Vanessa meldete sich einfach nicht zurück. Am schlimmsten quälte Alfred, dass er ihren Eintrag auf Tinder nicht finden konnte. Er hatte sein Profil so spezifiziert, dass sie ihm eigentlich vom System als mögliche Bekanntschaft aufgezeigt werden musste. Inzwischen hatte er seine Abneigung gegen Veganer, den Schwarzwälder Speck und die Windräder aus seinem Selbstporträt gestrichen und durch „esse gerne traditionelle regionale Speisen" und „bin für nachhaltige und landschaftsverträgliche Energiewende" ersetzt. Dennoch stellten sich kaum Matches ein. Schon gar nicht wurde ihm Vanessa vorgeschlagen. Der blöde Algorithmus von Tinder lieferte Alfred stattdessen nacheinander drei gepiercte und tätowierte Endzwanzigerinnen aus dem Raum Freiburg, die sich alle drei mit dem lustigen Spruch „Zu einem Vino sag ich nie no!" einführten. Er wischte alle drei nach links in die Versenkung und grübelte, was er wohl falsch machte.

Tim Joy meldete sich mit der heißen Nachricht, er habe etwas über den ominösen Giuseppe de Angelis herausgefunden. Alfred saß in der Goodwood-Redaktion, wo er an einem Artikel „40 Jahre Schluckseе – Ein Rückblick auf das härteste Trainingslager der Deutschen Fußallnationalmannschaft" saß. Als Tim Joys Nachricht aufblinkte, griff er zum Smartphone und rief den WG-Kumpel an.

Tim Joy erklärte zuerst, dass er weltweit vier Giuseppes de Angelis ausfindig gemacht habe, daneben noch einen Seppo de Angelis, Letzterer allerdings ein über 90-jähriger Insasse eines Altersheimes in Neapel. Von den anderen seien zwei jünger als 30, einer lebe in Brasilien, so dass also der Verbliebene derjenige sein müsse, nach dem Alfred suche. Die Daten passten, denn es handele sich um einen 65-jährigen Gastwirt aus Mailand, bezeichnenderweise trage seine Kneipe den Namen Ristaurante della Foresta Nera.

An dieser Stelle unterbrach Alfred den Redefluss seines Kumpels, um ihn aufzuklären, dass er all dies bereits wisse.

„Das hat mir Kommissar Junkel auch schon erzählt. Aber Junkel kommt nicht weiter, weil der Kerl spurlos verschwunden ist. Seit bald drei Wochen."

„Ha, siehst du", triumphierte Tim am anderen Ende der Verbindung: „Jetzt komme ich ins Spiel. Digitale Recherche! Ich habe mich nämlich in seine Kontodaten gehackt. Und soll ich dir was sagen: Dieser Giuseppe ist vor drei Wochen von Mailand schnurstracks in den Schwarzwald gefahren. Das kann ich anhand seiner Tankstellenbesuche in Zürich und später in Schluchsee belegen. Außerdem hat er mehrfach in Schluchsee Geld vom Bankschalter abgehoben. Er hat einmal für 50 Euro einen Blumenstrauße bei Blumen Lorenz in Schluchsee gekauft und mit Master Card bezahlt, ebenso schon zweimal in der Pizzeria La Piazza, erst gestern Abend wieder. Er muss also irgendwo da oben sein."

„Wie hoch waren die Rechnungen in der Pizzeria?", wollte Alfred wissen.

Es klackerte am anderen Ende der Leitung, Tim Joy tippte auf seiner Tastatur herum, dann hatte er die gewünschte Information: „Einmal 72,50 und einmal 74,80 Euro. Jedes Mal hat er auf 80 Euro aufgerundet."

„Und, was schließen wir daraus?"

Stille am anderen Ende. Dann: „Keine Ahnung. Dass er angemessen Trinkgeld gibt?"

„Nein, denk mal nach! Niemand produziert in einer Pizzeria eine Rechnung für über 70 Euro, wenn er dort alleine hingeht. Das ist eine Rechnung für mindestens zwei Personen. Und dann der Blumenstrauß! Weißt du was ich glaube?" Alfred wartete keine Antwort ab. „Ich glaube, dass dieser Giuseppe eine Frau besucht. Der ist nach Schluchsee gekommen, um hier jemandem seine Aufwartung zu machen. Und es muss dafür einen urplötzlichen Anlass geben, etwas, was seit 40 Jahren schlummerte und was dieser Italiener erst jetzt erfahren hat. Sonst wäre er längst schon früher mal in die alte Heimat zurückgekehrt."

Für Alfred reimte sich einiges zusammen. Er hätte eine Wette darauf abgeschlossen, dass dieser Giuseppe de Angelis vor 40 Jahren im Hetzel Hotel beschäftigt gewesen war. Ganz sicher hatte er Jassi, Mirri und Knerri gekannt. Und da seine Visitenkarte gut sichtbar im Segelboot lag, muss er etwas mit den jüngsten Ereignissen zu tun haben. Alfred gab dem Kumpel noch weitere Rechercheaufgaben auf: „Kannst du rausfinden, welche Nationalspieler aus dem WM-Kader von 1982 damals noch unverheiratet waren? Außerdem versuch mal was über die Belegschaft des Hetzel Hotels anno 1982 zu finden. Vielleicht kriegen wir ein paar Namen."

„Du weißt schon, dass das World Wide Web erst in den 1990ern entstanden ist?", fragte Tim Joy gequält. „Es wird kaum eine Personalliste vom Hetzel Hotel aus dem Jahr 1982 existieren."

„Versuch es trotzdem."

Sie unterhielten sich noch eine Weile über Privates. Tim berichtete, dass Jochen Schiller ihn in der WG besucht hatte, um mitzuteilen, dass demnächst der Mitbewohner Hugo wieder erscheinen werde. Es sei der Kanzlei seines Vaters gelungen, den wilden Hugo auf Bewährung aus dem Knast freizubekommen. Alfred interessierte sich mehr dafür, ob Tim irgendwelche Kontakte zu Vanessa habe, was dieser aber verneinte.

„Tu mir einen Gefallen", bat Alfred schließlich. „Such mir mal das komplette Whatsapp Profil von diesem tschechischen Musiker heraus, von diesem Janosch Koczan, dem Vanessa auf den Leim gegangen ist."

Tim Joy wollte gerade eine Diskussion darüber aufmachen, dass er nicht bereit sei, hinter Vanessa herzuschnüffeln, da klopfte es an die Redaktionstür der Goodwood-Redaktion.

Ein schmächtiger kleiner Mann mit schütterem Haar stand vor Alfred. Der Hausbesitzer. Er hieß Leo Schuster, ein Frührentner mit der zerknitterten Miene eines Menschen, der nur aus Griesgram zu bestehen schien, der aber zum Glück die meiste Zeit vollkommen unsichtbar blieb. Alfred erlebte ihn nur, wenn der Alte Beschwerden gegen Alfreds Lebenswandel hatte, zum Beispiel gegen nächtliche Zechgelage in der Redaktion von Goodwood, oder wegen Alfreds Verhältnis zum Müll, zur Flurreinigung oder zum Lichtschalter im Treppenhaus.

„Was gibt's?"

„Können Sie mal Ihre gelben Säcke und die leeren Flaschen entsorgen, unten im Hausflur? Das fängt an zu stinken?"

„Tut mir leid, habe die letzte Abholung verpasst", gab sich Alfred zerknirscht.

„Die letzte Abholung?" Der alte Schuster hob seine quäkige Fistelstimme zu erheblicher Lautstärke. „Die Säcke haben schon drei Abholungen verpasst. Einen hat die Katze aufgerissen. Sie hat alle Wurstdosen herausgezerrt und über den Flur verteilt. Es stinkt!"

Leo Schuster hatte Recht, das konnte auch Alfred nicht bestreiten. Die Wurstbüchsen aus Kopfmanns Wurstautomat, Leberwurst, Bierwurst, Bratwurst, Schwarzwurst, wovon Alfred sich hauptsächlich ernährte, wenn er in der Redaktion hauste, waren magisch verlockend für Schusters halbverwilderte Katze. Oft waren die entsorgten Büchsen noch zur Hälfte voll, weil die Portionen zu groß für eine Person und eine Mahlzeit waren. Dann ließ Alfred sie oft geöffnet in der Redaktionsbude stehen, vergaß sie, wenn er nach Freiburg fuhr oder ignorierte sie, wenn er beim nächsten Mal Lust auf eine andere Sorte hatte. So entstanden die Müllberge, die Alfred in Ermangelung einer Mülltonne über die gelben Säcke zu entsorgen trachtete. Aber auch die vergaß er allzu oft. Und nun blockierten sie den Hausflur.

Erwartungsvoll stand Leo Schuster im Türrahmen und bewegte sich auch nicht, als Alfred treuherzig verkündete: „Ok, ich kümmere mich darum."

„Jetzt! Sofort", beharrte Schuster und gab seinen tränenden Augen einen drohenden Blick.

„Ich bin mitten in der Arbeit", unternahm Alfred den Versuch einer Ausflucht. Doch Schuster linste in das Zimmer hinein und blieb hartnäckig: „Ich sehe keine Arbeit. Ich sehe nur eine Liege mit Schlafsack mitten im Raum. Überhaupt: Wenn das nicht aufhört, dann muss ich das Büro wieder kündigen. Sie können nicht heimlich da drin wohnen."

„Das ist nicht heimlich", widersprach Alfred.

„Das ist ein Büro und keine Wohnung. Wenn Sie eine Wohnung brauchen, oben drüber ist eine frei, im nächsten Stock. Zwei Zimmer, Küche, Bad, kleiner Balkon."

Alfred merkte auf. In der Tat war er auf Wohnungssuche, denn der jetzige Zustand war völlig inakzeptabel. In Freiburg durfte er dank Jochen umsonst wohnen, aber sein Arbeits- und Lebensmittelpunkt verlagerte sich zunehmend wieder zurück nach Neustadt. Die provisorischen Nächte in der Redaktion, wo es nicht einmal eine Dusche oder Kochgelegenheit gab, mussten ein Ende haben. Bei Linus durfte er nur in Ausnahmefällen unterschlupfen. Bei Anna, worauf er heimlich spekulierte und wovon er träumte, war es noch viel zu früh, auch nur eine Andeutung zu machen. Also blieb nur, sich wieder eine eigene Wohnung zu suchen.

„Möbliert", schob Schuster hinterher. „Es ist alles drin: Küche, Wohnzimmer, Schlafzimmer. Ungefähr 60 Quadratmeter."

„Könnte mich interessieren", räumte Alfred ein. „Was soll es kosten?"

Er kannte ungefähr die Mietpreise in Freiburg. 60 Quadratmeter möbliert mit Balkon waren unter 800 Euro dort nicht zu kriegen. In Innenstadtlagen konnte es leicht auch vierstellig werden.

„450 Euro!", antwortete Schuster, schob aber sogleich hinterher: „Aber darüber können wir auch noch verhandeln."

Er hatte gesehen, wie Alfred bei der Nennung des Preises zusammengezuckt war – vor Überraschung, weil er so niedrig war. Schuster interpretierte aber, dass Alfred vor der Höhe erschrocken sei und relativierte sogleich: „Da ist auch alles drin. Keine Nebenkosten. Sogar Mülleimer und Müllabfuhr sind inbegriffen!" Den letzten Zusatz betonte er demonstrativ.

Bei der anschließenden Besichtigung wurden sie sofort handelseinig. In seiner Euphorie über den gelungenen Deal erklärte Alfred sich bereit, unverzüglich die gelben Säcke im Hausflur zu entsorgen.

„Was ist mit den leeren Flaschen?", wollte Schuster wissen.

„Die bleiben stehen. Die holt Hector ab."

„Welcher Hector?"

„Hector, der Flaschensammler. Kennen Sie den nicht?" Alfred staunte. Jeder in Neustadt kannte Hector, den etwas wirren Typen mit dem langen Mantel, den ausgetretenen Schuhen und einer 700 Jahre alten Mundschutzmaske im Gesicht.

„Hector läuft immer mit Plastiktüten durch die Gegend. Er sammelt Pfandflaschen und Büchsen. Das ist sein Taschengeld. Mit ihm habe ich ausgemacht, dass er all meine Pfandflaschen bekommt, wenn er auch die übrigen entsorgt. Deswegen lasse ich doch unten immer die Tür auf, damit Hector hereinkommt."

Schuster zischte aufgebracht: „Ach Sie sind das! Die Tür muss geschlossen bleiben. Ich mache sie immer zu."

„Na dann ist es kein Wunder, dass die Flaschen immer noch dort stehen. Wenn Hector nicht ins Haus rein kann."

„Stell deine Flaschen vor die Tür", empfahl Schuster.

Trotz dieses Disputs war es ein gutes Gespräch, das Alfred mit dem Hausbesitzer hatte, vor allem das Ergebnis war sensationell. Er war unversehens zum Wohnungsinhaber geworden, auch noch unmittelbar in der Nähe der Redaktion, zu einem Preis, der seinem Budget in keiner Weise etwas anhaben konnte. Ein gutes Gespräch, ein guter Tag.

Alfred sammelte die müffelnden Wurstbüchsen im Hauseingang auf, stopfte die Sammlung gelber Säcke auf den Rück- und Beifahrersitz des roten Flitzers, unternahm eine Entsorgungsfahrt zum Lidl Einkaufsmarkt, wo er die dortigen hinter dem Supermarkt verborgenen Container als Endlager missbrauchte, und war anschließend so euphorisiert von den Ereignissen, dass er Linus anrief: „Hast du Bock auf ein Feierabendbier? Irgendwo in der Stadt? Ich hab was zu feiern."

Unterwassergeheimnisse

Junkels Anruf erreichte Alfred, als dieser tief im Fahrersitz versunken aus dem Seitenfenster des roten Flitzers heraus das gelbe Haus in der Bergackerstraße beobachtete, in dem Annika Fredeler mit ihrer Familie wohnte. Das kleine Neubaugebiet Wolfsacker machte einen wohlhabenden Eindruck. Gehobene Wohngegend. Alfred hatte den roten Flitzer hinter einem aufblühenden Fliederbusch im Schutz einer Doppelgarage geparkt. Von hier aus hielt er zu morgendlicher Stunde den Hauseingang im Auge, hinter dem er Annika Fredeler, die Apothekenhelferin und Tochter der ermordeten Jasmin Hog wusste. Vor geraumer Zeit war bereits ihr Mann mit zwei kleinen Kindern ausgerückt. Offenbar brachte er die Kleinen auf dem Weg zur Arbeit zum Kindergarten. Nun musste bald auch Annika herauskommen, denn heute hatte sie Dienst in der Apotheke, wie Alfred wusste.

Doch nun störte der Anruf Junkels seine Aufmerksamkeit.

„Kleiner Tipp, Alfred. Wir sind in Schluchsee und ziehen an der Staumauer gerade zwei komplette Taucherausrüstungen aus dem Wasser. Wenn du dich beeilst, kriegst du vielleicht noch gute Bilder hin."

Junkel konnte nicht wissen, dass Alfred so früh am Morgen bereits in Schluchsee war. Insofern war sein Angebot normalerweise ungefährlich, denn Alfred würde es niemals schaffen, von Neustadt oder gar von Freiburg zur Schluchseestaumauer zu kommen, bevor die Bergungsaktion abgeschlossen war. Er würde dort ankommen und nicht mehr viel zu sehen bekommen. Aber der schlaue Junkel konnte behaupten, er habe Alfred einen heißen Tipp gegeben.

Alfred forschte nach: „Hat das was mit unserem Fall der Schluchseenixen zu tun?"

Junkel: „Ich fürchte, ja. Kann ich dir erzählen, wenn du vor Ort bist."

„Ich komme!"

„Aber beeile dich, unser Kran hat die Dinger schon am Haken."

Alfred beeilte sich. Wenige Minuten später parkte er den roten Flitzer bereits verbotenerweise direkt in der Zufahrt zur Staumauer. Die paar Meter zum abschüssigen Parkplatz der B 500 direkt hinter der Staumauer waren ihm zu weit. Die Kamera im Anschlag hastete er auf die Mauerkrone, auf der ein befahrbarer Überweg ans jenseitige Ufer nach Blasiwald führte. Im ersten Drittel dieses Überweges stand ein Kranwagen mit Blaulicht, umringt von etlichen Menschen in Zivil, bei denen es sich um Ermittler der Kripo Freiburg handelte. Alfred schoss schnell eine erste Serie von Bildern. Zwei uniformierte Streifenpolizisten sperrten den Durchgang ab. Es waren alte Bekannte vom Revier Neustadt: Johanna Schwarz und Hansi Pflaster. Mit diesen beiden war Alfred schon häufiger zusammengeraten. Einerseits kannten diese Polizisten all seine Sünden und ließen sich hinsichtlich seiner Schnüffelabsichten nicht täuschen, andererseits wussten sie aber auch, dass er auf rätselhafte Art ein Spezi von Oberkommissar Junkel war. Als er mit der Behauptung „Junkel hat mich gerufen", die Sperre passieren wollte, ließen sie Alfred deshalb auch anstandslos vorbei. Die junge Polizistin raunte ihm jedoch beiläufig zu: „Wir kontrollieren währenddessen Ihr Fahrzeug. Es steht ziemlich verboten. Behinderung der Polizeiarbeit und so weiter, Sie wissen schon."

Alfred ignorierte die Drohung. Er reichte der jungen Polizistin seinen Autoschlüssel: „Bin in Eile, im Dienst. Sie dürfen gerne umparken!" Dann hielt er Ausschau nach Junkel.

Der Oberkommissar stand gebeugt über einem flachen Container. Zusammen mit weiteren Kripo-Spezialisten begutachtete er den Inhalt zweier blauer Säcke, die mit Nylonleinen miteinander verschnürt waren.

Junkel, wie immer im Schlabber-Sakko und mit einer Kippe im Mund, zeigte sich überrascht, als plötzlich Alfred neben ihm stand: „Wo kommst du denn so schnell her?"

„Polizeihubschrauber!", flachste Alfred und nahm die Fundstücke mit der Kamera ins Visier. Junkel drückte sie ihm zur Seite: „Mal langsam! Du platzt hier mitten in die Ermittlungen."

„Sie haben mich gerufen", sagte Alfred leise, weil er wusste, dass andere das nicht hören durften.

Der Oberkommissar zog Alfred am Ärmel aus dem Geschehen hinaus und einige Meter abseits bis an die seeseitige Brüstung der Staumauer. Er deutete ins Wasser hinunter: „Als unsere Taucher vorige Woche nach der Leiche von Jasmin Hog suchten, fanden sie auch die beiden zusammengeschnürten Säcke. Wir haben sie nicht gleich geborgen, weil schnell klar war, dass darin keine Leiche steckte. Aber der Inhalt ist trotzdem interessant und hat vermutlich mit unserem Fall zu tun."

Junkel machte eine Pause, während der er sich Tabak aus der ausgebeulten Seitentasche seines Sakkos zog und umständlich eine neue Zigarette drehte. Alfred tat es ihm gleich. Sie pafften Qualmwölkchen Richtung See.

„Sie haben gesagt, es sind komplette Taucherausrüstungen in den Säcken?"

„So ist es", bestätigte Junkel. „Es sind zwei Ausrüstungen, jeweils Neoprenanzüge, Brillen, Flossen, Schnorchel und Pressluftflaschen. Und sie haben alle eines gemeinsam."

„Jetzt bin ich aber gespannt."

„Sie gehören der Tauchschule Waldhotel!" Junkel ließ die Worte kurz wirken, und als Alfred nicht gleich etwas sagte, fügte er zur Erklärung hinzu: „Sie haben alle diesen Aufdruck: Tauchschule Waldhotel und den stilisierten Schnorchel mit Luftblasen."

„Das Waldhotel hat eine eigene Tauchschule?" Diese Information musste Alfred erst verdauen.

„Auch der Taucheranzug, den die ermordete Jasmin Hog trug, als wir ihre Leiche unter dem Segelboot fanden, stammte von dort. Der gleiche Schnorchelaufdruck."

Während Alfred über das Gesagte nachdachte und dazu kleine Rauchwölkchen über die Staumauer sandte, beobachtete er das Gewusel um den Bergekran. Wie es aussah, beabsichtigten die Ermittler, die beiden blauen Müllsäcke mitsamt Inhalt in ihrer Original-Verschnürung nach Freiburg zu überführen.

Junkel, der Alfreds Überlegungen ahnte, erklärte: „Obduktion! Wir suchen nach Fingerabdrücken, Manipulationsspuren, was weiß ich … irgendwas werden wir finden, verlass dich drauf."

„Wer betreibt die Tauchschule im Waldhotel?", wollte Alfred wissen. „Oder gehört die dem Hotel?"

Der Oberkommissar kratzte sich an den Resten seiner Frisur, als müsse er darüber nachdenken, ob er Alfred weiteres Polizeiwissen anvertrauen durfte. Er durfte es eigentlich nicht. Aber die stillschweigende Zusammenarbeit zwischen Junkel und Alfred hatte in den letzten Jahren einen symbiotischen Charakter angenommen. Jeder ließ den anderen mal offen, mal als Zufall getarnt an seinen Ermittlungsständen teilhaben. Auf diese Weise ergänzten sie sich und kamen manchen Dingen auf die Spur, die jeder für sich niemals ausgegraben hätte.

„Als Inhaber der Tauchschule ist Ralf Ansbach eingetragen, der Sohn von Mirri Ansbach. Er hat aber Tauchlehrer und Tauchlehrerinnen angestellt, die den Laden für ihn schmeißen. Er selbst ist ein Faulpelz und Taugenichts."

Sie setzten sich wie zwei Spaziergänger in Bewegung und entfernten sich noch etwas weiter von der Bergungsstelle. Bald befanden sie sich etwa in der Mitte auf der Krone der Staumauer. Unten im Wasser trieben schaumige Schlieren, garniert mit Plastiktüten, Ästen, Unrat. Alfred identifizierte eine schlappe

Luftmatratze und einen blauen Nivea-Badeball. Dazwischen etwas, das wie eine aufgedunsene Pampelmuse aussah. Vielleicht war es auch ein Kürbis. Junkel wartet, dass Alfred Überlegungen anstellte.

„Wenn in einer solchen Tauchschule drei komplette Taucherausrüstungen verschwinden", so kombinierte Alfred, während seine Spucke die gelbe Pampelmuse um Längen verfehlte, „dann muss das doch auffallen. Wurde ein Diebstahl gemeldet?"

„Nichts dergleichen", erwiderte Junkel, dessen Spucke erstens mehr Substanz als jene von Alfred aufwies, zweitens auch zielgenauer die Pampelmuse traf. „Es wurde kein Einbruch, kein Diebstahl, kein Verlust gemeldet. Wie es scheint, hat die Tauchschule entweder das Verschwinden von drei ihrer Taucherausrüstungen nicht bemerkt …"

„Oder?", fragte Alfred erwartungsvoll.

„Reime es dir selbst zusammen", forderte Junkel ihn auf.

„Oder sie wollte es nicht bemerken", schlug Alfred vor.

„Ja, kann sein. Aber es gibt noch eine dritte Möglichkeit." Jetzt wurde Junkels Stimme noch leiser und nahm einen verschwörerischen Klang an, so dass Alfred ahnte, dass jetzt Junkels eigentliche Vermutung kam: „Oder die Tauchschule selbst ist für das Verschwinden verantwortlich. Dann meldet sie natürlich keinen Verlust."

„Haben Sie diesen Ralf schon vernommen?", fragte Alfred, während sie zurückkehrten zu der Bergungsstelle, wo inzwischen alles zum Aufbruch und Abtransport bereit war.

Junkel nickte beiläufig: „Nicht sehr ergiebig. Aber da wussten wir auch noch nichts von den Taucherausrüstungen in den Müllsäcken. Die wurden absichtlich versenkt, soviel steht fest."

Alfred bohrte beim Oberkommissar nach, ob dieser inzwischen ebenfalls einen Besuch bei „Knerri", Eva Knerdler, unternommen habe, während sie zusahen, wie die Ermittler nach und nach die Staumauer räumten. Aber Junkel zeigte sich nicht mehr sehr gesprächig. Er sagte lediglich vielsagend: „Wenn die drei Schluchseenixen vor 40 Jahren dickste Freundinnen waren, dann ist eines klar: Zuletzt waren sie es nicht mehr. Knerri lässt kein gutes Haar an Mirri und Jassi. Und Mirri lässt kein gutes Haar an Knerri. Und Jassi können wir nicht mehr fragen. Es deutet aber alles darauf hin, dass auch sie keine Einfache war. Nicht umsonst ist ihre Tocher Annika aus dem Hotel geflohen und hat sich den Job in der Apotheke gesucht."

„Sie hat früher im Hotel gearbeitet?", fragte Alfred interessiert nach.

„Sie sollte es sogar übernehmen, so hat sie mir erzählt", gab Junkel jetzt doch noch etwas aus seinen Ermittlungen preis. „Aber sie hat sich mit ihrer Mutter zerstritten und hat hingeschmissen."

In Gedanken machte Alfred sich Notizen. Das Bild, das sich inzwischen abzeichnete, wurde immer rätselhafter. Aber die Konturen standen für Alfred fest: Die Schluchseenixen, das Waldhotel, die Kinder der drei einstigen Freundinnen – um diese Konstellation herum kreiste der ganze Fall. Und der Schlüssel zur Lösung lag in der Vergangenheit, im Trainingslager der Fußballnationalmannschaft anno 1982 im Hetzel Hotel. An diesen Überlegungen ließ er Kommissar Junkel jedoch nicht teilhaben. Er verabschiedete sich von dem alten Kauz, nicht ohne ein baldiges Treffen in Freiburg im Légère auszumachen. „Sobald ich wieder unten bin, melde ich mich zum Update", versprach er.

Dann setzte er sich in den roten Flitzer und fuhr direkt zum Waldhotel. Die junge Polizistin, die ihm lächelnd und mit dem Bescheid „Ihre Verwarnung kommt auf dem Postweg" seinen Autoschlüssel in die Hand drückte, ignorierte er.

Tauchschule

Alfred blieb im Auto sitzen und beobachtet zunächst vom Parkplatz aus den Eingang zum Waldhotel. Er hatte keinen Plan, wie er vorgehen wollte. Er wusste nur, dass er Mirris Sohn Ralf auf den Zahn fühlen und die Tauchschule unter die Lupe nehmen wollte. Er studierte die Menschen, die ein- und ausgingen. Der Eindruck, den er bereits während seiner Übernachtung mit Anna gewonnen hatte, bestätigte sich: Das Waldhotel war gehobene Touristenklasse. Man sah kaum Kinder. Die meisten Gäste waren nicht mehr die Jüngsten und sie sahen wohlhabend und agil aus. Einige trugen Tennisschläger unter dem Arm oder Golfsäcke, manche begaben sich mit Mountainbike in die Natur, andere erschienen mit Wanderausrüstung und Nordic Walking Stöcken. Die geparkten Fahrzeuge vor dem Hotel waren in der Hauptsache Audi, BMW, Mercedes, dazwischen auch der eine oder andere Seniorensportwagen.

Während er rauchte und den Hoteleingang beobachtete, überlegte Alfred die nächsten Schritte. Er musste noch einmal ins Hotel und mit Mirri Ansbach sprechen, so viel war ihm klar. Er hatte einen Vorwand: Die Tauchschule. Er sah an einem kleinen Anbau über der Tür das von Junkel beschriebene Logo mit dem stilisierten Schnorchel. Dort herrschte null Betrieb. Die Tauchschule erwies sich als geschlossen, als Alfred dort an der Tür rüttelte. In einem Glaskasten neben dem Eingang hingen Infos über Tauchkurse, Preise und Öffnungszeiten. Es gab nur zwei Tage in der Woche, an denen man hier etwas buchen konnte. In der übrigen Zeit, so informierte der Aushang, waren die Tauchlehrer mit ihren Kursen am Schluchsee unterwegs. Als Inhaber der Tauchschule wurden aufgeführt: Ralf Ansbach und Silvia Sprehe.

„Suchen Sie jemanden? Die Tauchschule ist nicht besetzt", sagte eine Stimme hinter Alfred.

Er drehte sich um. Vor ihm stand der Modellautopilot, der Mann mit dem Engelsgesicht, der so virtuos den Traxxas X-Maxx zwischen dem Terrassenmobiliar hindurchmanövriert hatte. Heute trug er eine auffällig rote Bogner Skilatzhose und einen schwarzen Moncler Rollkragenpullover aus feinem Wollgarn, der seine sportliche Figur betonte. Er sah geckenhaft aus. Wenn man wusste, dass er Mirri Ansbachs Sohn war, erkannte man auch die Mutter im Engelsgesicht. Alfred erschrak und fürchtete, der Mann würde ihn wiedererkennen als denjenigen, der seinem geliebten Spielzeug einen Fußtritt versetzt hatte.

Aber Alfreds Gegenüber registrierte ihn kaum.

Alfred wagte einen Schuss ins Blaue: „Sie sind Ralf Ansbach, nicht wahr?"

Mürrisch ließ der Mann sich zu einer kargen Auskunft herab: „Ja, aber wir haben geschlossen. Wenn Sie einen Kurs buchen wollen, am Samstag ist wieder geöffnet. Wenn Sie Ausrüstung leihen wollen, zurzeit ist alles ausgebucht, tut mir leid."

Alfred packte kurz entschlossen den Stier bei den Hörnern: „Ich habe schon gehört, dass Taucherausrüstungen derzeit knapp sind. Eine hat die Polizei im Mordfall Jasmin Hog konfisziert, zwei weitere wurden ja bei der Staumauer versenkt."

Er versuchte so lässig wie möglich zu klingen und lauerte gleichzeitig auf die Reaktion des Mannes. Ralf Ansbach schoss die Röte ins Gesicht, seine Augen funkelten, er schnappte nach Luft.

„W… w… was haben Sie da gesagt?"

„Zwei komplette Ausrüstungen der Tauchschule Waldhotel wurden bei der Staumauer im See versenkt. Vermissen Sie keine Anzüge und Pressluftflaschen?"

Mirri Ansbachs Sohn verlor für einen Moment die Kontrolle. Er stammelte Unverständliches: „Das ... ja ... so ist es nicht ... aber ... wie kommt es ...?" Seine Blicke gingen fahrig zwischen seinen Schuhspitzen und dem fernen Himmel hoch und runter. Er versuchte auszuweichen, suchte nach Worten. Schließlich schüttelte er unwillig den Kopf und erwiderte barsch: „Ich weiß nichts davon. Wer sind Sie überhaupt? Was wollen Sie von mir?"

Alfred entschied sich für die Wahrheit: „Ich war heute Morgen dabei, als die Polizei zwei komplette Taucheranzüge Ihrer Tauchschule aus dem Schluchsee barg. Drüben bei der Staumauer. Sie waren verpackt in zwei zusammengeschnürten Müllsäcken."

Ralf wiederholte das Kopfschütteln. Man sah, dass sein Verstand arbeitete. Schließlich ließ er sich doch dazu herab, einen Schlüssel aus der Hosentasche seiner exklusiven Bogner Latzhose zu fingern. Er schloss den Eingang zur Tauchschule auf.

„Ich muss nachschauen", rief er Alfred über die Schulter zu.

„Das glaube ich nicht."

Ungefragt folgte Alfred. Die Tauchschule bestand aus zwei hintereinanderliegenden Räumen. Der vordere Raum wurde offenbar als Seminar- und Schulungsraum genutzt. Stühle standen in Reih und Glied, vorne ein Schreibtisch, daneben war ein zusammengefaltetes und verschnürtes Plastikschlauchboot deponiert, zwei gekreuzte Paddel im Geschnür. An den Wänden war alles vollgehängt mit großformatigen Plakaten. Einige zeigten Erste-Hilfe-Maßnahmen unter und über Wasser. Eines bot eine Auswahl von zwei Dutzend Seemannsknoten, ein weiteres erläuterte den Fischreichtum im Schluchsee: Aal, Hecht, Zander, Felchen, Karpfen, Schleie, Seeforelle, Regenbogenforelle, Bachforelle, Seesaibling, Quappe, Barsch und Weißfische. Alfred studierte die Abbildungen aufmerksam, während Ralf Ansbach im Nachbarraum die Hochregale durchwühlte, die dort sämtliche Seitenwände bedeckten und überladen waren mit Tauchutensilien aller Art.

Als er nach längerem Hantieren endlich zu Alfred zurückkehrte, sah dieser seinem Gesicht an, dass er den Verlust zweier Taucherausrüstungen realisiert hatte.

„Kacke, Mist, verdammte Scheiße", fluchte Ansbach. Seiner teuren Ausstaffierung zum Trotz fluchte er vulgär wie ein Holzfäller. Alfred hatte nicht den Eindruck, dass ihm der Mann etwas vorspielte. Solche Schauspielkünste vermachte er dem selbstgefälligen Gecken nicht.

„Was sagt die Polizei dazu?", fragte Ralf schließlich, während er gleichzeitig ein Smartphone zückte und ans Ohr presste.

Alfred kam nicht zum Antworten. Ralf sprach ins Smartphone: „Ja, Silvie! Ich bin's, Ralf. Hör mal, da ist so ein Typ. Und im Keller fehlen zwei Tauchanzüge. Die Polizei hat sie angeblich im See … Was? … Wo?"

Er unterbrach sein Gespräch und fragte Alfred: „Wo genau soll das gewesen sein mit der Polizei?"

„Staumauer!", beschied Alfred knapp.

„Staumauer", wiederholte Ralf ins Smartphone hinein. „Ja, hör mal Silvie … wie kann so etwas …?" Er zögerte, hörte sich irgendetwas an, was seine Gesprächspartnerin sagte. „Warum? … Ich glaube nicht …", stammelte er dann.

Zu Alfred gewandt: „Sind Sie von der Polizei?"

Alfred schüttelte den Kopf. „Presse!", sagte er grinsend. So sehr er auch die Ohren spitzte, er verstand nicht, was die Frauenstimme auf der anderen Seite daraufhin sagte. Aber an der Reaktion von Ralf und an der Veränderung in dessen Haltung erkannte er, dass sie ihm Ratschläge zum Umgang mit Alfred gab.

„Verstehe!", sagte er jetzt hart. Dann zu Alfred: „Sie müssen jetzt gehen. Verschwinden Sie! Sie haben hier nichts zu suchen."

„Kann ich einen Tauchkurs buchen?", fragte Alfred frech.

„Raus hier, du Sack", wurde Ralf jetzt grob, offenbar ermuntert von seiner Silvie, die immer noch am anderen Ende der Telefonverbindung Ratschläge erteilte.

Als Alfred nicht gleich parierte, zog Ralf ein Paddel aus dem zusammengepackten Schlauchboot hervor und hob es drohend gegen Alfred: „Verschwinde, oder ich zieh dir eins über!"

Alfred suchte das Weite. Er flüchtete sich ins Hotel.

Mama Mia

An der Rezeption traf Alfred diesmal nicht die Hausherrin Miriam Ansbach vor, sondern das Mädchen Hedi, das ihn bei seinem ersten Besuch im Café bedient hatte. Er schenkte ihr seinen Dackelblick. Sie wich seinen Blicken aus. Er hatte die junge Hotelangestellte als nicht besonders gesprächig und wenig kooperativ in Erinnerung und erwartete nicht viel Entgegenkommen.

„Ist Frau Ansbach zu sprechen?", fragte er ohne große Hoffnung.

Die junge Rezeptionistin verneinte. Mit einem Blick auf die Wanduhr hinter der Rezeption sagte sie: „In etwa einer Stunde müsste sie wieder da sein. Heute ist ihr Freiburg-Tag. Einkaufsbummel!"

Die Bemerkung klang etwas gespreizt, so als beschreibe sie eine lästige Macke der Hoteleignerin.

„So, so, Einkaufsbummel", wiederholte Alfred, um die junge Frau zu weiteren Auskünften zu verleiten.

Sie tat ihm den Gefallen, offenbar wirkte sein treuherziger Auftritt: „Einmal die Woche geht Frau Ansbach zum Bummeln nach Freiburg. Das ist ihr heiliger Tag. Aber jetzt müsste sie bald zurück sein. In einer Stunde habe ich Feierabend und da will sie hier übernehmen." Hedi seufzte tief. „Sie muss ja jetzt selbst ran, seit Jassi, äh … Frau Hog nicht mehr … da ist."

„Sie wurde ermordet!", präzisierte Alfred.

„Ja, ich weiß", erwiderte die Angestellte spitz, als wäre es ungehörig, über diesen Mord zu sprechen. Sie blieb aber, anders als bei der ersten Begegnung vor einigen Tagen, weiter gesprächsbereit: „Ist das nicht schrecklich? So ein schlimmer Tod! Gefangen in einem Fischernetz unter Wasser. Und dann geht ihr die Luft aus. Das stelle ich mir grausig vor."

Für Alfred klang diese Klage wie auswendig gelernt. Vielleicht waren die Hotelangestellten vergattert worden, diesen Spruch vor den Gästen aufzusagen. Er forschte in Hedis Gesicht vergebens nach Zeichen von Trauer oder Mitgefühl.

„Sie war eine gute Schwimmerin, eine erfahrene Taucherin?", fragte Alfred.

„Aber ja", bekräftigte Hedi. „Sie schwamm fast jeden Tag im See. Und so oft es ihre Zeit erlaubte, ging sie auch zum Tauchen. Das war ihr Hobby. Ich ..." Sie zögerte, als müsse sie erst überlegen, ob sie weitersprechen wolle, fuhr dann aber fort: „Ich helfe manchmal in der Tauchschule aus. Gebe Kurse zusammen mit Silvie. Da kam Jassi oft mit. Auch wenn sie sich nicht mit Mirri vertrug. Und auch mit Ralf nicht." Den Namen Ralf sprach sie aus, als sei er giftig. Alfred stutzte. Er wartete auf weitere Auskünfte. Schließlich fügte Hedi mit übertriebenem Seufzen hinzu: „Es ist so schlimm. Sie fehlt an allen Ecken und Enden."

„Sie hat hier den Laden geschmissen, nicht wahr?", ermunterte Alfred zu weiteren Auskünften, während er an der Rezeption lehnte und sich verrenkte, weil er von dort aus einen Blick ins benachbarte Restaurant zu erhaschen suchte. Er bekam nur einen schmalen Ausschnitt zu Gesicht, aber es war ihm, als habe er eine bekannte Gestalt hindurchhuschen sehen.

„Das kann man sagen, ja. Sie hat den Laden geschmissen", bestätigte Hedi. „Tag und Nacht war sie auf den Beinen, nie hatte sie Ruhe. Am Morgen war sie die erste im Frühstücksraum, am Abend die letzte an der Rezeption. Sie gönnte sich kein Wochenende, keinen Feierabend. Das Hotel war ihr Lebenswerk."

„Und Mirri? Miriam Ansbach?", bohrte Alfred weiter nach. Die Gelegenheit war günstig, das Mädchen blieb gesprächig.

„Frau Ansbach? Man hat ... man sieht sie nicht so oft, tagsüber. Sie kümmert sich manchmal um die Bar – wenn ihr ein Gast gefällt", schob sie nach und erschrak sogleich über sich selbst. Alfred macht es ihr leicht, den Moment zu überspielen: „Ich weiß. Ich kenne sie inzwischen. Sie ist eine recht lebenslustige Frau, oder?"

„So könnte man sagen", räumte Hedi ein. Ihre Stimme zitterte leicht. Alfred schob es auf ihre Verlegenheit, weil sie sich fast hätte hinreißen lassen, über ihre Chefin zu lästern. Sie schlug die Augen nieder und widmete sich jetzt demonstrativ dem Gästebuch und nahm dort Eintragungen vor, um nicht weiter von Alfred gelöchert zu werden.

Das Gästebuch! Alfred kam eine Idee. Er bewegte sich zu einer kleinen Lounge, in der lederne Sessel um einen niedrigen Tisch gruppiert waren und meinte im Weggehen beiläufig: „Ich warte hier auf Mirri. Kann ja nicht mehr lange dauern."

In Wahrheit wartete er darauf, dass Hedi mal für kurze Zeit ihren Posten an der Rezeption verließ. Sie fertigte zwei japanische Gäste ab, die sich nach Kuckucksuhren erkundigten, und die sie nach Titisee verwies. Dann nahm sie noch ein betagtes Ehepaar auf, das dringend nach einem Zimmer mit Feldbergblick verlangte und sich minutiös die Vorteile der Schwarzwald Card erläutern ließ.

Nach einer Viertelstunde war es so weit. Hedi verließ ihren Platz, lächelte Alfred gastgewerbemäßig zu und verschwand mit der Bemerkung „Bin nur schnell zur Toilette".

Alfred wartete, bis sie im dunklen Gang verschwunden war, dann sprang er auf, enterte die Rezeption und griff sich das Gästebuch. Wenn seine Vermutungen zutrafen, dann fand er hier, was er suchte. Mit fliegenden Fingern blätterte er die Seiten durch, drei Tage zurück, vier Tage, eine Woche, zwei Wochen. Dann hatte er gefunden, was er suchte: „Giuseppe de Angelis, Milano."

Volltreffer! Das war der Mann, dessen Visitenkarte auf der Segeljolle in der Hosentasche der ermordeten Jassi Hog von der Polizei gefunden worden war. Schnell legte Alfred das ledergebundene Gästebuch an seinen Platz zurück und schlug den Weg Richtung Restaurant ein. Vorher hatte er für einen kurzen Moment aus den Augenwinkeln einen Mann hineingehen sehen, den er in Verdacht hatte, genau dieser Giuseppe zu sein. Es war der Südländer, bei dem Mirri Ansbach an jenem Abend gesessen hatte, als Alfred mit Anna hier gewesen war. Er blickte sich um. Das Restaurant war noch nahezu leer. Es war ja auch noch nicht Abendessenszeit. Aber an einem Tisch in der Ecke saß tatsächlich der graumelierte Italiener in einem lässigen Sommeranzug, die Beine überschlagen. Er war vertieft in sein Laptop, das er aufgeklappt vor sich auf den Tisch gestellt hatte und auf dessen Tastatur er herumtippte.

Alfred näherte sich mit einem Räuspern und blieb an der Tischkante stehen. Der Italiener sah auf.

„Giuseppe de Angelis?", fragte Alfred, obwohl er sich sicher war.

„Si!", antwortete der Mann und lächelte. Er sah gut aus, eine gepflegte Erscheinung mit vollem, welligem Haar, das er nach hinten gekämmt hatte. Er besaß freundliche braune Augen, die Alfred erwartungsvoll anblickten. „Was du wolle?"

Alfred stellte sich vor. Er entschied, mit offenen Karten zu spielen: „Ich bin Reporter, Journalist. Mich interessiert der Mord an Jasmin Hog. Darf ich mich setzen?"

„Oh Jassi!", entfuhr es dem Italiener. „Isse Drama!" Er schenkte Alfred einen kurzen, skeptischen Blick: „Bische du Journalischte?" Grimmig fügte er hinzu: „Ich nixe finde in Zittung!"

Es war lustig, wie sich in das radebrechende Deutsch von Giuseppe de Angelis die „Zittung" eingeschlichen hatte, die schwarzwälderische Bezeichnung für Zeitung. Alfred wartete nicht auf eine Aufforderung, sondern setzte sich neben den Mann an den Tisch. Er sah, dass de Angelis die Onlineseiten der Badischen Zeitung geöffnet hatte. Gleichzeitig lag neben ihm auf dem Tisch die aktuelle Lokalausgabe vom selben Tag.

„Isse nix von die Morde", klagte er in schönstem Italo-Schwarz-wälderisch und klopfte auf die Zeitungsseiten. „Ich suche jeden Tag. Gucksch du!" Er schob den Bildschirm seines Tablets so hin, dass Alfred sehen und lesen konnte.

„Kindergarte isse geschlosse! – Wald isse umgefalle von viele Schnee! – Kino habbe Preis gewonne!", so zählte er alle Schlag-zeilen des Lokalteils Hochschwarzwald auf, die er finden konn-te. „Abber nixe von die Morde!"

Alfred ergriff die Gelegenheit beim Schopf: „Kennen Sie Good-wood Wäldernews?", fragte er. „Dort steht jeden Tag was über den Mord."

„Guddewut was?", fragte Giuseppe de Angelis. Alfred muss-te sich in Erinnerung rufen, dass er es mit einem 65-jährigen Mann zu tun hatte, der nach 40 Jahren erstmals wieder in den Hochschwarzwald zurückgekehrt war. Der kannte selbstver-ständlich nichts anderes als die Badische Zeitung.

„Darf ich mal?", fragte Alfred, wartete die Antwort aber nicht ab, sondern rief auf dem Laptop des Italieners www.good wood-waelder-news.de auf. Sofort erschien die Startseite mit Alfreds erst an diesem Tag aktualisiertem Bericht über das Auffinden der zwei Taucherausrüstungen im See bei der Stau-mauer.

Giuseppe de Angelis staunte und vertiefte sich sprachlos in den Artikel, studierte die Bilder.

„Sie können auch zurückscrollen, da finden Sie weitere Berich-te und Hintergründe zum Mord. Fast täglich!", gab Alfred Re-gieanweisungen.

De Angelis tauchte ab in die Tiefen der Onlineplattform. Alfred nutzte die Gelegenheit und orderte ein Bier bei Kellner Rudi, den er auch schon von seinem ersten Abend im Hotelrestau-rant kannte. Während de Angelis alles verschlang, was Alfred in den vergangenen Tagen über den Mord an Jasmin Hog auf Goodwood Wälder-News veröffentlicht hatte, und sich dabei gründlich Zeit nahm, studierte Alfred den Mann. De Angelis sah wahrhaftig gut aus, obwohl sein Beruf nicht spurlos an ihm vorübergegangen war. Ein kleines Bäuchlein spannte unter dem makellos weißen Hemd, das de Angelis unter seinem modischen Anzug trug. An den Ärmeln hielten goldene Manschettenknöpfe das Hemd zusammen, ein Detail, das Alfred ins Auge stach, weil es so eklatant aus der Zeit gefallen war. Der Pizzawirt aus Mailand hatte eine stolze Italienernase, lustige braune Augen, akkurat geschnittene Augenbrauen, graue, halblange Koteletten, ein Goldkettchen um den Hals. Ein sympathischer Typ. Womöglich war er als junger Mann ein regelrechter Schönling gewesen.

Als Giuseppe de Angelis endlich alles gelesen hatte und Alfred schon beim zweiten Bier angekommen war, sah der Italiener endlich wieder vom Laptop auf.

„Isse kriminale Falle!", fasste er zusammen.

„Ich bin ihm auf der Spur", bestätigte Alfred und schob nach: „Was haben Sie damit zu tun?"

„Ich?", fragte Giuseppe gedehnt. Die Frage überraschte ihn wirklich.

„Sie sind seit zwei Wochen hier", gab Alfred sein Wissen preis. „Hals über Kopf sind sie aus Mailand aufgebrochen und in den Schwarzwald gefahren, wo Sie vor 40 Jahren schon einmal gearbeitet haben. Und zwar im gleichen Hotel wie Jassi, die ermordete Jasmin Hog. Ist das nicht ein Zufall?"

De Angelis schnappte nach Luft. Aber Alfred ließ ihn nicht zu Wort kommen: „Als Sie in Mailand losfuhren, hat Jassi Hog noch gelebt. Dann kamen Sie hier an und zwei Tage später war sie tot! Schon seltsam, finden Sie nicht."

„Abber ich binne unschuldig. Ich nix habbe umbringe."

„Ihre Visitenkarte wurde gefunden. In der Kleidung der Toten", spielte Alfred seinen wichtigsten Trumpf aus.

De Angelis klappte die Kinnlade herunter. Sein Gesicht wurde aschfahl. Er presste die Hände gegen seine Wangen und stöhnte: „Mama Mia! Was isse passiert?"

Wenn der Italiener schauspielerte, dann machte er seine Sache gut. Alfred war noch nicht überzeugt. Er gab seinem Gegenüber Zeit, bei Rudi einen Rotwein zu bestellen. Als der Krug endlich auf dem Tisch stand und de Angelis auf den Schreck erst einmal einen kräftigen Schluck genommen hatte, setzte Alfred das Verhör fort, versuchte ihm aber einen Plauderton zu geben: „Wieso sind Sie überhaupt so hektisch in Mailand aufgebrochen? Wieso sind Sie hierhergekommen?"

Giuseppe holte tief Luft. Noch immer konnte er seine Erregung kaum verbergen. Er griff in die Innentasche seiner Anzugsjacke: „Ich zeige dir ebbis. Musch gucke!"

Es war ein Brief. Umständlich fingerte de Angelis ihn aus dem Umschlag heraus. Der Umschlag trug keinen Absender.

„Wolle lese?"

Selbstverständlich wollte Alfred lesen. Während er den Brief entfaltete, schob de Angelis noch eine Erklärung nach: „Brief isse gekomme, un habbe ich alles gelasse steheliege. Kansch du verstehe?"

Alfred las und konnte verstehen. Im Brief standen in klarer Frauenschrift nur wenige Sätze: „Lieber Tscheppi, lange hast du nichts aus dem Schwarzwald gehört. Schade. Waren schöne Zeiten. Erinnerst du dich an Mirri, Knerri und Jassi? Ja, ich schreibe dir. Ich bin eine von den Dreien und 40 Jahre habe ich gekniffen und mich nicht gemeldet. Aber jetzt plagt mich das Gewissen und ich muss es dir doch sagen: Du bist damals Vater geworden. Knerri hat ein Kind von dir bekommen. Eine Tochter. Komm rauf zu uns ins Waldhotel nach Schluchsee, und ich zeige dir deine Tochter, sie ist jetzt 40 Jahre. Küsse!"

„Mamma Mia!", entfuhr es Alfred, nachdem er zu Ende gelesen hatte.

Hetzel Hotel – Vier Jahreszeiten

Den Brief an de Angelis konnte nur entweder Mirri oder Jassi geschrieben haben. „Komm rauf zu uns ins Waldhotel …", diese Formulierung führte unmittelbar zu den beiden Hotelbesitzerinnen, von denen die eine, Jassi, inzwischen tot war.

„Haben Sie Ihre Tochter inzwischen getroffen?", fragte Alfred, nachdem er den ersten Schreck verdaut hatte.

De Angelis schüttelte resigniert den Kopf: „Ich nix wisse. Mirri mir nix sage welle. Mirri sagt, isse Geheimnis von Knerri un derfe sie nitte vorate."

„Sie darf es nicht verraten?", fragte Alfred nach. „Warum nicht? Sie sind doch der Vater."

Der Italiener zuckte mit den Schultern und nahm einen Schluck Rotwein: „Sie sagt, musse erst mit Knerri rede. Abber Knerri nitte wolle."

Alfred fühlte dem unglücklichen Giuseppe weiter auf den Zahn. So erfuhr er, dass dieser keine Ahnung davon hatte, wo Knerri und ihre Tochter Julie heute lebten. Miriam Ansbach wollte es ihm nicht sagen, weil sie angeblich Knerri das versprochen hatte. Aber warum wollte Knerri nicht, dass der leibliche Vater ihrer Tochter von deren Existenz erfuhr? Warum machte sie überhaupt ein solches Geheimnis daraus?

Alfred kombinierte, während er Giuseppes Erzählungen lauschte: Da Mirri nicht bereit war, das Geheimnis zu verraten, konnte sie unmöglich die Absenderin des Briefes sein. Es musste Jassi gewesen sein, die den Brief an Giuseppe geschrieben hatte. Aber warum? Nach 40 Jahren, in denen das Geheimnis still ruhte?

Jetzt war Jassi tot, ermordet. Ausgerechnet kurz bevor sie das Geheimnis gegenüber Giuseppe hätte lüften können. Das konnte kein Zufall sein.

Langsam formte sich ein Bild vor Alfreds innerem Auge: Knerri hatte vor 40 Jahren ihre Tochter Julie bekommen. Der Vater war Giuseppe, der damals ihr Kollege im Hetzel Hotel gewesen war, doch der wusste nichts von seinem Glück und hatte die Gegend auch bereits Richtung Italien verlassen. Aus irgendeinem für Alfred nicht erkennbaren Grund hatten Mirri, Jassi und Knerri ihr Wissen um den leiblichen Vater von Julie für sich behalten und 40 Jahre lang nicht preisgegeben.

Doch nach 40 Jahren Schweigen hatte Jassi plötzlich entschieden, dem Italiener einen Brief zu schreiben, ihn nach Schluchsee einzuladen, damit er seine Tochter kennenlernt.

Ehe es aber dazu hatte kommen können, war sie auf grausame Art ermordet worden. War dies das Mordmotiv? Damit sie das Geheimnis nicht ausplaudern konnte? Für wen war das so wichtig, dass er dafür einen Mord beging? Knerri? Ihre Tochter Julie?

Unwillig schüttelte Alfred den Kopf. In dieser Gleichung gab es noch einige Unbekannte. Er überlegte, ob er selbst Giuseppe aufklären sollte. Schließlich hätte er dem Italiener sagen können, wo sich Knerri aufhielt, und er wusste auch, wo man ihre Tochter Julie finden konnte, nämlich im Buchladen Hall in Schluchsee. Er entschied, sein Wissen vorerst noch für sich zu behalten. Instinktiv ahnte er, dass es für die Aufklärung des Falles besser war, wenn Giuseppe noch weiter nach seiner Tochter suchen musste. Dadurch ergaben sich möglicherweise Situationen, die den oder die Täter aus der Reserve locken würden.

„Warum haben Sie eigentlich damals Ihren Job beim Hetzel Hotel aufgegeben und den Schwarzwald verlassen?", fragte Alfred unvermittelt. Giuseppe, der in Gedanken versunken gegenübersaß, schreckte auf.

Alfred wiederholte seine Frage.

„Isse meine Sache", wehrte Giuseppe unwirsch ab. „Isse alte Angelegenheite. Musse nitte nomol usgrabe."

Oha! Alfred merkte auf. Da hatte er in etwas hineingebohrt. Giuseppe wirkte plötzlich nicht mehr gesprächig. Demonstrativ beschäftigte der Italiener sich mit seinem Laptop.

Von der Rezeption her vernahm Alfred in diesem Moment die unverwechselbare rauchige Stimme der Hausherrin. Mirri war von ihrer Einkaufsfahrt zurückgekehrt. Sie unterhielt sich mit ihrer Angestellten. Sie würde von Alfreds Besuch erfahren. Jede Minute konnte sie ins Restaurant hereinschneien. Hastig erhob sich Alfred. Er hinterließ einen Fünf-Euro-Schein und bat Giuseppe, damit sein Bier zu bezahlen. Dann flüchtete er durch den Terrassenausgang ins Freie. Mit Miriam Ansbach würde er sich zu einem späteren Zeitpunkt beschäftigen. Jetzt wollte er ihr nicht begegnen.

Er fuhr zurück nach Schluchsee, bog in den Riesenbühlweg und parkte den roten Flitzer auf dem Hotelparkplatz vom Vier Jahreszeiten. Ohne echten Plan, was er denn nun eigentlich hier erfahren wollte, schlenderte er die Auffahrt hinauf und betrat die große Hotelhalle. Rechterhand befand sich die Rezeption, nach links ging es an schweren Holzbalkenkonstruktionen vorbei zur Hotelbar. Alfred lenkte seine Schritte dort hin und suchte sich einen Platz, von dem aus er die Eingangshalle im Blick behalten konnte. Ein livrierter Barkeeper mittleren Alters polierte Gläser. Die Bar bildete ein Rondell. Alfred gegenüber saß ein einsames Pärchen und langweilte sich mit Erdnüssen. Ansonsten war er der einzige Gast. Er bestellte ein Bier. Es war Abendessenszeit und die Hotelgäste saßen im Restaurant. Die Gelegenheit war deshalb günstig, um mit dem Barkeeper ins Gespräch zu kommen.

Nach einem belanglosen Austausch über heimische Biere, ein Thema, bei dem Alfred als ausgewiesener Experte glänzen und sich das Vertrauen des Barkeepers erarbeiten konnte, tastete

Alfred sich zu seinem eigentlichen Thema vor: „Wie lange arbeiten Sie schon hier im Hotel?"

Der Mann zupfte imaginäre Fusel von seiner blau-roten Fantasieuniform, die makellos perfekt saß, und dachte nach: „Zehn Jahre. Legen Sie mich nicht fest."

„Ah ja." Alfred war die Enttäuschung anzuhören. „Dann wissen Sie wahrscheinlich auch nicht viel über die Zeit, als hier die Fußballnationalmannschaft ihr Trainingslager abhielt?"

Der Barmann grinste: „Da bin ich raus. Nur was ich vom Hörensagen weiß: Muss eine wilde Sache gewesen sein."

Alfred erklärte, dass er auf der Suche nach bestimmten Hotelangestellten aus jener Zeit sei. Er nannte auch die Namen von Jassi, Mirri, Knerri und Giuseppe de Angelis. Aber der Barmann zuckte dazu nur mit den Schultern. Er konnte mit keinem der Namen etwas anfangen.

„Aber vom Hörensagen wissen Sie vom Aufenthalt der Nationalmannschaft", knüpfte Alfred an. „Das heißt, es gibt hier schon noch Leute, die damals dabei waren und die davon erzählen?"

Es dauerte, bis Alfred eine Antwort bekam, denn sein Gesprächspartner musste zuerst Erdnüsse bei dem gegenübersitzenden Ehepaar nachfüllen. Als er zurückkam, sagte er: „Aus jener Zeit ist meines Wissens niemand mehr übrig. Gastronomie ist ja schnelllebig. Und viele sind im Ruhestand." Dann, als sei es ihm soeben eine Erleuchtung gekommen, fiel ihm ein: „Es gibt noch den Winni, den Tennislehrer. Der war schon immer da."

„Winnfried Sprödel?", fragte Alfred nach, um sicher zu gehen, dass hier wirklich die Rede vom einstigen Ehemann der ermordeten Jasmin Hog war. „Meinen Sie den?"

„Ah, Sie kennen ihn? Ja, den meine ich." Er klopfte zufrieden mit der flachen Hand auf die Theke: „Der Winni hat hier angefangen, als 1979 das Hotel eröffnet wurde. Seither hat er hier seine Tennisschule."

Alfred ließ sich erklären, wo die Tennisplätze und -hallen waren und wann er dort den besagten Winni Sprödel antreffen würde, da kam dem Barkeeper noch ein weiterer Gedanke: „Fast hätte ich es vergessen. Der Boss ist natürlich auch vom ersten Tag an mit dabei. Wenn Sie den fragen wollen. Der weiß alles, der kennt sich aus."

„Der Boss?", fragte Alfred vorsichtig.

„Der Schwärmler! Unser Direktor."

„Der ist seit 40 Jahren schon da?", fragte Alfred zweifelnd. Das schien ihm unwahrscheinlich.

Aber der Barkeeper blieb dabei: „Das erzählt er uns immer, dass er schon beim ersten Spatenstich dabei war. Fragen Sie ihn doch selbst. Ich kann ihn gerne rufen lassen."

Warum eigentlich nicht? Wenn es tatsächlich jemanden gab, der sich noch an die alten Zeiten erinnern konnte, dann trug das vielleicht zur Erhellung bei. Der Barkeeper griff zum Haustelefon und gab durch, dass da ein Journalist in der Bar sitze, der gerne mit Direktor Hartmut Schwärmler sprechen wolle. Alfred machte sich wenig Hoffnung, dass daraus etwas werden würde. Zu seiner eigenen Überraschung erschien aber schon nach wenigen Minuten mit elastischen Schritten ein graumelierter älterer Herr im feinen Zwirn, stellte sich freundlich als Hartmut Schwärmler vor, streckte Alfred die Hand entgegen und musterte ihn dabei aufmerksam.

Alfred fühlte sich überrumpelt. Er stammelte sich durch die erste Aufregung: „Ich recherchiere im Mordfall Jasmin Hog. Sie haben sicher davon gehört. Angeblich war sie als junge Frau im Hetzel Hotel angestellt."

Der Hoteldirektor lächelte wissend. Er griff sich ein Glas und eine Mineralwasserflasche aus den Barbeständen und forderte Alfred auf: „Setzen wir uns rüber in die Kaminlounge. Da können wir uns unterhalten."

„Die Jassi, selbstverständlich erinnere ich mich", sagte er dann schon im Gehen. „Ich kannte sie sehr gut. Wir waren ja Kollegen, sie mit ihrem Waldhotel, da tauscht man sich aus, da hat man häufiger Kontakt."

„Dann kennen Sie auch Frau Ansbach, mit der zusammen Frau Hog das Waldhotel führte. Sie war auch mal beim Hetzel …"

„Na sicher kenne ich die Mirri", bestätigte Schwärmler und ließ sich in einem der breiten Ledersessel nieder. Dabei huschte erneut ein vielsagendes Lächeln über sein Gesicht. Seine Augen blitzen vergnügt: „Die Mirri, die ist eine Besondere. Die hat damals dem ganzen Hotel den Kopf verdreht? Wie man hört, ist sie bis heute kein bisschen geläutert."

„Mit ihr haben sie keinen Kontakt mehr?"

Der Hoteldirektor schüttelte den Kopf: „Das Waldhotel wurde von Jassi mehr oder weniger alleine geführt. Ich hatte immer nur mit ihr zu tun. Aber sie hat häufig über Mirri geklagt, weil die sich nicht an der Arbeit beteiligte."

Diese Geschichte kannte Alfred schon. Er wollte sich weiter bis zum Aufenthalt der Fußballnationalmannschaft anno 1982 durchfragen, aber zuerst musste er sich von Hartmut Schwärmler eine längere Erläuterung über die richtige und gute Führung eines Hotels anhören. Er genoss dabei den Blick durch eine wandfüllende Panoramascheibe hinunter Richtung See und auf die Bergkonturen der Umgebung. Mit einem Ohr hörte er, dass Schwärmler schon Hotels auf Ibiza, auf Fuerteventura auf Gran Canaria und an vielen weiteren Traumorten des Planeten konzipiert, gebaut und erfolgreich in die Welt gesetzt habe, aber auch schlau genug gewesen sei, Projekte abzublasen, wenn sie auf Sand gesetzt waren: „Auf Kap Verde habe ich es gelassen. Da wollten wir ein Hotel am Schildkrötenstrand bauen, das ging gar nicht", räumte er ein, um sofort zum nächsten Gedankensprung anzusetzen: „Sie müssen wissen, ich bin seit über 30 Jahren Honorarkonsul von Kap Verde. Wunderbarerer Inselstaat, 15 Inseln. Eine schöner als die andere."

Schließlich beendete er sein Referat über richtige und zeitgemäße Führung von Hotels mit dem Fazit: „Es ist niemals gut, wenn so ein Laden von zwei Leuten geführt wird. Einer schuftet, der andere zieht das Geld raus. So ungefähr war es bei den beiden, Jassi und Mirri. Solche Fehler darf man nicht machen. Sie hängen einem immer nach."

Ehe Alfred nachbohren konnte, belegte der Hoteldirektor seine These sogleich mit einer Anekdote aus dem eigenen Berufsleben: „Sehen Sie, wir hatten damals beim Bau des Hetzel Hotels die Steigenberger-Kette mit an Bord. Tüchtige Leute, die uns aber völlig falsch beraten haben und nur ihre eigenen Interessen verfolgten. Und dann haben sie uns einen Hoteldirektor aufgeschwatzt, der nichts taugte. Mein Freund Kurt Hetzel hat ihn noch vor der Eröffnung rausgeschmissen und an seiner Stelle bin ich dann eingesprungen." Er breitete mit entwaffnender Fröhlichkeit die Arme aus und fügte hinzu: „Und bis heute bin ich den Laden nicht mehr losgeworden."

Alfred hätte gerne Fragen gestellt, aber nun musste er sich erklären lassen, wie damals nach fünfjähriger Bauzeit das Hetzel Hotel als größtes, schönstes und einzigartigstes Hotel Deutschlands in Schluchsee entstanden war und wie er, Schwärmler, die Fehlplanung der Steigenbergers doch noch in ein Erfolgsmodell verwandelt hatte: „Stellen Sie sich vor, die wollten nur 50 Prozent der Betten als Hotelbetten vermieten, die anderen 50 Prozent als Ferienappartements. In jedem Appartement eine eigene Küche."

„Was ist daran so schlecht?", fragte Alfred arglos.

„Es hat nicht funktioniert. Die Hotelküche war gleich von Anfang an so gut, dass alle Gäste immer nur im Restaurant essen wollten. Die Küchen in den Appartements standen herum und wurden nicht benutzt. Rausgeworfenes Geld."

„Das haben Sie geändert?"

„Und ob ich das geändert habe", bestätigte Schwärmler und gönnte sich zwischendurch einen Schluck Mineralwasser. Aber schon nahm er wieder Fahrt auf: „Schon nach zwei Jahren waren wir das deutschlandweit höchstdekorierte Hotel. Rita Süßmuth persönlich hat uns bei einem Festakt in Bonn das Prädikat „familien- und kinderfreundlich" überreicht. Kennen Sie Rita Süßmuth? Nein? War vor Ihrer Zeit, nicht wahr? Erste Bundestagspräsidentin. Tolle Frau. Vom gleichen Holz wie Lothar Späth. Der war auch oft Gast hier. Den habe ich mit Husni Mubarak aus Ägypten zusammengebracht. Tolle Sache. Man knüpft halt so seine Kontakte, wenn man so ein Haus führt wie das Vier Jahreszeiten. Mayer-Vorfelder war auch oft hier."

Alfred hätte gerne Zwischenfragen gestellt. Aber Hartmut Schwärmler war ein sprudelndes Buch. Zwischendurch erzählte er vom Niedergang der Firma Hetzel-Reisen und verglich dies mit einem Schiffsuntergang. Worauf Alfred als nächstes erfuhr, dass anno 1963 Hartmut Schwärmler leibhaftig einen Schiffsuntergang überlebt hatte, nämlich jenen des Kreuzfahrtschiffs Lakonia, auf dem er seinerzeit als Schiffssteward angeheuert hatte.

„Ein Hotel ist wie ein großes Kreuzfahrtschiff", warf Alfred ein, nur um überhaupt mal wieder etwas zu sagen.

Der Honorarkonsul von Kap Verde war ein ausgesprochen sympathischer und lebendiger Erzähler, freundlich zu Alfred wie zu einem alten Freund. Es steckten so viele Geschichten und Anekdoten in ihm, dass Alfred einfach nicht zum eigentlichen Gegenstand seines Interesses durchkam, nämlich zum Aufenthalt der Nationalmannschaft im Jahr 1982. Immer wenn Alfred vorsichtig versuchte, das Gespräch in jene Richtung zu lenken, fiel Hartmut Schwärmler wieder etwas Neues ein und seine Augen leuchteten und er begann zu erzählen. Alfred lancierte die Stichworte „Sport" und „Profis", um endlich im

Trainingslager Schluksee zu landen, doch Schwärmler bekam bei diesen Stichworten ganz andere Erinnerungen, nämlich an die Formel 1: „Motorsport ist ein Haifischbecken. Ich war mal mittendrin, als Sponsor vom Team Hesketh Racing. Mehr aus Zufall. Kennen Sie nicht? War ja auch vor Ihrer Zeit. Schon mal was von James Hunt gehört?"

Sichtlich überfordert von all diesen glitzernden Ausflügen in weit entfernte Welten schaute Alfred ziemlich begriffsstutzig aus der Wäsche. Plötzlich hielt der Hoteldirektor in seinem Redefluss inne. Schon hoffte Alfred, dass er nun endlich mal seine Fragen stellen könnte und er nahm Anlauf: „Da war doch dieses Trainingslager der Fußballnationalmannschaft ...", da unterbrach ihn Schwärmler: „Moment mal", sagte er, „Handy vibriert."

Er zog sein Smartphone aus der Hosentasche, studierte die neu eingelaufene Nachricht und erhob sich abrupt: „Tut mir leid. Über die Nationalmannschaft müssen wir ein anderes Mal reden. Habe jetzt was wichtigeres zu tun." Er lächelte selig und fügte mit Blick auf seine Armbanduhr zur Erklärung hinzu: „Ich habe nämlich zwei kleine Kinder. Die wollen um diese Zeit eine Gutenachtgeschichte. Fast hätte ich nicht mehr dran gedacht."

Alfred saß perplex immer noch im Sessel. Zwei kleine Kinder? Das klang unglaubwürdig. Schwärmler war zwar rüstig und voller Energien, aber nach Alfreds überschlägiger Rechnung musste er bald 80 sein, wenn er 1963 als Steward schon auf einem Kreuzfahrtschiff gearbeitet hatte. Wollte der Mann ihm einen Bären aufbinden? Waren womöglich alle Geschichten, die er sich in der vergangenen dreiviertel Stunde hatte anhören müssen, Märchen aus Tausendundeiner Nacht?

Schwärmler war schon auf dem Absprung: „Kommen Sie einfach ein andermal wieder", rief er Alfred noch zu, dann entschwand er hurtigen Schrittes quer durch die Hotelhalle.

Stammtisch-Odyssee (3)

„Bin für ein paar Tage in Prag. Nehme keine Anrufe an!"
Mit dieser kurzen Mail stürzte Vanessa Alfred in die schlimmsten Eifersuchtsqualen. Was machte sie in Prag? Lag Prag nicht in Tschechien? Dem Land, aus dem der zweifelhafte Musiker kam, mit dem sie sich auf Tinder eingelassen hatte. Ein Musikprofessor? Was war das schon? Auch der verrückte Geiger in Alfreds Freiburger WG war Professor. Aber völlig lebensuntüchtig. So ein Scheinprofessor, der auf der Gitarre klimpern konnte, aber doch kein Professor, wie ihn die Geisteswissenschaftler kannten, zu denen Alfred sich zählte. Die unrühmlichen Umstände, unter denen er selbst sich seinen Master erschlichen hatte, unterschlug er bei diesen Gedanken. Jedenfalls war klar, dass es sich bei dem tschechischen Musikprofessor, dem Vanessa offensichtlich auf den Leim gegangen war, um einen Scharlatan handelte, um eine zwielichtige Figur, vor der man Vanessa retten musste. Aber wie?
„Soll ich nach Prag fahren?", fragte Alfred seinen Kumpel Linus, während sie es sich an der Theke im Gasthaus Schützen bequem machten. Der Schützen war ein heißer Kandidat für die Kür einer neuen Stammkneipe. Man durfte an der Theke rauchen. Das machte ihn sogar zum Favoriten.
Alfred und Linus hatten sich hier verabredet. Der Neustädter Schützen liegt am hinteren Ende der Scheuerlenstraße. Es handelte sich um ein altes einheimisches Gasthaus, das seine Ursprünge im 19. Jahrhundert in einer kleinen Braucrei hatte, die es längst nicht mehr gab. Aber Bier gab es im Schützen noch reichlich, denn das Gebäude und die Wirtschaft gehörten der Rothaus-Brauerei. Von Alfreds neuem Wohnsitz am Adlerbuckel und von Linus' Appartement in der Josef-Sorg-Straße war der Schützen ungefähr gleich weit entfernt, jeweils maximal

drei Minuten Fußmarsch. Das war für beide zu viel, weshalb sie nahezu zeitgleich auf dem Parkplatz anlandeten, Alfred mit dem roten Flitzer, Linus mit dem silbergrauen Porsche.

Linus kam nicht allein. Am Steuer saß eine Frau. Er stellte Georgia vor. Das war eine rassige Schwarzhaarige mit Vulkanaugen und einem Lippenstift, dessen Farbe an die blauen Lippen toter Taucher erinnerte. Sie schenkte Alfred ein gutturales „das ist also der Alffffffrett", musterte ihn von oben bis unten, und als er nicht ihrer Preisklasse entsprach, hakte sie ihn ab mit den Worten: „Hat er kein anderrrress Hemd?"

Alfred trug ein etwas abgewetztes, aber immer noch taugliches Freizeithemd mit rosa Einfärbungen, was daher rührte, dass er es zusammen mit Tim Joys rosa Bettwäsche in einen Waschgang gestopft hatte.

Georgia nahm Linus mit der größten Selbstverständlichkeit die Autoschlüssel ab und klemmte sich wieder hinter das Steuer. „Rrrruff mich an, wenn ich dich abholen soll", grollte sie untertourig. Dann brauste sie davon.

Georgia war eine Bestie, wie Alfred von Linus sogleich an der Theke im Schützen erfuhr.

„Du gibst ihr den Porsche?"

Linus nickte zerknirscht: „Sie erlaubte mir nicht, betrunken mit dem Wagen nach Hause zu fahren. Sie macht die Spielregeln."

„Macht nichts", erklärte Alfred. „Ich hab ja den roten Flitzer dabei und kann dich heute Nacht nach Hause bringen."

„Sie macht mich fertig", stöhnte Linus.

„Wie lange kennst du sie schon?"

„Drei Wochen!"

„Warum überlässt du ihr den Porsche?", forschte Alfred, während sie beim Vogel ihr erstes Bier orderten. Vogel war der institutionalisierte Zapfer im Schützen. Er war auch der Oberkellner, der Rausschmeißer, der Barmann, der Geschäftsführer. Der eigentliche Chef hieß Turbo, ein Anhänger von Jogginghosen in allen Lebenslagen, der sich aber meistens in der Küche versteckte, wo er am Herd nach dem Weltrekord im Aufschichten des mächstigsten Cordon bleu aller Zeiten strebte.

„Sie ist meine neue Freundin. Ein Tier! Eine Sex-Maschine", prahlte Linus. „Sie besorgt es dir dreimal in der Nacht."

„Nur?", spottete Alfred.

„Na ja, auf jeden Fall hat sie mehr Vorbau und mehr Temperament als deine Vanessa", konterte Linus.

So kamen sie auf Vanessa zu sprechen, und Alfred klagte sein Leid: „Sie ist auf einen Online-Betrüger hereingefallen. Ein Psycho. So ein Typ, der sich als Musikprofessor ausgibt. Er heißt Janosch. Ein Russe oder so was ähnliches. Er hat sie in den Ostblock gelockt, wo sie ihm hilflos ausgeliefert ist."

„In den Ostblock?", fragte Linus zweifelnd.

„Na ja, nach Tschechien. Das ist ein Land, wo die ahnungslosen Prostituierten für Westeuropa rekrutiert werden. Bestimmt ist dieser Janosch ein Zuhälter."

„Vanessa ist bestimmt nicht ahnungslos", versuchte Linus zu beruhigen. Das gelang aber erst mit Hilfe eines Bieres und eines Obstlers.

„Wenn sie zurückkommt, dann kriegt sie was zu hören", war Alfreds letzte Bemerkung zu Vanessa, aber sie klang nicht sehr überzeugend.

Im Schützen saßen an der Theke außer Linus und Alfred ein Franky mit Freundin, ein Karsten, ein Manfred und ein alter Bekannter aus der Spritz, nämlich der Knoddle, der wie Alfred und Linus ein Nachtgänger war. Aus dem durch dünne Scheiben abgetrennten Nebenzimmer hörte man Wortfetzen. Dort tagte der heimische Fußballverein SV Hölzlebruck, der hier sein Vereinslokal hatte. An einem Nischentisch neben der Theke wurde Zego gespielt und auch hier kannte Alfred die

Akteure teilweise aus der Spritz, zum Beispiel den Langhans und den pensionierten Steuerfahnder Streubel.

„So lange die Zukunft der Spritz ungewiss ist, vagabundiert der ganze alte Stammtisch in den Kneipen der Stadt herum und sucht ein neues Zuhause", resümierte Alfred.

Linus schränkte ein: „Beim Langhans und beim Knoddle war das hier schon immer der Zweitwohnsitz."

„Schoofseckel", kommentierte vom Zegotisch her Langhans, während er einen lahmen Trumpf ausspielte. Er hatte nicht nur die Gardemaße, die ihm stadtbekannt zum Spitznamen Langhans verholfen hatten, er hatte auch lange Ohren und es entging ihm nichts von dem, was an der Theke gesprochen wurde.

Alfred orderte ein Cordon bleu, Linus ebenfalls. Sie beobachteten das Zegospiel und lauschten dem Schweigen von Franky und seiner Freundin, von Karsten und von Manfred, während sie auf das Essen warteten.

Alfreds Smartphone schlug an. Eine Whatsapp Nachricht von Junkel: „Treffen Morgen 15 Uhr Légère?"

Alfred funkte zurück: „Geht klar? Gibt's was Neues?"

„Yes! Wir haben einen Verdächtigen. Morgen mehr!"

Die im Minutentakt hinterhergeschickten Fragezeichen von Alfred blieben unbeantwortet. Junkel hatte ihm mal wieder einen Köder hingeworfen, dem er nicht widerstehen konnte. Zu Linus sagte er erklärend: „Junkel hat im Mordfall Schluchseenixen jemanden verhaftet. Er ist immer schnell mit dem Verhaften, damit die Presse und seine Vorgesetzten Ruhe geben. Aber selten verhaftet er den Richtigen. Das weiß er auch. Er macht es aber trotzdem. Scheint eine Polizeitaktik zu sein."

Linus interessierte sich nicht dafür. Er war mit seinem Cordon bleu beschäftigt. Der Schützen-Wirt hatte die Angewohnheit die Portionen so zu dimensionieren, dass im Zweifel die gesamte Mannschaft des SV Hölzlebruck von einer Portion satt werden konnte. Selbst ein fleischfressender Nimmersatt wie Alfred hatte Mühe, seinen Berg abzuarbeiten. Dazu waren schon die Hilfe von drei Bier und nach dem letzten Bissen noch eines doppelten Obstlers nötig.

„Hast du eine Theorie zu dem Schluchsee-Fall?", wollte Linus im Anschluss wissen.

„Nicht wirklich", musste Alfred einräumen. „Aber ich bin überzeugt, es hat etwas mit dem Trainingslager der National-mannschaft 1982 im Hetzel Hotel zu tun. Jenes legendäre Trainingslager, das unter dem Namen Schlucksee in die Geschichte eingegangen ist."

Dieses Stichwort vernahmen zwei Hölzlebrucker, die aus dem Nebenzimmer zum Rauchen herübergekommen waren und sich zu Karsten, der nämlich auch zu diesem Verein gehörte, an die Theke gesellt hatten. „Habe ich Schlucksee gehört?", fragte einer der beiden.

„Habe ich noch ein Autogramm", sagte der andere. „Vom Breitner! Das hat er mir damals im Hetzel Hotel in der Bar gegeben. Nachts um drei?"

„Erzähl Andy!", forderte Karsten auf.

Und Andy erzählte: „Wir haben in Schluchsee gekickt. Gegen den SV Schluchsee. 0:3 verloren. Und anschließend sind wir auf den Zwitsch und spätnachts im Hetzel Hotel gelandet. Und da standen doch tatsächlich Paul Breitner und noch ein paar andere Nationalspieler an der Theke, haben Zigarren geraucht und mit den Miezen vom Hotel geflirtet. Und wir mittendrin. Eine hat mich mit Hansi Müller verwechselt und wollte mir sogar an die Wäsche."

„Weißt du noch, wie sie hieß und wie sie aussah?", fragte Alfred hoffnungsfroh.

Zu seiner Überraschung nickte Andy: „Eine blonde Rakete. Sie hieß Mirri! Habe ich bis heute nicht vergessen."

Darauf gab Alfred eine Runde Bier aus, die Vogel bereits vorbereitet hatte, so dass sie schon auf dem Tresen stand, noch ehe Alfred die Bestellung richtig ausgesprochen hatte.

Andy erzählte weiter: „Ich war ja ein junger Seicher damals. Geld hatte ich sowieso keins. Diese Mirri hat unsere Kicktaschen gesehen, die haben wir mit in die Bar geschleppt, und so hielt sie mich also für den Hansi Müller und das hat den Breitner und die anderen Kerle so amüsiert, dass sie mitspielten und ihr das weiszumachen versuchten. Der will nur anonym bleiben, deshalb gibt er es nicht zu, sagten sie zu Mirri. Und die hat das geglaubt."

„Du hast sie geschnackelt?", drängelte Linus zum Höhepunkt der Erzählung, „oder?"

„Leider nein", wehrte Andy ab. „Obwohl sie eine echte Nummer war. „Aber weil ich partout keinen Champagner spendieren wollte, – wie auch, ich hatte ja gerade mal fünf Mark im Geldbeutel? – da hat sie sich dann doch an einen anderen gehalten."

Linus bestellte noch eine Runde. „So eine Geschichte würde ich auch mein Leben lang nicht vergessen", kommentierte er.

„Es geht noch weiter", sagte Andy. Sie warteten, bis Vogel die neuerliche Runde verteilt hatte, stießen an und tranken, dann erzählte Andy, wie der Abend ausging: „Dem Breitner hat das Ganze so gefallen, dass er unsere Zeche bezahlt und alle unsere Trikots signiert hat. Meins hängt daheim hinter Glas an der Wand."

Ob die Nacht mit Mirri nicht besser gewesen wäre, wagte Linus einzuwerfen. Darüber erhob sich eine längere Diskussion, die Alfred nicht mehr mitbekam, weil ihn das Handy vom Geschehen wegklingelte. Als er die Nummer von Anna aufleuchten sah, ging er vor die Tür ins Freie. Gespräche mit Anna waren heilig, da durfte niemand mithören.

„Anna, was gibt's?"

Annas Stimme klang etwas wacklig: „Ich war heute beim Arzt. Ich hatte gestern so ein Ziehen und Stechen im Bauch … und da dachte ich … da fürchtete ich …"

„Anna, wo bist du, was machst du? Warte. Ich komme sofort …!", entfuhr es Alfred, ohne dass er groß nachdachte. Er war sofort in Alarmbereitschaft. Aber Anna wiegelte ab: „Bleib wo du bist. Es ist nichts. Es ist alles in Ordnung! Der Arzt hat mich untersucht. Das Kleine ist gesund und munter. Mir geht es wieder gut. Der Arzt sagt, alles ganz harmlos, ein typisches Ziehen und Stechen, wegen der körperlichen Veränderungen. Ich muss mir keine Sorgen machen."

„Aber warum rufst du mich dann an?", fragte Alfred besorgt. Anna zögerte. Dann flüsterte ihre sanfte, weiche Stimme: „Mir ist gestern siedend heiß klar geworden, dass ich völlig alleine bin. Peter hat sich ja vom Acker gemacht. Ich sitze alleine in meiner Wohnung und irgendwann werde ich Wehen kriegen und das Kind wird kommen … Was … wie mache ich es dann?" Sie stockte. Alfred schwieg und lauschte atemlos in sein Smartphone. Schließlich flüsterte Anna weiter: „Und da habe ich mir überlegt … da ist mir eingefallen … Ach Alfred, du bist der einzige, den ich so gut kenne und dem ich vertraue. … Ich …. Ich wollte dich fragen, ob ich dich anrufen darf, wenn die Wehen kommen … und ob du mich dann ins Krankenhaus bringst … und so …" Ihr Flüstern brach ab. Vielleicht weinte sie. Alfred war sich nicht sicher. Aber seine Antwort kam wie aus der Pistole geschossen: „Da fragst du noch, Anna? Selbstverständlich! Immer! Ruf mich an! Ich bin da, ich komme! Egal welche Uhrzeit. Tag und Nacht!"

„Ich wusste es", hauchte Anna und brach nun offen in erleichtertes Weinen aus. „Ich wusste es Alfred, auf dich ist Verlass. Danke! Danke!"

Alfred ließ das Weinen geschehen, bis er sich allzu hilflos vorkam und dazwischenfragte: „Geht es dir gut? Brauchst du Hilfe?"

„Nein, alles gut! Du bist ein Schatz Alfred."

Alfred musste dieses Kompliment verarbeiten, indem er in einen planlosen Monolog verfiel, in den er alles packte, was er für Anna zu tun bereit sei, bei Tag und bei Nacht, als guter Freund und „nur Freund" und „bester Freund" und „aus alter Freundschaft", bis Anna stutzte und ihn unterbrach: „Sag mal Alfred, hast du was getrunken?"

Alfred wusste, dass jetzt der Moment gekommen war, wo er auf einen Schlag und mit einem falschen Wort wieder alles verspielen konnte. Deshalb brach er das Gespräch schleunigst ab: „Ich muss wieder rein, da warten ein paar Fußballspieler auf mich, die ich zu den Ereignissen in Schluchsee ausfrage … tut mir leid, dass wir aufhören müssen. Aber es gilt: Ruf mich an, wenn es so weit ist. Ich komme!"

Mit einer Aufwallung von Hormonen und unter Adrenalin wie ein Astronaut beim Raketenstart kehrte Alfred an die Theke im Schützen zurück. Zur Beruhigung wollte er eine weitere Lage Bier stiften, aber es stand schon eine auf dem Tresen, denn inzwischen hatte auch Andy spendiert. Die Runde war inzwischen bei der von Linus lancierten Frage angekommen, wer denn eigentlich damals in Schlucksee der dritte Torhüter der Nationalmannschaft gewesen sei. Linus wusste es zwar nicht mehr, aber in Erinnerung an den Abend im Clubhaus hatte er die Losung ausgegeben, man könne ja um den Namen wetten. Weil von Sepp Meier bis Olli Kahn alles aufgerufen wurde, nur nicht der Richtige, gewann Alfred die Runde Bier, die er eigentlich hatte spendieren wollen, mit der Behauptung, der dritte Mann im Tor sei Bernd Franke gewesen. Außer Andy, der sich vage erinnerte, konnte niemand mit dem Namen etwas anfangen, so dass alle dagegen wetteten.

Damit war der Abend gerettet und Alfred geliefert. Zum Schluss war es so schön, dass er für den Schützen „zehn Punkte" vergab.

Als er weit nach Mitternacht schließlich todesmutig Linus nach Hause fuhr, weil dieser sich weigerte, seine Georgia aus dem Bett zu klingeln, raste er zunächst an der Einfahrt zur Schwarzwaldstraße vorbei, in die er hätte einbiegen müssen. Die Vollbremsung mit Linksdrall, die er daraufhin hinlegte, ließ ihn über die Gegenfahrbahn auf eine Auffahrt schlittern, wo sich glücklicherweise ein landwirtschaftlicher Schuppen befand, den die Einheimischen als Kronenwirts Scheuer kennen. Dort durchbrach der rote Flitzer die hölzerne Scheunentür, die splitternd auseinanderflog, und landete mit der zerbeulten Frontnase auf einem Stapel dicker Traktorreifen, die weiteres Unheil federnd verhinderten. Unversehrt kraxelten Linus und Alfred aus dem ächzenden Wagen und besahen sich den Schaden.

„Nur büsssschen … St …Stoßstange", lallte Linus fachkundig. Anschließend torkelte er ohne weitere Anteilnahme über die Straße nach Hause. „D…d… danke fürs Mitnehmen!"

Alfred zerrte das demolierte Scheunentor so in seine Fassung zurück, dass es notdürftig den roten Flitzer vor den Blicken von der Straße verbarg, setzte sich dann wieder hinein, kurbelte die Rückenlehne hinunter und schlief auf der Stelle ein.

Neuigkeiten im Légère

Alfred saß in Freiburg im Légère zwischen Martinstor, Universität und Buchhandlung Rombach. Die gemütliche Höhle mit Bruchstein- und Balkendekor war um die Nachmittagsstunde noch nahezu leer. An der Theke lümmelte die studentische Hilfskraft Addi, ein junger Typ, den Alfred von früheren Besuchen her kannte und nicht leiden konnte, weil er ihn die ganze Herablassung spüren ließ, die dieser Generation eigen war. Aber Oberkommissar Junkel mochte den jungen Mann, den er als „wertvoller Informant" pries, dem er schon manchen Tipp in die Freiburger Kokser- und Dealerszene verdanke.

„Nicht alle meine Informanten sind so abgehalfterte Typen wie du, Alfred", sagte Junkel, während er versonnen die öligen Schattierungen seines Cognacs studierte. „Die Studenten, die hier jobben, sehen und hören alles. Habe ich dir doch schonmal erzählt." Junkel war schon beim dritten Glas und rein äußerlich selbst ein abgehalfterter Typ, aber an diesem Nachmittag sah Alfred noch schlimmer aus als der Oberkommissar.

„Ich bin mit dem Zug gekommen, hatte ein Problem mit meinem roten Flitzer", bequemte Alfred sich zu einer vagen Auskunft, nachdem Junkel Alfreds Katergesicht und die Beulen und Kratzer auf seiner Stirn thematisiert hatte. Danach fragte Junkel nicht weiter nach.

Alfred, noch immer ramponiert von der vergangenen Nacht im Schützen, missmutig gelaunt, weil der rote Flitzer schon wieder außer Gefecht in der Werkstatt Vollmer gelandet war, und misstrauisch, weil er Junkel nicht über den Weg traute, fragte mit einem schiefen Blick aus den Augenwinkeln: „Sie wollten mir was über einen Verdächtigen erzählen, den Sie angeblich verhaftet haben. Bin sehr gespannt."

„Du kennst ihn", sagte Junkel knapp und kippte in einem Zug seinen Cognac hinunter. Als hätte er darauf gewartet, kam Addi hinter seiner Theke hervor und stellte bereits das nächste Glas auf den Tisch. Alfred nippte an Mineralwasser und war an diesem Tag für den Umsatz ein Totalausfall.

„Es ist der Italiener!", offenbarte Junkel.

„Giuseppe de Angelis?", staunte Alfred und schüttelte sofort den Kopf: „Das ist der Falsche!"

„Oh nein!", beharrte Junkel. „Einiges spricht gegen ihn: Er kommt nach 40 Jahren in den Schwarzwald, um seine alte Bekannte Jassi zu treffen, die ihm einen Brief geschrieben hat. In diesem Brief steht, dass sie ein Geheimnis lüften will, nämlich die Vaterschaft Giuseppes." Der Oberkommissar strich sich mit zwei Fingern über die rote Nase und knetete sie fahrig. Dann sprach er weiter: „Er bringt sie um. Warum? Entweder, damit sie das Geheimnis nicht lüftet, oder, weil sie ihn damit erpressen will. Vielleicht erzählt sie ihm auch nicht alles. Er bedrängt sie, sie weigert sich. Es kommt zum Streit auf dem Segelboot, er bringt sie um."

„Das glauben Sie doch selber nicht", empörte sich Alfred. „Ist Giuseppe ein Taucher? Hat er sich als weibliche Begleiterin verkleidet, als er mit Jassi das Segelboot bestieg? Warum bringt er dann nicht auch noch Mirri um, die weiß doch auch Bescheid? Junkel, Sie verarschen mich, so bescheuert können Sie gar nicht sein, dass sie diesen Schmarren glauben."

Junkel grinste gequält: „Ich nicht, aber die Alte. Und mit ihr der Staatsanwalt."

„Die Alte", das war Junkels Vorgesetzte, die im Übrigen deutlich jünger als Junkel war. Alfred wusste vom prekären Verhältnis, das Oberkommissar Junkel zu seiner Dienstvorgesetzten, der Leitenden Kriminaldirektorin Dr. Gerda Leber-Semmlich hatte. Sie war eine aufstrebende, moderne Karrierebeamtin, er war ein alter weißer Mann, an dem die Welt und die Zeit verbeirasten. Die Folge dieser unglücklichen Konstellation waren mehrere Abmahnungen, die Junkel bereits einkassiert hatte, sowie eine Versetzung in den vorläufigen Ruhestand, die in letzter Minute wieder rückgängig gemacht worden war. Aber Junkel ermittelte sozusagen auf Bewährung. Und wenn er nicht schnell Verdächtige lieferte, ging das ganze Mobbing wieder von vorne los.

„Daher weht der Wind", erkannte Alfred. „Und jetzt ist Ihre Frau Leber-Semmel zufrieden?"

„Sie heißt Leber-Semmlich", korrigierte Junkel unwirsch. „Ja, erstmal gibt sie Ruhe, weil die Oki Ahrs erfüllt wurden."

„Was für Dinger?"

„Oki Ahr! Kennst du nicht", fragte Junkel fröhlich, weil Alfreds Unwissenheit ihm wieder einmal Gelegenheit gab, über die neusten Errungenschaft der effizienten und wissenschaftlich Polizeiarbeit zu lästern: „Ist ne Abkürzung: Großes O, großes K, großes A. Englisch! Oki Ahr! Man muss nicht wissen, für was die Abkürzung steht, aber sie bedeutet ungefähr so viel wie: Gib dir klar formulierte Ziele, für jedes Ziel einen Zeitplan und halte ihn gefälligst ein."

Alfred schwieg. In Junkels Polizeileben tauchten immer wieder mal seltsame Arbeits- und Führungsrezepte auf, mit denen die Vorgesetzten den Oberkommissar quälten und die dieser allesamt für neumodischen Quatsch hielt: Agiles Arbeiten, New Work, Scrum Methode, Score Card, Frameworks, Bright Solutions, Diversity, Gendern. Regelmäßig klagte Junkel gegenüber Alfred über „diese anglizistischen Fürze", die ihn nur bei der Arbeit behinderten. Jetzt also OKR!

„Und der Zeitplan sah vor, dass jetzt ein Verdächtiger verhaftet wird", kombinierte Alfred.

„So ungefähr", bestätigte Junkel. „Bis der abgeklopft, verhört, protokolliert und durch die Presse gezogen ist, habe ich ein paar Tage oder Wochen Zeit gewonnen, um in Ruhe an dem Fall weiterzuarbeiten."

Alfred nippte nachdenklich an seinem Mineralwasser. Aus den Augenwinkeln beobachtete er einen jungen Burschen, der über die Straße geschlendert kam und dem studentischen Hilfskellner Addi etwas zuflüsterte. War das nicht Lorenz, der Kellner aus dem in der Nachbarschaft gelegenen Auditorium Minimum?

„Hey Junkel, Ihre beiden studentischen Informanten scheinen sich zu kennen. Vielleicht stecken sie sogar unter einer Decke und sprechen sich ab, welche Dealer sie Ihnen ans Messer liefern."

Junkel folgte Alfreds Blicken. Die Hilfskellner Addi und Lorenz standen an der Hausecke und rauchten gemeinsam.

Alfred lästerte weiter: „Vielleicht sind die beiden selbst sogar die größten Dealer im Bermuda Dreieck. Denen sind Sie auf den Leim gegangen, Junkel!"

Junkel sagte nichts dazu, was Alfred zu weiteren Sticheleien reizte: „Die sehen doch schon aus wie zwei so Yuppi-Kokser. Zur Tarnung spielen sie hier die Aushilfskellner und studieren irgendwelche Orchideenfächer, bei denen man nur viel schwätzen und theoretisieren muss. In Wirklichkeit verticken sie ihren Stoff hier im Bermuda Dreieck. Oder wieso sonst sollte jetzt dieser Hilfskellner Lorenz aus dem Auditorium Minimum hier herüberkommen zum Légère und hier mit dem Hilfskellner Addi an der Ecke stehen und was aushecken? Hä?"

Junkel knurrte genervt: „Weil sie Brüder sind!"

„Scheiße!", bekannte Alfred sich zu seiner völligen Fehleinschätzung und beschloss, fortan zu schweigen. Da auch Junkel nichts mehr sagte, sondern mit halb geschlossenen Augen sein schrumpeliges Gesicht in die Freiburger Frühlingssonne hielt, hatte Alfred Muße, die neusten Whatsapp-Nachrichten auf seinem Smartphone zu checken. Eine stach ihm sofort ins Auge:

Vanessa hatte ein Bild geschickt. Es zeigte Alfreds Freundin an einer Kaimauer sitzend, aus der sich ein mehr als mannshohes rundes Fenster wie ein Bullauge hervorwölbte. Im Bullauge spiegelte sich vage der Fotograf, der das Bild von Vanessa gemacht hatte. Alfred zoomte das Bild zur maximalen Größe heran und vermeinte, einen Mann mittleren Alters mit langen Haaren und wehendem Mantel zu erkennen. War das der Tinder-Musiker Janosch Koczan? Die Nachricht zum Bild lautete: „Schöne Tage in Prag, ganz tolle Stadt."

Weiter nichts! Sie hatte nicht einmal „Küssle" daruntergeschrieben oder ein Herzchen Smiley dazugesetzt, wie sie es sonst immer tat. Alfred fühlte Wut und Eifersucht in sich aufsteigen. Was hatte dieser dubiose Musiker, was er nicht hatte? Warum ging Vanessa ihm auf den Leim? Er erinnerte sich daran, dass er Tim Joy um das Tinder-Profil des Musikers gebeten hatte. Von Tim Joy warteten zwei ungelesene Nachrichten. Alfred öffnete die erste. Dort antwortete Tim auf Alfreds Frage, woher Tim den Tipp mit der Bergungsaktion der Polizei in Sachen Leiche gehabt hatte. „Mischst du dich jetzt schon aktiv in meine Fälle und stöberst im Rechner des Polizeireviers herum?", so hatte Alfreds gereizter Verdacht gelautet, den er per Whatsapp an Tim geschickt hatte.

Aber es war viel einfacher. Tim klärte in seiner Antwort auf: „Das habe ich nicht herausgefunden. Das hat mir dieser Polizistentyp gesagt, dieser Junkel. Er hat hier in der WG angerufen, weil er dich nirgends erreichen konnte. Er wollte dir den Tipp geben und bat mich, es auszurichten."

Alfred schielte zu Junkel hinüber. Aber der saß immer noch mit geschlossenen Augen und über der Brust verschränkten Armen auf seinem Stuhl und genoss die Sonne. Welches Spiel spielte Junkel? Er hatte Alfred nun schon mehrfach Tipps zu seinen Ermittlungen zukommen lassen, so dass er beim Leichenfund ebenso hatte dabei sein können wie bei der Bergung der Taucherausrüstungen. Und nun hatte er ihm auch von der Verhaftung des Italieners erzählt. Was bezweckte Junkel damit?

Als hätte der Oberkommissar Alfreds Gedanken erraten, erwachte er nun aus seinem Sonnenbad und verkündete schläfrig: „Du musst mir einen Gefallen tun, Alfred."

„Ich? Wieso? Was?"

„Du bist ein unverdächtiger Journalist, der ein bisschen herumrecherchiert. Ich bin ein ermittelnder Polizeikommissar. Bei mir holen alle gleich ihren Rechtsanwalt, wenn ich Fragen stelle. Und alles, was man mir sagt ist entweder spontan gelogen oder sorgfältig ausgedacht, jedoch selten die Wahrheit. Ist es nicht so?"

Alfred nickte: „Und was soll ich tun?"

„Wir sind uns einig, dass die Lösung unseres Falles irgendwo vor 40 Jahren zu suchen ist, in der Zeit, als die Fußballnationalmannschaft ihr Trainingslager im Hetzel Hotel abhielt …"

„Wo damals Jassi, Mirri und Knerri arbeiteten und den Spielern schöne Augen machten", ergänzte Alfred.

Junkel ging nicht darauf ein, sondern fuhr fort: „Außerdem wissen wir, dass der Mord an Jasmin Hog unter Wasser verübt wurde. Das hat die Obduktion ergeben. Und jetzt sage ich dir noch etwas, was du bisher nicht weißt: An einer der Taucherausrüstungen, die wir an der Staumauer aus dem See gefischt haben, haben wir DNA der Ermordeten gefunden. Haare, Hautpartikel, sogar Blut. Es muss unter Wasser ein Kampf stattgefunden haben, bei dem sich Jasmin Hog am Tauchzeug ihres Mörders festgekrallt hat."

„Am Italiener?", fragte Alfred süffisant.

„Vergiss de Angelis", winkte Junkel ab. „Wenn wir herausfinden, wer an jenem Tag die beiden Tauchausrüstungen der Tauchschule Waldhotel benutzt hat, die wir aus dem See geborgen haben, dann haben wir den oder die Mörder."

„Dürfte nicht so schwer sein", meinte Alfred und zückte seinen Tabakbeutel, um sich die erste Zigarette dieses Tages zu drehen. „Die Tauchschule führt doch sicher Buch darüber, wer wann welche Taucherausrüstung ausleiht."

„Sollte man meinen", bestätigte Junkel und zog ungefragt Alfreds Tabak über den Tisch zu sich her, um sich ebenfalls eine Zigarette zu drehen. „Aber die beiden Ausrüstungen wurden an besagtem Tag angeblich überhaupt nicht ausgeliehen. Dass sie fehlten, ist dem smarten Ralf Ansbach erst aufgefallen, als du ihn danach gefragt hast."

„Das stimmt", bestätigte Alfred und steckte sich die Kippe in den Mundwinkel. Junkel gab Feuer. Alfred nahm einen ersten Zug und ergänzte dann: „Er war wirklich überrascht. Das war nicht gespielt. Er hat ganz aufgeregt seine Freundin angerufen, eine Silvie ..., Silvie ..."

„Sprehe", ergänzte Junkel. „Sie heißt Silvie Sprehe. Sie ist ein paar Jahre jünger als Ralf. Ausgebildete Tauchlehrerin. Sie schmeißt den Laden und führt die Tauchkurse durch. Er macht nur den Verleih. Ansonsten liegt er seiner Mutter auf der Tasche und frönt seinem Hobby: Er nimmt an Rennen für ferngesteuerte Modellautos teil. Er ist ziemlich gut darin."

„Ich habe ihn gesehen mit so einer Kiste", bekräftigte Alfred. Aber was ist jetzt der Gefallen, um den Sie mich bitten wollten?"

„Es ist keine Bitte, es ist ein Tipp", knurrte Junkel. Alfred kannte diesen lauernden Tonfall. Jetzt musste er aufpassen, denn wenn Junkel so sprach, dann steckten die eigentlichen Informationen oft zwischen den Zeilen.

Junkel sagte: „Jemand, der nicht von der Polizei ist, sollte einen Tauchkurs bei dieser Silvie mitmachen. Jemand, der garantiert nicht tauchen kann und der sich garantiert dämlich anstellt."

Alfred schüttelte energisch den Kopf. „Ich bin noch nie getaucht."

„Das ist es ja", freute sich Junkel. „Das erhöht die Glaubwürdigkeit ungemein." Er lächelte süffisant.

„Was erhoffen Sie sich davon?"

„Lerne die Tauchlehrerin in ihrer Arbeitsumgebung kennen. Vielleicht weiß sie, wer die zwei Tauchausrüstungen benutzt hat? Finde heraus, wie oft und mit wem Jassi Tauchen gegangen ist. Niemand taucht alleine im See. Also muss es jemanden geben, der sie häufiger begleitet hat."

„Noch was?", fragte Alfred patzig.

Junkel erhob sich: „Ja! Du kannst meine Zeche übernehmen. Ich muss jetzt los und hab den Geldbeutel im Auto liegen lassen. Ich revanchier' mich beim nächsten Mal." Die selbstgedrehte Zigarette paffend schlurfte er davon. Alfred blieb allein zurück.

„Darfs noch was sein?", fragte Addi, der Junkels Cognacglas abräumte.

„Ne, ich zahl dann mal!"

Während Alfred darauf wartete, dass Addi mit dem Kassenzettel zurückkehrte, öffnete er Tim Joys zweite Whatsapp-Nachricht. Er las: „Tinder-Profil Janosch Koczan: 38 Jahre alt, Berufsmusiker, Tscheche. Beschreibt sich selbst wie folgt: Ich bin ein Gefühlsmensch, sehr sensibel, kultiviert. Ich liebe die leisen Töne, die intensiven Gespräche, die Stimmen der Natur. Mache gerne lange Spaziergänge, rauche nicht, trinke nicht, esse gerne vegetarisch, lese viel, hauptsächlich Klassiker, und möchte nicht länger abends allein im Kino sitzen."

Alfreds spontaner Gedanke lautete: „Und auf so einen Schmalztrottel ist Vanessa hereingefallen."

Laut entfuhr ihm: „Das glaube ich nicht!"

„Doch, das ist korrekt", sagte Addi, der soeben die Rechnung servierte. „Ihr Gast hat schon drei Cognac und einen Kaffee getrunken, ehe Sie kamen. Außerdem hat er eine Spätzlepfanne nach Art des Hauses gegessen. Macht zusammen mit Ihrem Mineralwasser 31,50 Euro."

Am Netz beim Tennislehrer

Hoteldirektor Hartmut Schwärmler befand sich auf Auslandsreise. Deshalb konnte Alfred die Recherche bei diesem Zeitzeugen nicht fortsetzen. Zu gerne hätte er den redefreudigen Hotelier noch einmal gründlich zur Nationalmannschaft anno 1982 befragt. Aber an der Rezeption des Vier Jahreszeiten beschied man ihm, dass darauf für absehbare Zeit keine Aussicht bestand. Notgedrungen wandte Alfred sich seinem Plan B zu. Er versprach sich nicht wirklich neue Erkenntnisse von dem schon mehrfach genannten Tennislehrer Winfried Sprödel, der angeblich auch zum Inventar des Hotels gehörte und der früher mal mit der ermordeten Jasmin Hog verheiratet gewesen war. Aber da er nun schon einmal da war und den frisch instand gesetzten roten Flitzer in der Hotelauffahrt geparkt hatte, kostete es auch nicht viel, den Weg zu den Tennisplätzen einzuschlagen. Die Hotelanlage des Vier Jahreszeiten nahm eine komplette Flanke des Riesenbühl ein und thronte terrassenförmig über dem Ort und dem See. Man konnte sich auf dem Gelände verirren, und um die im Rücken des Hotels in die Landschaft gebauten Tennisplätze und -hallen zu finden, musste Alfred erst einmal treppauf-treppab die gesamte Anlage erkunden. Unterwegs stieß er mehrfach auf ein prominent aufgehängtes Plakat, das auf eine Veranstaltung hinwies: „Erster Offroad Schwarzwald-Cup der Modellautos! Grand Prix am Riesenbühl!" Alfred studierte das Plakat, weil ihm das darauf abgebildete Fahrzeug bekannt vorkam. Es handelte sich um einen Traxxas X-Maxx, mitten im Sprung über ein Wurzelhindernis und so aufgenommen, als handele es sich um ein reales Fahrzeug in der Landschaft. Der „Grand Prix" am Riesenbühl sollte am übernächsten Wochenende stattfinden. Im Programm standen „Grand Prix der Profis" sowie verschiedene Läufe für Hobby- und Amateurmodellautofahrer. Auch ein Teamwettbewerb wurde angeboten. Als Veranstalter fungierten Hochschwarzwald Tourismus GmbH HTG sowie die beiden Hotels Vier Jahreszeiten und Waldhotel. Alfred notierte sich den Termin. Dann fragte er sich bis zu den Tennisplätzen durch. Sie schmiegten sich in den Hang wie Inka-Terrassen in Machu Picchu. Alfred ließ sich von einem Gärtner, der in den Außenanlagen wühlte, den Tennislehrer Winfried Sprödel zeigen. Sobald er vor dem imposanten Sportsmann stand, hatte Alfred ein schlechtes Gewissen wegen der Kippe, die ihm qualmend im Mundwinkel hing. Er schnippte sie ins Gelände, registrierte den missbilligenden Blick des Tennislehrers und sammelt sie wieder ein. „Entsorge ich nachher", versprach er.

Winfried Sprödel war ein braungebrannter Zweimetermann mit breiten Schultern, kerzengeradem Rücken, muskulösen Armen und dem strahlenden Gesicht eines griechischen Adonis. Ein Sportsmann von der Sorte, die jedem Gegenüber Minderwertigkeitskomplexe einflößte. Obwohl er nach allem, was Alfred über ihn wusste, bereits jenseits der 60 sein musste, sah er aus wie ein gut erhaltener 40-Jähriger. Sein Haar war dunkelbraun ohne auch nur eine einzige graue Strähne. Seine blauen Augen blitzten fröhlich. Er strahlte eine geradezu unanständige Vitalität und Gesundheit aus. Noch ehe das erste Wort gesprochen war, fühlte Alfred sich wie früher beim Schulsport, wo er stets der auserkorene Looser gewesen war, egal welche Disziplin auf dem Lehrplan stand. Sprödel kam im Tennisdress auf Alfred zu und schwenkte lässig einen Schläger. Auf Alfred wirkte es so, als könne er diesen Schläger auch jederzeit wie eine Henkersaxt auf einen Widersacher niedersausen lassen.

Nachdem er sich als Journalist vorgestellt und von seinen Recherchen im Fall der ermordeten Jasmin Hog berichtet hatte, wurde Sprödel zuerst einmal sehr nachdenklich. Entgegen Alfreds Befürchtungen kassierte er keine Prügel mit dem Tennisschläger und wurde von Sprödel auch nicht vom Platz gejagt, sondern bekam eine unverhoffte Antwort: „Jasmin hat so was geahnt." Der Tennislehrer machte ein paar Schritte zu einer Bank am Rande des Tennisplatzes, auf dem sich jetzt zwei junge Frauen warmspielten und dabei die Röcke wippen ließen.

Alfred war davon so abgelenkt, dass er nachfragen musste: „Was haben Sie gesagt?"

„Wir sollten uns setzen, habe ich vorgeschlagen. Natürlich nur, wenn Sie möchten", wiederholte Sprödel seine letzte Bemerkung.

Plopp, Plopp, Plopp machte es auf dem Tennisplatz. Die Röcke waren so kurz und die Beine der jungen Frauen, die sich die Bälle locker zuspielten, so knackig braun und wohlgeformt, dass Alfred vergaß, warum er gekommen war.

„Schülerinnen von Ihnen?", fragte er neugierig.

Sprödel beobachtete Alfred aufmerksam. „Vergessen Sie's", sagte er dann freundlich. „Die Dame links gehört zum spanischen Botschafter, der hier Urlaub macht. Er ist ein alter Knorpel über 70 aber eifersüchtig wie ein andalusischer Stier. Und ihre Mitspielerin ist die Frau eines russischen Millionärs aus Baden-Baden. Sie können sich nur die Finger verbrennen."

„Danke für den Tipp!", lenkte Alfred ein. „Wie war das mit Jassi? Was hat sie geahnt?"

Sprödel streckte die gebräunten Beine weit von sich und lehnte sich auf der Bank zurück als müsse er überlegen: „Wir hatten in den letzten Jahren nicht mehr so viel Kontakt. Aber so lange ich denken kann, hat sie immer gesagt, diese Sache mit Knerris Kind, die wird eines Tages in eine Katastrophe münden. Und jetzt ist es so weit."

„Welche Sache mit Knerris Kind?", stellte Alfred sich unwissend.

Der Tennislehrer antwortete freimütig: „Knerri hat 1983 ihre Tochter Julie bekommen. Vater unbekannt. Es gab jede Menge Verdächtige, denn Knerri war ebenso wie Jassi und Mirri keine Kostverächterin. Aber sie schwieg eisern. Bis heute. Irgendein Geheimnis steckt dahinter, das die drei Frauen stets miteinander gehütet haben. Auch Jassi hat mir nie etwas erzählen wollen, so sehr ich sie in jener Zeit gedrängt habe. Sie wissen ja, dass wir verheiratet waren, oder? Bestimmt sind Sie deshalb gekommen?"

„So ist es", bestätigte Alfred. Ein Tennisball rollte ins Seitenaus, direkt vor Alfreds Füße. Die spanische Botschaftergattin tänzelte herbei. Sie bestand nur aus schlanken, braunen Beinen und einem wohlgeformten Oberkörper. Alfred bückte sich nach dem Ball. Er wusste nicht mehr, wohin mit den Augen. Die junge Schönheit ging vor ihm in die Hocke und präsentierte mit dem unschuldigsten Lächeln seit Nscho-tschi alle ihre Geheimnisse. Mit einem verlegenen Grinsen überreichte Alfred den Ball. Er erntete ein Blinzeln, das zwischen Spott und Flirt alles sein konnte. Schon war der Moment dabei und die Gazelle wieder auf dem Platz.

„Ich war sechs Jahre mit Jassi verheiratet", nahm Sprödel den Faden wieder auf, nachdem er sah, dass Alfreds hormoneller Stresspegel wieder sank. „In dieser Zeit haben wir oft über das Thema geredet, aber sie wollte nie mit Einzelheiten herausrücken. Es ist unser Geheimnis, hat sie immer gesagt."

„Das bedeutet, dass auch Mirri Bescheid wusste", fragte Alfred nach.

„Ja", bestätigte der Tennislehrer. „Mirri, Jassi und Knerri hüteten gemeinsam dieses Geheimnis um Knerris Tochter und ihren Vater."

Alfred erzählte von Giuseppe dem Italiener. Sprödel erinnerte sich an den Mann: „Der war der Liebling aller Zimmermädchen. Ein Schönling wie er im Buche steht. Und der soll Julies

Vater sein? Das ist ja interessant." Der Tennislehrer gab einige amouröse Anekdoten mit Giuseppe als Hauptperson aus den Anfangsjahren des Hetzel Hotels zum Besten. Alfred gewann ein Bild. So ähnlich hatte er sich Giuseppes Vergangenheit vorgestellt.

„Giuseppe de Angelis zum Trotz: Knerris Tochter Juli kam 1983 zur Welt", stellte Alfred trocken fest. „Neun Monate nach dem Aufenthalt der Fußballnationalmannschaft im Hetzel Hotel."

„So weit sind Sie also auch schon", seufzte Sprödel. Dann erhob er sich: „Das ist ein Kapitel, das man bei den drei Frauen überhaupt nie ansprechen durfte. Da sind sie zugeklappt wie die Austern. Der Verdacht liegt selbstverständlich nahe, dass die Ereignisse etwas miteinander zu tun haben."

„Die Nationalspieler sollen wilde Partys im Hotel gefeiert haben", versuchte Alfred noch etwas mehr aus dem Tennislehrer herauszukitzeln. Aber dieser machte Anstalten sich zu entfernen: „Meine nächste Tennisstunde beginnt gleich. Ich will die Gäste nicht warten lassen. Sie haben alles gehört, was ich weiß. Mehr kann ich Ihnen nicht sagen?"

„Gibt es denn niemanden mehr aus jener Zeit, den man noch befragen könnte?", rief Alfred hinterher.

Sprödel blieb noch einmal stehen: „Schauen Sie mal im Netz. Googeln Sie einfach mal nach den Hetzelianern. Das sind die früheren Hetzel-Angestellten. Die haben eine Ehemaligen-Community gegründet. Da sind auch noch einige ganz Altgediente aus jener Zeit dabei."

„Danke für den Tipp!", sagte Alfred und umrundete auf den Fersen des Tennislehrers den Platz auf jener Seite, wo die Botschafter-Gattin soeben zum Aufschlag ausholte. Wenn sich Tennisspielerinnen zum Aufschlag recken, bleibt von ihren kurzen Röckchen nicht viel mehr übrig als ein Flattern um die Hüften. Was Alfred zuvor schon beim Auflesen des Balles bemerkt und nicht hatte glauben wollen, erwies sich nun als Wirklichkeit: Die Botschaftergattin legte wenig Wert auf Sichtschutz.

Fast verlor Alfred den Anschluss an Sprödel. Er musste rennen, um den Tennislehrer wieder einzuholen.

„Eine letzte Frage noch", schob Alfred im Hinterherhasten nach. Sprödel hatte einen Schritt drauf wie ein Olympiasieger. Alfred musste traben, um nicht abgehängt zu werden.

„Wissen Sie, warum die drei Frauen zuletzt so zerstritten waren?"

Sprödel wirbelte seinen Tennisschläger einmal spielerisch ums Handgelenk und erklärte, ohne dass er den Schritt verlangsamte: „Jassi und Mirri haben immerzu nur ums Hotel gestritten. Das war schon während unserer Ehe so – und nebenbei bemerkt einer der Gründe, warum wir schließlich auseinander sind. Jassi kannte ja nur ihr Hotel und sonst nichts auf der Welt. Selbst Annika ist eines Tages aus der Tretmühle geflohen. Jassi hat nur für ihr Hotel gelebt."

„Und Mirri war dabei der Klotz am Bein."

„Mirri ist ein raffiniertes Luder", gab Schrödel im Stechschritt ein Urteil ab. „Jassi hat für das Hotel gelebt und Mirri hat vom Hotel gelebt. Das war der Unterschied."

„Und Knerri?", wollte Alfred noch wissen, während sie auf eine erwartungsfrohe Seniorin zuschritten, die ein Dress trug wie die spanische Botschaftergattin, allerdings darin steckte mit der Figur von deren 70-jährigem Knorpel.

„Knerri ist ein bisschen seltsam geworden mit den Jahren. Irgendwann hat sie sich aus der Zivilisation verabschiedet und seither lebt sie in ihrer Hütte irgendwo in der Eisenbreche. Für Jassi und Mirri hat sie schon zu meiner Zeit nicht mehr viel mehr als Verachtung übriggehabt. Aber dennoch haben die drei immer eisern geschwiegen, wenn es um Julie ging. Da schweißt sie irgendetwas zusammen …"

Jetzt wandte sich der Tennislehrer mit fröhlichem Götterlächeln seiner Schülerin zu, die ihre silikonisierten Lippen bereits erwartungsvoll schürzte und erkennbar ins Schmachten geriet. Alfred blieb am Rand des Platzes zurück. Einige Minuten lang beobachtete er noch Sprödels Warm-up mit seiner Schülerin, dann verzog er sich wieder.

Er kam gerade rechtzeitig, um in letzter Minute zu verhindern, dass sein immer noch in der Hotelzufahrt parkender roter Flitzer von einem ADAC-Einsatzlaster abgeschleppt wurde. ADAC-Serviceleute in gelben Anzügen und zwei Hotelmanager in grauen Anzügen standen um Alfreds Sportwagen herum und diskutierten, wo am geschicktesten der Abschlepphaken zu befestigen sei.

Ohne sich auf Diskussionen einzulassen, sprang Alfred über die geschlossene Fahrertür ins offene Verdeck des Wagens, startete den Motor, legte den Rückwärtsgang ein und war schon auf der Flucht, noch ehe die gelben und die grauen Anzüge überhaupt wussten, was geschah.

Stammtisch-Odyssee (4 & 5)

Beim Staubsaugen in seiner neuen Wohnung über der Good-wood-Wälder-News Redaktion stolperte Alfred nochmals über die Kopien, die er sich von den Schluckse-Passagen im Toni Schuhmacher Buch „Anpfiff" gemacht hatte. Er blätterte die Seiten durch: „Andere bumsten bis zum Morgengrauen und kamen wie nasse Lappen zum Training gekrochen", hieß es auf Seite 53. Die Stelle war rot markiert. Neben der Markierung befand sich ein roter Pfeil und an der Pfeilspitze die drei Namen Jassi, Mirri, Knessi. Das war idiotensicher. Wer auch immer die Namen geschrieben und den Pfeil gemalt hatte, er wollte, dass man genau zu jenem Schluss kam, zu dem auch Alfred schon lange gekommen war: Mirri, Jassi und Knerri waren die Mädchen gewesen, mit denen die Nationalspieler ihre Nächte im Hotel verbracht hatten. Aber warum wollte der unbekannte Pfeilmaler, dass man mit der Nase auf diesen Sachverhalt gestoßen wurde? Das Buch hatte nicht aus Zufall so gut sichtbar in der Segeljolle gelegen. Auch das Foto der drei „Schluchseenixen" war dort gezielt platziert worden. Ebenso die Visitenkarte von Giuseppe de Angelis, der nunmehr in Untersuchungshaft saß. Was bei alledem nicht in Alfreds Überlegungen passte: Giuseppe de Angelis war der lange Zeit geheim gehaltene Vater von Knerris Tochter Julie. Warum hatten die drei „Schluchseenixen" daraus ein Geheimnis gemacht? Warum hatte Jassi den Italiener angeschrieben, um das Geheimnis zu lüften? Musste sie deshalb sterben? Warum wollte Mirri auch nach Jassis Tod immer noch nicht, dass de Angelis erfuhr, wo Knerri und ihre Tochter lebten? Warum hatte Knerri so barsch und aggressiv reagiert, als er sie in ihrer Hütte auf die Nationalmannschaft im Hetzel Hotel angesprochen hatte?

Wieder und wieder las Alfred die Passage im Schuhmacher-Buch: „Sie bumsten bis zum Morgengrauen …"
Er zog die Liste der damaligen Nationalspieler hervor, die ihm Tim Joy geschickt hatte. Daraus ging hervor, dass acht der insgesamt 22 Spieler 1982 noch nicht verheiratet gewesen waren. Aber was besagte das schon? Sie bumsten bis zum Morgengrauen … Das kann man auch, wenn man verheiratet ist. Alfred studierte die Liste etwas genauer: Lothar Matthäus war damals bereits mit seiner ersten Frau verheiratet gewesen; Manfred Kaltz hatte sogar bereits zwei gescheiterte Ehen hinter sich; Uli Stielike war verheiratet und hatte bereits Kinder, ebenso wie Klaus Fischer, Felix Magath, Wolfgang Dremmler, Wilfried Hannes und Toni Schuhmacher. Leute wie Paul Breitner oder Horst Hrubesch waren 1982 schon seit zehn Jahren verheiratet. Selbst der schöne Hansi Müller war schon verheiratete gewesen und ebenso Alfreds Lieblingsspieler, der dritte Torhüter Bernd Franke. Sollte alles mit dem armen Eike Immel nach Hause gehen? Oder den Förster Buben? Littbarski, Engels, Allofs, Briegel, Hieronymus? Einen Moment lang erwog Alfred, all diese Nationalspieler anzuschreiben oder anzurufen und nach ihren Erinnerungen zu befragen. Aber wie würde wohl ein Paul Breitner reagieren, wenn ihm ein kleiner Lokaljournalist aus dem Hochschwarzwald mit der Frage ins Haus fiel: „Haben Sie damals im Hetzel Hotel in Schluchsee zu denen gehört, die bumsten bis zum Morgengrauen? Sagen Ihnen die Namen Jassi, Mirri und Knerri etwas?" Alfred konnte sich schon die Münchner Prominentenanwälte ausmalen, die er dann am Hals hätte. Also doch lieber mal auf www.hetzelianer.de nach ehemaligen Angestellten des Hotels fahnden. Er fand die Seite auf Anhieb, doch ehe er sich darin vertiefen konnte, läutete es und Linus stand vor der Tür. Normalerweise strahlte er solariumgebräunte gute Laune, Müßiggang und Lust auf überflüssigen Luxus aus, mit einem Grinsen

wie von Dieter Bohlen abgekupfert, doch heute sah er nicht gut aus. Sein linkes Auge war zugeschwollen und bläulich gefärbt.

„Wow!", entfuhr es Alfred. „Was ist passiert?"

„Georgia hat mit mir Schluss gemacht!"

„Und du hast dich gewehrt", kommentierte Alfred ironisch. Ihm war gleich klar gewesen, dass das mit Linus und der krallenfingerigen schwarzen Furie nicht gutgehen würde.

„Sie hat mein neues Laptop mitgenommen. 2000 Euro!"

„Den Porsche hat sie dir aber hoffentlich gelassen, oder?"

„Mach keine Scherze", jammerte Linus. „Ich brauche jemanden, der mit mir den Kummer ersäuft. Bist du ein Kumpel oder nicht?"

In diesem Augenblick klingelte Alfreds Smartphone. Anna war dran. Sie fühle sich so einsam und verloren. Ob er nicht Lust habe, sie an diesem Abend noch zu besuchen.

„Ich stelle dir auch ein Bier kalt!"

Das war für Annas Verhältnisse schon fast eine Liebeserklärung. Noch nie hatte sie für Alfred ein Bier kaltgestellt. Immer nur Tee und Mineralwasser. Er war hin- und hergerissen. Aber da stand Linus und bettelte mit dem verbliebenen offenen Auge um Zuneigung und Gesellschaft. Alfred entschied sich für eine Notlüge: „Ich bin noch unterwegs in Sachen Schluchseenixen Mord. Kann später werden. Bis wann bist du noch wach?"

Sie seufzte am anderen Ende des Gesprächs. Für einen Augenblick herrschte Funkstille. Dann meinte sie resigniert: „Ach lass, ist schon gut! Wegen mir musst du nicht deine Pläne umwerfen. Sag Linus einen schönen Gruß von mir …" Dann legte sie auf.

Alfred hatte vergessen, dass Anna ihn so gut kannte wie kein anderer Mensch. Sie hatte ihn durchschaut. Nun hatte er ein schlechtes Gewissen und wenigstens emotional den Anschluss an Linus gefunden, denn nun fühlte auch er sich wie soeben von Anna verlassen.

„Wir gehen ins Kallex!", entschied Linus. „Das könnte vielleicht auch eine neue Stammkneipe werden. Lass uns ausprobieren."

Als sie das Haus verließen, wären sie im Flur beinahe über Hector gestolperte. Der Flaschensammler, ein kleiner, schon etwas älterer Kerl mit fettigem Haar und einer Garderobe aus der Altkleidersammlung, sortierte die dort in Dreierreihen aufgetürmten Getränkedosen und Bier-, Schnaps- und Weinflaschen nach Pfand-oder-nicht-Pfand und füllte seine Riesenplastiktüten mit brauchbarem Leergut.

„Hector, tu mir einen Gefallen und nimm auch die leeren Wurstbüchsen mit", sagte Alfred und deutete auf den gelben Sack, der neben den Flaschen an der Wand lehnte.

„Bringt aber kein Fand!", weigerte sich Hector.

Alfred zückte einen Zehn-Euro-Schein. „Hier! Gehört dir! Dafür bringst du die Büchsen weg."

„Aber wohin?", fragte hilflos der Flaschensammler und stopfte den Zehner, nachdem er ihn erst einmal gründlich gegen das Licht geprüft hatte, in die Seitentasche seines ausladenden Mantels.

„Mir egal! Hauptsache weg."

Hector nickte beflissen und leckte sich dabei mit der Zunge über die Lippen: „Mach ich, mach ich", versprach er.

Das Kallex befand sich in der Unterstadt, nur wenige Minuten von Alfreds neuer Wohnung am Adlerbuckel entfernt. Man hätte den Adlerbuckel hinunter bis zum Postplatz gehen müssen, diesen überqueren und dort bis zum Eingang der Schützenstraße, wo sich das Burger-Restaurant in umgebauten Frachtguträumen der ehemaligen Post befand. Da aber Linus' Porsche schon startklar mitten auf dem für die Durchfahrt verbotenen Adlerbuckel stand, war es naheliegend, mit dem Porsche zum Kallex zu fahren. Bis das Essen kam, hatten sie bereits jeder drei große Fürstenberg Bier getrunken. Ihr erstes

Thema war die Tauchschule. Alfred spannte Linus für seine Pläne ein: „Hör mal Linus, du musst uns beide dort zu einem Tauchkurs anmelden."

„Ich brauche keinen Tauchkurs", protestierte Linus. „Ich bin zweimal jährlich im Tauchurlaub in Ägypten und Thailand. Was soll ich in einer Pfütze wie dem Schluchsee?"

„Darum geht es nicht. Ich brauche Zugang zu dieser Tauchschule. Aber wenn ich komme, um mich anzumelden, wirft mich Ralfi der Obermacker sofort wieder raus. Der kennt mich leider schon. Aber er nimmt die Anmeldungen entgegen. Deshalb musst du uns beide anmelden. Dich kennt er noch nicht."

„Was versprichst du dir davon?"

„Oberkommissar Junkel glaubt, dass die Tauchlehrerin was weiß. Sie heißt Silvie Sprehe. Es geht um die zwei Taucherausrüstungen, die die Polizei unterhalb der Staumauer im See gefunden hat."

Linus nahm einen tiefen Schluck und schielte über den Rand des Bierglases mit seinem unversehrten Auge zu Alfred über den Tisch: „Warst du schon einmal tauchen?"

Alfred schüttelte den Kopf und antwortete fröhlich: „Dann muss ich mich schon nicht blöd anstellen. Ich bin wirklich ein Anfänger."

Linus grunzte unverständlich. Das bedeutete wohl Zustimmung.

Außer ihnen befanden sich nur wenig Gäste im Raum. An der Theke saßen drei junge Kerle und würfelten um ihre Getränke. An einem der Tische hatte sich ein Paar mit einem ungefähr zehnjährigen Knirps niedergelassen, der altklug und in raumfüllender Lautstärke seinen Eltern die Funktionsweise des Bierzapfhahns erläuterte. Alfred und Linus taten dem Kleinen den Gefallen und tranken flott, so dass Kallex-Inhaber Alex tüchtig nachzapfen musste.

Linus erzählte Details vom Ende seiner Beziehung mit Georgia. Es war, wie Alfred schon vermutet hatte: Die Frau hat Haare auf den Zähnen. Er selbst berichtete von seiner eigenen schwierigen Phase mit Vanessa.

„Ich habe eine schlaue Idee", verriet er dann. „Ich habe rausgefunden, wie sich dieser lebensunfähige Musiker auf Tinder beschrieben hat. Das Profil, auf das Vanessa hereingefallen ist. Jetzt habe ich mein Profil genauso umgeschrieben und das Bild von einem griechischen Intellektuellen reingehängt. Willst du mal hören?"

Ohne eine Antwort von Linus abzuwarten, der trüb mit seinem heilen Auge in den Bierschaum starrte und sich selbst heftig bemitleidete, las Alfred vor: „Bin 37 Jahre alt, Schriftsteller, Autor von gefühlvollen Kurzgeschichten und Liebesgedichten, komme aus Bulgarien. Ich liebe die Natur, gehe gerne im Wald oder an einem See spazieren, mag lange und ernste Gespräche, träume gerne im Mondenschein und suche jemanden, der meine Begeisterung für gute Literatur, schöne Musik und niveauvolles Kino teilt. Bin Nichtraucher, Vegetarier, Tierfreund."

Erwartungsvoll sah er Linus an: „Was hältst du davon?"

„Volle Scheiße!", kommentierte Linus und nahm einen tiefen Schluck aus seinem Glas. „Nichts davon stimmt!"

„Ist doch egal! Glaubst du, der Typ, der Vanessa nach Prag abgeschleppt hat, hat die Wahrheit gesagt. Ist doch alles nur eine Masche, um solche romantischen Mädchen wie Vanessa anzulocken."

„Sie ist romantisch?", zweifelte Linus. „Ist mir bislang noch nicht aufgefallen. Fand sie immer eine coole Socke."

„Du kennst sie nicht. Sie träumt von solchen Sachen: Rotwein im Mondschein, Strandspaziergänge, tiefschürfende Diskussionen bei Kerzenlicht, Händchenhalten und Spazierengehen, all das Zeugs halt." Auch Alfred nahm einen tiefen Schluck. Diesem tschechischen Heiratsschwindler, dem würde er es geben.

Die Schnauze würde er ihm polieren, wenn er erst einmal aus Prag zurück war. Hoffentlich kamen sie zurück. Was, wenn Vanessa in Prag blieb?

Eine fixe junge Bedienung brachte das Essen und lenkte Alfred von seinen düsteren Gedanken ab.

Sie aßen beide den Kallex Deluxe 600 Gramm Rindfleisch Burger mit Barbeque Soße. Linus vertrat die Auffassung, dass nur Menüs mit möglichst vielen der kleinen Warnzahlen wirklich schmecken, wie sie sollten: „Wenn da nicht nach alter Väter Sitte dein Cholesterin hochgejazzt und deine Geschmacksnerven erschlagen werden, dann ist es nix!"

Sie untersuchten, was die kleinen Zahlen 1, 2, 3, 4–6, 9, 12 und 13, die sie auf der Speisekarte hinter den verschiedensten Menüs entdeckten, zu bedeuten hatten und einigten sich darauf, dass Konservierungsstoffe, Säuerungsmittel, phosphathaltige Zusatzstoffe, Süßstoffe, künstliche Aromen, Sorbinsäuren und Stabilisatoren immer ein Indiz für besonders wohlschmeckende Gerichte seien.

„Alex vom Kallex", der Chef des Burger-Restaurants, strahlte hinter der Theke eine buddhamäßige Gelassenheit aus, zu der auch sein gelichtetes Haupt gut passte, und belohnte Alfreds und Linus Trinkfestigkeit nach deren Bieren Nummer vier, fünf und sechs, mit einem „Shot" auf Kosten des Hauses. Es handelte sich um irgendetwas Feuerscharfes, so übel, dass Linus, der tatsächlich kein Kostverächter war, die zweite Runde, die von Alfred geordert wurde, unauffällig hinter der Holzpalette entsorgte, die als Dekoelement hinter ihrem Tisch klemmte.

Kallex-Alex, der die Gläser so schnell wieder leer sah, interpretierte dies als begeisterte Zustimmung und kündigte die nächste Runde auf seine Kosten an. Linus verdrehte das sichtbare Auge und lallte Richtung Alfred um Hilfe: „Noch scho ein scho … scho ein Schot … scho, scho … und ich bin platt!"

Es kam ihnen eine lärmende Horde Jugendlicher zu Hilfe, die in diesem Moment ins Kallex einfiel. Dieses Rudel minderjähriger Besserwisser und Großmäuler nahm mit aufdringlicher Lautstärke das Kallex in Beschlag. Die Familie mit dem jungen Zapfhahnexperten räumte das Feld. Und auch Alfred und Linus zahlten. Den Jungs mit ihren Brikettfrisuren und großen Klappen, sowie ihren 16-jährigen Mädchen, die sich aufgemotzt hatten wie 30-jährige Vamps, waren Linus und Alfred in ihrem Zustand nicht mehr gewachsen. Der Laden gehörte ab sofort dieser Jugendbande.

„Zehn Punkte!", wertete Alfred im Hinausgehen. „Der Burger war extraordinär!"

„Aber der Scho ... der scho ...", schwächelte Linus. Alfred ließ ihn nicht hängen: „Kumpel, du kannst nicht mehr fahren! Komm, gib mir den Autoschlüssel. Wir machen noch einen Abstecher ins Bistro!"

Alfred parkte den Porsche vor dem Hauptportal des Neustädter Münsters. Dort war immer frei. Alfred war der einzige Autofahrer der Stadt, der es wagte, dort sein Auto abzustellen. Nicht einmal der Pfarrer, der alles Recht der Welt und des Himmels gehabt hätte, getraute sich. Der heilige Christopherus in einer der Portalnischen hielt das Jesuskind auf der Schulter und einen wachsamen Blick auf den Porsche. Es konnte nichts passieren.

Der Rest des Abends ist schnell erzählt. Im Bistro Door Knocker in der Hauptstraße trafen sie den Knoddle, den sie aus der Spritz kannten. Mit ihm stiegen sie auf Weißweinschorle um, bis sich ein breitschultriger Henry zu ihnen an die Theke gesellte, der Asbach-Cola besser fand als Weinschorle. Nach der Asbach-Cola-Phase kehrten sie gegen Mitternacht zum Bier zurück, nunmehr flankiert von einigen spät eingetroffenen Bardamen, die Alfred noch von der Fasnet her als „Wälderhexen" kannte. Erst schwätzte ihm Tanja ein Bier ab, dann Andrea, dann Martina. Dann polterte Linus, der zwischendurch einge-schlafen war, mit viel Lärm vom Barhocker und musste vom schwankenden Alfred und den zupackenden Wälderhexen mit vereinten Kräften wieder aufgerichtet werden. Kaum stand er, fiel er auch wieder um. Hinter der Theke kam Timo der Wirt hervor, besah sich die Lage und entschied, dass es sowohl für Alfred als auch für Linus genug sei.

Trotzdem vergab Alfred „zehn Punkte", als er mit Linus im Arm durch eine schmale Hintergasse Richtung Münster zu-rück wankte. Die Mainacht war mild. Alfred lud Linus auf den Beifahrersitz im Porsche, wo er ihn schnarchend zurückließ.

Alfred gerät ins Schwitzen

Als Alfred aufwachte, lag er zusammengerollt auf dem Flur in einem fremden Treppenhaus. Sein Kopf ruhte auf einem Fußabtreter. Alle Knochen taten ihm weh. Etwas quetschte seine Rippen. Er zog es unter seinem Körper hervor. Es war ein zusammengefalteter Knauf-Regenschirm. Das Treppenhaus war nicht Alfreds Treppenhaus. Das sah anders aus. Im Haus am Adlerbuckel gab es ein hölzernes Treppengeländer und auch die Treppe selbst war dort aus Holz. Hier war sie aus marmorierten Steinplatten. Über ihm an der Decke flackerte ein müdes Treppenhauslicht. Er schloss die Augen. Welche Katastrophe war vergangene Nacht noch geschehen? Mühsam kroch die Erinnerung in seinen Schädel: Er war mit Linus aus dem Bistro geflogen. Dann hatte er Linus nach Hause gebracht. Nein, falsch! Er hatte Linus im Porsche deponiert. Aber was war dann geschehen? Und wieso war er hier? Er öffnete die Augen wieder. Das Treppenhaus kam ihm bekannt vor. Die kleinen Fenster am Zwischenabsatz, die Blumen, die graue Matte, auf der er lag. Mühsam hob er den Kopf und las auf dem Fußabtreter: „Ab hier bitte Lächeln!" So einen Fußabtreter kannte er. Anna besaß genau den gleichen.
Anna!
Im Nu war Alfred auf den Beinen. Er stand vor Annas Wohnungstür. Da waren die Klingel und das Namensschild: „Anna und Peter Sterzer".
Es wollte ihm trotz größter Anstrengungen nicht einfallen, wie er in der vergangenen Nacht hierhergekommen war. Annas Wohnung befand sich im Dachgeschoss eines der schmuck hergerichteten alten Häuser an der Hauptstraße. Hier war sie nach der Hochzeit mit Peter Sterzer eingezogen. Einige Male war Alfred eingeladen gewesen. Er hatte sogar schon in dieser

Wohnung übernachtet, als sie noch von Peter Sterzer allein bewohnt worden war. Hatte er womöglich in der Nacht versucht, Anna herauszuklingeln? Oh mein Gott! Was hatte er nur angestellt? Sein Schädel dröhnte, und es waren nicht nur die Nachwirkungen der nächtlichen Sauftour, sondern viel mehr noch das schlechte Gewissen, das ihm Kopfschmerzen bereitete. Wenn er sich nur erinnern würde. Aber so sehr er sein matschiges Gehirn auch marterte, es kam keine Erinnerung. Er konnte sich lediglich an den Fakten festhalten: Er hatte vor Annas Wohnungstür geschlafen. Hatte er auch versucht, sie in der Nacht noch herauszuklingeln? Wenn er das erfahren wollte, musste er jetzt noch einmal klingeln. Aber wollte er das, in dem Zustand, in dem er sich befand? Was, wenn Anna gar nicht wusste, dass er vor der Tür gelegen hatte? Dann würde er sich nur blamieren. Aber wenn sie es wusste, war dann nicht sowieso schon alles zu spät?

Wie er es auch drehte und wendete, er fand kein wirklich gutes Argument, um Anna jetzt herauszuklingeln. Ein Blick auf die Uhr: Es war noch nicht einmal 7 Uhr in der Frühe. Der Knauf-Regenschirm hatte ihn geweckt. Er stopfte ihn in den Schirmständer aus Messing, der seitlich neben der Wohnungstür stand. Dann schlich er sich so leise und unauffällig wie es ihm in Begleitung seines Katers möglich war die Treppe hinunter und verließ das Haus.

Er wankte in seine eigene Wohnung. Dort warf er sich ins Bett und blieb darin bis zum späten Nachmittag. Die nächsten zwei Tage bunkerte er sich ein, im Wechsel zwischen seiner Wohnung und der ein Stockwerk tiefer gelegenen Redaktion von Goodwood Wälder-News. Dann ging sein Vorrat an Wurstbüchsen und Knäckebrot zur Neige. Er fing den Flaschensammler Hector ab, stattete ihn mit Kleingeld aus und beauftragte ihn, Nachschub aus Kopfmanns-Wurstautomat zu besorgen.

Das war ein Missgriff. Als Hector endlich nach vielen Stunden zurückkehrte, war die Hälfte der Büchsen geöffnet und angebrochen.

„Hab … hab … hab halt reingeguckt", stotterte Hector schuldbewusst. „Wollt wissen, ob das schmeckt."

Alfred besah sich die Bescherung. Hector stand im Treppenhaus und beobachtete ihn treuherzig. „Ist noch viel übrig", versicherte er treuherzig.

„Wo ist das Restgeld?", fragte Alfred streng.

Hector schürzte empört die Lippen: „Nichts übrig!", behauptete er.

Alfred seufzte. Hector war nicht beizukommen. Auch mit Strenge nicht. Aber die angebrochenen Wurstbüchsen sahen nicht mehr appetitlich aus. Er würde sie entsorgen müssen.

„Das da schmeckt gar nicht gut", verkündete Hector und deutete auf eine der geöffneten Büchsen, aus der klebrig langsam eine rötliche Soße tropfte.

„Das ist Currywurst, du Vollidiot! Die muss man heiß machen!", schimpfte Alfred.

„Ach so", gab sich Hector betroffen und schürzte schmollend die Lippen. „Hab … hab … hab ich ja nicht gewusst."

Da ihm langsam auch die Getränke ausgingen und außerdem die Lebensgeister längst wieder zurückgekehrt waren, beschloss Alfred, wieder unter die Menschen zu gehen. Anna hatte sich bis dahin nicht gemeldet, weder per Telefon noch per Whatsapp. Auch Linus war stumm geblieben. Keine Nachricht von Vanessa. Nichts von Jochen Schiller. Lediglich Tim Joy gab Lebenszeichen aus Freiburg. Seine Nachricht lautete: „Habe mal die Internetseite der Hetzelianer geknackt und dich als Ehemaligen angemeldet. Man muss dazu einen Account von den Betreibern der Seite freischalten lassen. Dann hat man Lese- und Schreibrechte. Du kannst jetzt dort zum Chatten rein."

„Wow!", antwortete Alfred mit einer Vollversammlung von Smileys. „Und wer bin ich, wenn ich da chatte? Wessen Identität hast du mir gegeben?"

„Du bist Giuseppe de Angelis, der ehemalige Barkeeper. Ein toller Hecht, ein Italo-Macho, in den damals alle vernarrt waren."

„Bist du wahnsinnig?", wehrte sich Alfred.

Aber Tim Joy beruhigte ihn: „Ich habe das geprüft. Der richtige de Angelis ist bisher noch nicht in diesem Forum angemeldet. Wahrscheinlich weiß er gar nichts von dessen Existenz. Bedenke, dass er rund 40 Jahre lang in Italien gelebt und keinen Kontakt mehr nach Schluchsee gehabt hat. Und außerdem sitzt er immer noch in Freiburg in Untersuchungshaft, der hat gerade andere Sorgen."

Da mochte Tim Joy Recht haben. Alfred klickte sich kurz in den geschützten Bereich der Hetzelianer hinein. Er las: „Hier tauschen sich Ehemalige – vom Azubi und ehemaligen Direktor, Wirtschaftsmanager und Koch bis hin zum Restaurantfachmann und zur früheren Rezeptionistin – aus, finden oder suchen verloren gegangenen Kontakt zu Ihren Ex-Kolleginnen oder Kollegen, erfahren Neuigkeiten aus alter Wirkungsstätte oder plaudern im Forum über vergangene und jetzige Zeiten. Du warst Angestellter im Hetzel Hotel Hochschwarzwald in Schluchsee? Dann melde dich im Forum kostenlos an und werde Teil der HHH-Community. Erfahre was aus deinen Ex-Kollegen geworden ist, wo sie sich aufhalten, was sie heute arbeiten und vieles mehr."

Alfred grübelte, ob er erst einmal alle Einträge und älteren Postings in Ruhe nachlesen, ansonsten aber stumm bleiben wollte, verwarf das aber und tippte unter dem Namen von Giuseppe de Angelis stattdessen ein: „Wer erinnert sich noch an Schlucksee 1982?"

Da er nicht sofort mit Antworten rechnete, verließ er die Seite wieder. Er setzte sich in den roten Flitzer und gondelte gemütlich nach Schluchsee zum Waldhotel. Es führte kein Weg daran vorbei, er musste noch einmal der Hotelbetreiberin Mirri Ansbach auf den Zahn fühlen.

Ohne echten Plan bog Alfred auf den Parkplatz vor dem Waldhotel ein. Er hielt Ausschau nach Ralf Ansbach, dem er auf keinen Fall begegnen wollte. Doch die Tauchschule war geschlossen, vom missratenen Sohn der Hotelbesitzerin keine Spur.

Spontan entschied Alfred, eine Nacht im Hotel zu verbringen. Er checkte sich bei der jungen Hotelangestellte Hedi ein, die die Rezeption besetzt hielt.

„Ist Mirri … äh, Frau Ansbach … ist sie nicht im Haus?", fragte er vorsichtig.

„Oh doch, sie ist da. Im Kosmetikstudio. Soll ich ihr eine Nachricht hinterlassen."

„Gerne", nahm Alfred das Angebot an. „Sagen Sie ihr, ich würde mich freuen, sie nach dem Abendessen in der Bar zu treffen. Ich warte dort."

Als Alfred später in die Hotelbar einlief, war Mirri Ansbach bereits anwesend und stand dem livrierten Barmann im Weg, der dazu säuerlich grinste. Sie hatte sich in ein atemberaubend enges Kleid gezwängt, ihr geboostertes Blondhaar zu einem helmartigen Hochbeet toupiert und so viel Farbe im Gesicht, dass im Dämmerlicht der Bar von ihren 62 Lebensjahren mindestens 30 wie verschwunden schienen. Sie schenkte Alfred ein volllippiges Lächeln und blinkerte vielversprechend mit ihren käferartigen künstlichen Wimpern. Noch ehe auch nur ein einziges Wort gesprochen war, begriff Alfred diesen Empfang als unverblümte Einladung zum Flirt.

Er schwang sich auf einen der mit rotem Kunstleder bezogenen Barhocker, bestellte bei Mirri, die hinter der Bar hantierte, einen Bitter Lemon mit Wodka und schenkte der Hotelbetreiberin seinen herzigsten Dackelblick. Wenn sie es darauf anlegte, dann wollte auch er es darauf anlegen. Schließlich wollte er ihr mit seiner bewährten Charmeur-Masche ein paar Geheimnisse entlocken, die Atmosphäre dafür schien günstig.

Sie plauderten über Belanglosigkeiten. Alfred vermied es, das Gespräch in Richtung Schlucksee zu lenken. Er hoffte darauf, dass Mirri vielleicht von selbst darauf kommen würde. Doch zunächst sprachen sie nur über den bevorstehenden „Großen Preis von Schluchsee", bei dem „mein Ralfi", wie Mirri Ansbach ihren Sohn nannte, als haushoher Favorit an den Start gehen würde.

„Wie soll das funktionieren, ein solches Modellautorennen rund um den Riesenbühl?", fragte Alfred ehrlich interessiert. „Da stehen sich die Piloten mit ihren Funkgeräten doch gegenseitig im Weg."

Mirri klärte ihn auf: „Die Piloten stehen im Riesenbühlturm. Der ist nach allen Seiten offen, so dass sie von dort den Überblick über die gesamte Rennstrecke haben. Das Publikum steht außerhalb der Rennstrecke."

Nach dem zweiten Wodka Lemon bequemte sie sich hinter dem Tresen hervor, hinter dem sie sich bis dahin verbarrikadiert hatte, und nahm auf dem Barhocker neben Alfred Platz. Dabei überschlug sie ihre fabelhaften Beine kunstvoll, was auf langjährige Übung in dieser Disziplin hindeutete. Wieder schien es Alfred, als legte sie es darauf an, ihm den Kopf zu verdrehen.

Aber was sollte das? Mirri Ansbach war beim besten Willen nicht Alfreds Typ, sie passte überhaupt nicht in sein Beuteschema. Auch wenn sie sich vorzüglich gehalten hatte: Sie war doppelt so alt wie er, viel zu alt also, zu blond, zu affektiert und bei allem was sie sagte oder tat eine Spur zu schrill. Dennoch empfand Alfred ihre Ausstrahlung als hochgradig erotisierend. Hin und wieder tätschelte sie beiläufig Alfreds Hand, und selbst wenn es so getarnt war, er empfand es keineswegs als harmlose mütterliche Geste.

Als nach dem dritten Wodka-Lemon immer noch der schöne Ralfi und sein wahnsinniges Organisationstalent Thema waren, beschloss Alfred den harten Cut: „Können wir mal von etwas anderem reden?", fragte er unvermittelt.

„Aber natürlich, Süßer", säuselte Mirri und tätschelte Alfreds Handfläche. Beiläufig stießen dabei ihre Knie gegen seine. Er entzog sich mit einer Vierteldrehung des Barhockers.

„Ich dachte, du interessierst dich für das Modellauto-Rennen. Es wird ein echter Höhepunkt. Die HTG macht Werbung dafür im Radio. Es gibt zurzeit kein anderes Thema in ganz Schluchsee."

„Doch", widersprach Alfred. „Der Mord an Jassi Hog ist immer noch überall Gesprächsstoff."

Mirri rollte in gespielter Gereiztheit mit den Augen und bemerkte spitz: „Die Polizei tappt im Dunkeln, soviel ist klar. Der arme Tscheppo ist doch unschuldig. Wie können sie ihn bloß verdächtigen?"

„Giuseppe de Angelis hätte ein Motiv", warf Alfred entgegen seiner Überzeugung ein. „Irgendein Geheimnis rund um seine Vaterschaft und um die Tochter von Knerri. Vielleicht wollte Jassi ihn erpressen?"

Unwillig schüttelte Mirri ihren blondierten Kopf und setzte den Cocktail ab, an dem sie bis dahin genippt hatte: „Kalt! Völlig kalt!", sagte sie und fuhr fort: „Jetzt hör mir mal zu! Jassi wollte Tscheppo nach 40 Jahren seine Tochter zeigen. Ich habe mit ihr deswegen gestritten, weil wir Knerri unser Ehrenwort gegeben haben, ihm nie etwas davon zu verraten. Und nun ist Jassi tot. Überlege mal, mein süßer Hobbydetektiv, wer ein Interesse daran haben könnte, dass sie nicht mehr reden kann. Doch bestimmt nicht der arme Tscheppo …"

„Knerri?", fragte Alfred zaghaft. Der Gedanke gärte schon länger in ihm.

„Aha, du schlauer Junge!" Sie tippte Alfred mit ihrem Zeigefinger auf die Nase. „Jetzt wird es schon wärmer. Richtige Spur!" Sie lächelte diabolisch. Irgendetwas hatte sie noch in der Hinterhand.

„Es hat etwas mit Schlucksee zu tun", riet Alfred ins Blaue hinein. „Mit der Nationalmannschaft im Hetzel Hotel?"

„Heiß!", bestätigte Mirri. „Ganz heiß! Jetzt bist du auf der richtigen Fährte."

„Willst du es mir erzählen?", fragte Alfred hoffnungsfroh. Er hatte das Gefühl, dass Mirri ihm gezielt ein paar Hinweise geben wollte.

Sie zog eine Schnute, als müsse sie überlegen. Dann warf sie stirnrunzelnd Blicke auf den Barkeeper und auf die übrigen Gäste in der Hotelbar, die allesamt in Hörweite um die halbrunde Theke saßen.

„Wenn wir den Standort wechseln", gurrte sie verheißungsvoll. „Was hältst du von einem Saunagang? Lass uns gemeinsam in die Hotelsauna gehen. Da ist um diese Uhrzeit niemand mehr."

Alfred musste schlucken. Hotelsauna? Er und Mirri? Das klang nach Stress. Schon lief ihm der Schweiß, aber er nickte folgsam: „Warum nicht."

So landeten sie wenig später im Wellness-Bereich im Untergeschoss des Waldhotels, wo Alfred zunächst minutenlang unter der Dusche verharrte, um einen klaren Kopf zu bekommen. Mirri war unzweifelhaft eine mannstolle Nymphomanin. Allein ihre Blicke, als sie ihn in die Sauna einlud, hatten ihm Angst eingeflößt. „Reiß dich zusammen", sagte er zu sich selbst. „Du wirst dich doch nicht vor einer nackten 62-Jährigen fürchten!" Entschlossen wickelte er sich in ein großes weißes Hotelhandtuch ein und betrat die Saunakabine. Mirri saß schon dekorativ auf der hölzernen Bank, von der Brust bis zu den Knien ebenfalls in ein weißes Handtuch gewickelt, aber so, dass an den strategisch wichtigen Stellen wie zufällig Haut aufblitzte: Ein Stück Oberschenkel, der Brustansatz unter den Armen, ein großzügiges Dekolletee, noch offenherziger, als es schon ihr Kleid in der Bar dargeboten hatte. Alfred setzte sich ein Stockwerk tiefer und demonstrativ so weit wie möglich entfernt von Mirri. Die Saunakabine war auf acht oder zehn Personen ausgelegt. Sie bot genug Platz für Sicherheitsabstände.

Eine Weile schwitzten sie stumm vor sich hin, Mirri mit geschlossenen Augen. Alfred hielt seine Blicke gesenkt.

„Du hast nach Schlucksee gefragt", sagte Mirri schließlich.

„Da wart ihr drei, Knerri, Jassi und du, im Hetzel Hotel angestellt", nahm Alfred das Thema dankbar auf. „Ihr hattet etwas mit den Fußballnationalspielern."

Mirri kicherte zustimmend: „Ja, kann man so sagen. Nicht mit allen. Einige waren prüde wie Mönche. Aber es waren auch richtig nette Jungs darunter. Manche waren so ausgehungert, dass sie in einer Nacht von mir zu Jassi und von Jassi zu Knerri wechselten."

„Ich habe im Buch von Toni Schuhmacher darüber gelesen", gab Alfred seinen Wissensstand preis. „Er hat geschrieben, dass manche aus der Mannschaft bis zum Morgengrauen bumsten."

„Ich habe nie auf die Uhr geschaut", erwiderte Mirri neckisch. „Aber ja, es stimmt. Einige waren unersättlich."

Bei diesen Worten erhob sie sich von ihrem Sitzplatz, um einen kleinen Aufguss zu veranstalten. Dabei ließ sie es zu, dass ihr das Handtuch bis über die Brüste verrutschte. Sie machte keine Anstalten, es wieder zurechtzurücken. Mit blankem Busen stand sie vor dem Saunaofen und goss aus einer Schöpfkelle Flüssigkeit auf die heißen Saunasteine. Es zischte. Eine Dampfwolke stieg auf. Mirri ließ die Hüllen fallen und nutzte ihr Handtuch, um es wie ein Lasso über dem Kopf zu schwingen.

Sie verteilte die heiße Luft in der gesamten Kabine. Mit der explodierenden Hitze stieg Alfred auch ein Duft von Fichtennadeln und Moos in die Nase.

Er hörte Mirri sagen: „Das ist der spezielle Waldhotel-Aufguss: Fichte, Latschenkiefer, Alpenzirbe und Minze. Tolles Aroma, nicht wahr?"

Ohne eine Antwort abzuwarten, setzte sie sich wieder. Diesmal direkt neben Alfred. Zwei Brüste wogten ihm entgegen. Ihre nackten Oberarme berührten die seinen. Ihr Handtuch schlug sie nachlässig über die Oberschenkel, ohne damit wirklich etwas zu verbergen. Wie zufällig nahm sie auch mit ihrem Knie Körperkontakt zu Alfred auf. Alfred wusste nicht, wohin mit seinen Blicken. Mirri schien es zu genießen.

„Wir haben den Fußballkerlen die Köpfe verdreht, soviel ist sicher", nahm sie den Faden wieder auf. „Die haben uns sogar Heiratsanträge gemacht."

„Geht bei Fußballern schnell", flüchtete Alfred sich in eine angelesene Weisheit. „Lothar Matthäus war schon fünfmal verheiratet."

„Ach der Lothar", erinnerte Mirri sich. „Das war ein ganz Süßer. Aber auf mich stand er nicht. Blondinen waren nicht sein Ding ..."

Alfred versuchte abzurücken, weil ihn Mirris Nähe zunehmend nervös machte. Außerdem zeigte sein bestes Ding bereits verräterische Reaktionen. Zum Glück konnte er sie unter dem Handtuch verbergen.

„Was hat Schlucksee mit dem Mord an Jassi zu tun?", fragte Alfred geradeheraus.

Mirris Hand strich über Alfreds Handtuch, ausgerechnet da, wo sie nicht hätte sein dürfen. Sie übte sanften Druck aus, als müsse sie sich beiläufig bei ihrer Antwort irgendwo abstützten: „Jassi wurde schwanger", flüsterte sie Alfred ins Ohr. Und

dann, jetzt ganz eng an Alfred gepresst, fügte sie hinzu: „…
und rate mal, wer der Vater war."

Alfred besaß keine Fluchtmöglichkeit mehr. Er spürte Mirris
Zungenspitze in seinem Ohr und ihre Hand unter dem Handtuch. Das war ein Frauenzimmer. Auf was hatte er sich bloß
eingelassen?

„Der Vater? De Angelis …, der italienische Barmann …",
stammelte er. „Oder etwa doch nicht?"

Mirris Zunge wanderte von Alfreds Ohr zu seinem Hals. Sie
flüsterte: „Knerri kam auf die Idee, ihr Kind einem der Fußballer anzuhängen. Es kamen ja genug dafür in Frage …"

„Aber, aber …. wie …. wieso?"

„Dummerchen", gurrte Mirris rauchige Stimme, während ihre
Hand nach Alfreds bestem Stück tastete und dabei nicht lange
suchen musste: „Giuseppe war damals ein armer Hungerleiter.
Ein Barkeeper und Hilfskellner. Er hatte nichts und er war
nichts. Mit so einem ist Jassi zwar in die Kiste gehüpft, aber
als Vater ihrer Tochter wollte sie ihn nicht haben. Wo sie doch
reichlich Auswahl hatte …"

„Du meinst …. du meinst …"

„Auch die Nationalspieler hatten so einen strammen Max",
zirpte Mirri weiter und begann zur Bekräftigung den strammen Max zu kneten. Alfred seufzte und verfluchte den verräte-
rischen Halunken. Der Schweiß rann ihm in Strömen.

Mirri fuhr fort: „Knerri hatte drei Nationalspieler zur Auswahl. Sie hat an alle drei ein paar Briefchen verschickt und
Fotos von der süßen, kleinen Annika. Alle drei haben ihr die
Geschichte von der Vaterschaft geglaubt. Alle drei haben anstandslos gezahlt."

„Wie? Anstandslos gezahlt? Was meinst du damit? Haben sie
Alimente gezahlt?"

„Nein, nein, darauf ließen sie sich nicht ein. Sie haben jeweils
einmalige Abfindungen bezahlt. Alles mit Anwälten geregelt.

Nette Sümmchen. Genug Geld, dass Knerri, Jassi und ich uns das Hotel kaufen konnten."

Alfred merkte auf: „Ihr drei? Ihr stecktet unter einer Decke und habt die Fußballnationalspieler gemeinsam erpresst?"

Mirri kicherte fröhlich: „Gemeinsam unter einer Decke ist doch nicht schlecht". Ihre geübten Finger demonstrierten sofort, was sie damit meinte. Alfreds Schweißwallungen nahmen weiter zu, auch ohne Aufguss.

„Jassi und ich waren die Zeuginnen", fuhr Mirri fort. Ihre Mund waren mittlerweile gefährlich nahe an Alfreds Mund herangepirscht. Mit der Zunge umkreise sie sein Kinn. Alfred schnaufte schwer.

„Wir haben damals sogar ein paar Polaroidfotos besessen, die kein Fußballnationalspieler gerne in der Boulevardpresse gesehen hätte. Es war leicht, die Kerle zum Zahlen zu bringen."

Mirris Finger unter Alfreds Handtuch arbeiteten fleißig weiter, während Alfred versuchte, einen klaren Kopf zu bewahren: „Ihr habt mit dem Geld das Hotel gekauft und euch gegenseitig geschworen, niemals jemandem ein Sterbenswörtchen zu erzählen? Selbst Julie durfte nicht wissen, wer ihr Vater ist. War es so?"

„Jassi und ich haben das Hotel gekauft", bestätigte Mirri, während sie versuchte, Alfreds passiven Widerstand zu durchbrechen. „Knerri hat sich gleich auszahlen lassen und wollte nichts mehr mit Hotel und Gastronomie zu tun haben. Wir mussten ihr aber versprechen, niemals etwas zu verraten. Das war unser gemeinsames Geheimnis."

„Aber Jassi wollte es jetzt brechen?", kombinierte Alfred. „Sie hat Giuseppe de Angelis informiert. Sie wollte ihm Annika zeigen. Musste sie deshalb sterben?"

Mirris Zunge unternahm einen spielerischen Vorstoß Richtung Alfreds Zunge. Dabei säuselte sie: „Das musst du selber herausfinden. Die Polizei ist zu blöde dafür. Aber du, du bist ein schlaues Kerlchen …" Nun rückte sie Alfred endgültig auf den Leib. Schon schob sich ihr schwitzender Körper auf seinen Schoß.

Alfred keuchte schwer. Mühsam brachte er hervor: „Die Sanduhr ist abgelaufen. Ich geh dann mal raus …"

Töchter wissen nichts

Da Alfred schon mal in Schluchsee war, nutzte er den nächsten Tag, direkt nach dem eiligen Auschecken aus dem Waldhotel, um nun endlich Annika Fredeler kennenzulernen, die Tochter der ermordeten Jassi Hog. Er hatte Glück und konnte sie vor ihrem Arbeitsantritt an der See-Apotheke abfangen. Er stellte sich der Frau einfach vor dem Eingang zur Apotheke in den Weg. Dem Apotheker Peter Johe, der die Ladentür aufschloss, versprach er: „Nur ein paar Fragen, es geht nicht lange."

„Wer sind sie überhaupt", fragte Annika.

Wahrheitsgemäß antwortete Alfred: „Ich bin Journalist. Ich recherchiere den Mord an Ihre Mutter."

Annika Fredeler Hog war eine attraktive Frau Anfang 40, eine schlanke, gepflegte Erscheinung mit streng zurückgekämmtem Haar, wachen Augen und fröhlichen Fältchen um die Mundwinkel. Sie schenkte Alfred einen skeptischen Blick.

„Ist das nicht Aufgabe der Polizei?", fragte sie kühl.

„Die Polizei verdächtigt den Falschen. Einen armen Kerl aus Italien."

„Ich habe davon gehört und gelesen", bestätigte die Apothekenhelferin. „Warum glauben Sie, dass er unschuldig ist?"

Immerhin hatte Alfred sie jetzt so weit, dass sie Fragen stellte und sich auf ihn einließ. Er setzte ihr ausführlich auseinander, warum er Giuseppe de Angelis für unschuldig hielt und was er bis dahin über den Mordfall herausgefunden hatte. Sie hörte geduldig zu und fasste dann mit ihren Worten zusammen: „So, so, Sie glauben also, dass meine Mutter ermordet wurde, weil sie der längst erwachsenen Tochter ihrer Jugendfreundin Knerri nach 40 Jahren ihren leiblichen Vater bekanntmachen wollte. Das scheint mir ein etwas seltsames Mordmotiv zu sein."

„Kennen Sie die Tochter von Knerri", fragte Alfred. „Sie müssten doch ungefähr im gleichen Alter sein."

„Sie ist etwas älter als ich. Ich kenne sie nur vom Sehen. Sie arbeitet drüben in der Buchhandlung Hall."

„Hat Ihre Mutter nie mit Ihnen über sie gesprochen?"

Annika schüttelte den Kopf: „Sie hat generell nicht über ihre frühe Zeit im Hetzel Hotel gesprochen. Das war ihr peinlich. Solange Papa noch bei uns … äh, meine Eltern haben sich getrennt, als ich noch klein war …"

„Ich weiß. Ich habe bereits mit Winfried Sprödel gesprochen", half Alfred aus der etwas verklemmten Situation.

„Als er noch bei uns gewohnt hat", nahm Annika den Faden wieder auf, „haben sie manchmal über das Hetzel gesprochen, Mama wollte immer, dass er dort weggeht und stattdessen eine Tennisschule beim Waldhotel aufmacht. Aber er wollte nie."

„War das der Grund für ihre Trennung?"

Anika winkte ab: „Was Sie alles wissen wollen. Das geht Sie doch überhaupt nichts an. Aber ich kann Ihnen verraten, dass sie über ganz andere Dinge gestritten haben. Es hat einfach nicht gepasst. Aber Knerri und ihre Tochter waren nie ein Thema bei uns."

„Es war ja auch ein Geheimnis", raunte Alfred vielsagend. „Sonst hätte Knerri nicht drei gestandenen Fußballnationalspielern das Geld aus der Tasche ziehen können."

„Wenn Sie diese Geschichte von Miriam Ansbach gehört haben, dann sollten sie das eher nicht für bare Münze nehmen. Die alte Hure lügt, wenn sie den Mund aufmacht."

Alfred merkte auf: „Höre ich da heraus: Sie halten nicht besonders viel von ihr?"

Annika lachte schrill: „Das haben Sie aber milde ausgedrückt. Miriam Ansbach ist ein verschlagenes Luder. Sie hat meine Mutter zur Verzweiflung getrieben. Sie hat die große Hoteldame gespielt, während Mama für das Hotel Tag und Nacht gerackert und geschuftet hat. Ohne sie wäre das Waldhotel nicht da, wo es heute steht. Meine Mutter hat sich kaum einen freien Tag gegönnt, keine Freundschaften, keine Hobbies."

„Außer Tauchen", warf Alfred ein. „Angeblich war sie regelmäßig im See zum Tauchen."

„Ja", bestätigte Annika. „Das hat sie zuletzt noch gemacht. Sie hat ja auch dem dämlichen Ralf zur Tauchschule verholfen. Das war ihre Idee. Sie hat auch die Tauchlehrerin eingestellt, die jetzt Ralfs Busenfreundin ist."

Alfred merkte sich dieses Detail. Am Morgen hatte er eine Whatsapp von Linus erhalten: „Habe uns zum Tauchkurs angemeldet. In zwei Wochen geht's los. Halt schon mal die Luft an!"

Spätestens mit dem Tauchkurs würde Alfred Ralfs Freundin Silvie kennenlernen. Vielleicht lag Oberkommissar Junkel ja richtig und die Tauchlehrerin wusste etwas über das rätselhafte Verschwinden der beiden an der Staumauer aufgefundenen Tauchausrüstungen. Aber zunächst verfolgte Alfred eine andere Spur. Er fragte Annika: „An dem Tag, als Ihre Mutter ermordet wurde, vermutlich beim Tauchen im See, da war sie in Begleitung. Mehrere Zeugen am Anlegeplatz bei der Segelschule in Aha wollen sie zusammen mit einer zweiten Frau gesehen haben. Waren Sie das?"

Annika schnappte empört nach Luft: „Was wollen Sie damit sagen?"

Eilig winkte Alfred ab: „Keine Sorge, ich verdächtige Sie nicht. Auch wenn Ihr Verhältnis zu Ihrer Mutter angeblich auch nicht das Beste gewesen sein soll. Aber Knatsch zwischen Mutter und Tochter ist schließlich kein Grund, die eigene Mutter umzubringen. Sonst gäbe es viele tote Mütter …" Er wollte witzig klingen, aber es entstand ein peinlicher Moment der Stille.

„Ich muss zur Arbeit", sagte Annika schroff und warf demonstrativ einen Blick auf ihre Armbanduhr. „Wir reden schon viel zu lange."

„Nur noch eine letzte Frage", bettelte Alfred und sprach sie aus, noch ehe Annika ihn abwehren konnte: „Diese Frau, mit der Ihre Mutter die Segeljolle bestieg, wer könnte das gewesen sein? Haben Sie eine Idee?"

Annika drückte bereits die Ladentür auf. Sie wand sich noch einmal kurz um und antwortete: „Wenn es niemand vom Hotel oder von der Tauchschule war, dann weiß ich nicht. Sie hatte keine Freundinnen mehr."

Alfred machte sich im Geiste eine Notiz: Nach den Ermittlungen von Junkel war es niemand vom Hotel oder von der Tauchschule gewesen. Sie hatte keine Freundinnen mehr? Vielleicht eine ehemalige Freundin? Vielleicht Knerri? Die Zeugen konnten keine exakte Personenbeschreibung liefern, sie hatten alle lediglich übereinstimmend ausgesagt, es sei eine Frau ungefähr im Alter der ermordeten Jassi Hog gewesen. Damit schied auch die junge Taucherin aus, die Alfred durch sein Fernglas auf der Jolle Schluchseenixe beobachtet hatte. Eine Weile hatte er spekuliert, es könne sich dabei vielleicht um Jassis Tochter Annika gehandelt haben. Aber jetzt, da er Annika aus der Nähe gesehen hatte, schloss er diese Möglichkeit aus. Die Frau auf der Jolle war mindestens um zehn Jahre jünger gewesen.

Die Tür zur Apotheke schlug zu. Annika war im Innern verschwunden. Alfred stand noch eine ganze Weile vor dem Schaufenster und sortierte seine Gedanken. Viel hatte diese Befragung ihm nicht gebracht. Dass Annikas Eltern sich früh getrennt hatten, hatte er bereits gewusst. Ebenso, dass Jassi und Mirri in der gemeinsamen Führung des Hotels nicht gut miteinander klargekommen waren. Jetzt wusste er noch zusätzlich, wie der unbrauchbare Ralf zu seiner Tauchschule mitsamt

Tauchmausi gekommen war. Aber nichts, was ihn in seinen Nachforschungen weiterbrachte. Er beschloss, nun auch noch Knerris Tochter aufzusuchen. Der Buchladen Hall war nicht weit. Alfred machte einen Spaziergang, vorbei am Kurhaus und am Rathaus, querte den Kirchplatz und bog in den leicht ansteigenden Dresselbacher Weg ein, wo sich rechterhand die Buchhandlung Hall befand.

Alfred tat so als studiere er das Schaufenster, auf dem ein großes Plakat der HTG prangte. Es kündigte den „Großen Preis" von Schluchsee an. Alfred fotografierte es mit dem Smartphone ab und verschickte das Foto Richtung Tim Joy nach Freiburg. Der interessierte sich für alles, was man per Knopfdruck und ferngesteuert in Bewegung setzen konnte. Aus den Augenwinkeln beobachtete er das Innere des Ladens. Eine Frau mittleren Alters sortierte Papiere auf der länglichen Verkaufstheke. Das musste Julie sein, die Tochter von Knerri. Alfred vermeinte, in ihrem runden, freundlichen Gesicht und ihrem dunklen Teint Ähnlichkeiten zu Giuseppe de Angelis zu erkennen. Außer ihr war lediglich noch eine ältere Dame im Laden, die hektisch in den Auslagen Bücher von links nach rechts und wieder zurück räumte. Im Schatten hinter der Theke erkannte Alfred einen rückwärtigen Ausgang. Dort stand ein altertümlicher Lehnsessel auf den dekorativ eine lebensgroße männliche Großvaterpuppe drapiert war, die aussah wie ein englischer Lord. Die Gelegenheit schien günstig, da keine Kunden im Laden waren. Alfred betrat entschlossen das Innere.

Die ältere Dame musste Ingeborg Hall sein, die Inhaberin. Sie registrierte Alfred, überließ ihn aber zunächst sich selbst. Alfred heuchelte Interesse an den Bücherregalen, die bis unter die Decke die Rückwand des Ladens füllten. Wahllos zog er das eine oder andere Buch aus dem Fach, blätterte abwesend darin oder las den Klappentext und schielte die ganze Zeit nach Julie.

Niemand machte Anstalten, sich um ihn zu kümmern. Er räusperte sich vernehmlich. Jetzt wurde die Ladeninhaberin aufmerksam. „Kann ich behilflich sein?", fragte Ingeborg Hall, ohne von ihrer Tätigkeit aufzusehen. „Einen Moment Geduld, bin gleich für Sie da!" Dann vergaß sie ihn wieder. Alfred blätterte in seiner Not im nächstbesten Krimi. Er wurde auf dem Cover als „Schwarzwaldkrimi – das Original" angepriesen und hieß „Bierleichen". Kannte er den Autor? Der Klappentext versprach einen „amüsanten Kriminalroman mit vielen Bezügen zu bekannten Orten und Persönlichkeiten der Region". Alfred schnaubte herablassend. Das hatte er selbst zur Genüge in seinem aktuellen Fall, Bezüge zu bekannten Orten und Persönlichkeiten der Region. Dafür brauchte er keinen zusammengeschwindelten Krimi.

„Mögen Sie das?", fragte eine klare Frauenstimme. Julie stand vor Alfred und lächelte ihn kundenorientiert an. „Diese Schwarzwaldkrimis sind sehr gefragt. Touristen nehmen sie gerne als Souvenir mit."

„Dafür mögen sie eher taugen als zum Lesen", brummte Alfred despektierlich. Er steckte die „Bierleichen" ins Regal zurück und eröffnete der Verkäuferin: „Ich bin kein Tourist. Und eigentlich will ich auch kein Buch kaufen. Ich bin wegen Ihnen gekommen. Sie sind doch die Tochter von Eva Knerdler, nicht wahr?"

Julie blieb stumm. Ihr Blick wurde frostig. Sie fixierte Alfred: „Was wollen Sie?"

Alfred stellte sich vor und skizzierte sein Anliegen: „Ich glaube, dass der Mord an Jassi Hog etwas mit Ihnen zu tun hat. Genauer gesagt mit dem Geheimnis, das um Ihren Vater gemacht wird."

Julie zeigte keine Regung. „Ach!", stellte sie lediglich fest.

Alfred fühlte sich aufgefordert, Erklärungen nachzuliefern: „Auf der Segeljolle, die zu Jassis Grab wurde, haben Unbekannte eindeutige Hinweise hinterlassen, die in jene Jahre zurückweisen, als Jassi zusammen mit Ihrer Mutter und mit Miriam Ansbach im Hetzel Hotel angestellt war." Er überlegte, wieviel er sagen konnte und wollte. „Sie wissen immer noch nicht, wer ihr Vater ist, oder?", fragte er vorsichtshalber.

Sie erwiderte nicht unfreundlich, aber unmissverständlich: „Das geht Sie gar nichts an", war dann aber doch neugierig: „Was hat das mit dem Mord zu tun?"

Wahrheitsgemäß antwortete Alfred: „Jassi wusste, wer Ihr Vater ist. Und sie hat angekündigt, dass sie es Ihnen verraten will. Sie hat deswegen sogar Kontakt mit Ihrem Vater aufgenommen."

„Sie lügen! Das erfinden Sie nur", schnappte Julie erkennbar erregt. Nun wurde ihre Stimme lauter, so dass einige Meter entfernt sogar Ingeborg Hall von ihren Büchern abließ und den Kopf hob. Julie blaffte Alfred an: „Seit 40 Jahren macht meine Mutter ein Geheimnis daraus. Wir haben uns darüber so gestritten, dass wir nur noch das Nötigste miteinander sprechen. Und jetzt kommen Sie und bohren darin herum. Was glauben Sie eigentlich?"

„Ich will helfen, einen Mord aufzuklären", antwortete Alfred treuherzig und versuchte das Unschuldsgesicht zu machen, mit dem er in der Regel bei Frauen Erfolg hatte. „Wer außer Ihrer Mutter kann ein Interesse daran haben, dass Ihr Vater nicht bekannt wird?"

„Mein Vater vielleicht", schlug sie ironisch vor. Dann schnappte sie sich den Bierleichen-Krimi, der noch halb aus dem Regal herausragte und wedelte damit vor Alfreds Gesicht, als wolle sie Fliegen verscheuchen: „Und nun machen Sie, dass Sie davonkommen, ehe mir die Hand ausrutscht. Ich habe nichts mit dem Mord zu tun. Ich weiß nichts und ich will auch in nichts hineingezogen werden. Wenn Sie mir nicht sagen können, wer mein Vater ist, dann habe ich auch keine Veranlassung, mich noch länger mit Ihnen zu unterhalten."

Das war unmissverständlich ein Hinauswurf. Alfred spielte einen Moment mit dem Gedanken, Julie über ihren italienischen Vater und über die Vorkommnisse im Schlucksee-Trainingslager ins Bild zu setzen, verwarf die Idee aber sofort wieder. Julie würde die Wahrheit früh genug erfahren. Vielleicht machten der oder die Mörder von Jassi einen Fehler, wenn sie weiter um ihr Geheimnis fürchten mussten.

„Kindchen, was ist? Wirst du von dem Herrn belästigt?", mischte sich nun die Buchhändlerin ein. Die rüstige Seniorin hielt einen Dostojewski wurfbereit und näherte sich kampflustig. Alfred trat einen Schritt zurück und hob abwehrend beide Hände: „Nicht doch! Ich gehe ja schon."

Er warf Julie noch einen um Nachsicht bittenden Blick zu und zwängte sich dann an am Ladentisch entlang an Ingeborg Hall vorbei. Als er sich bereits außer Gefahr wähnte, erhob sich die Großvaterpuppe aus dem Lehnsessel und entpuppte sich als lebendiger Herr mit auffällig englischem Akzent: „Any trouble? Ist etwas los? May i help you?"

Ingeborg Hall griff ihrem Gatten in den Arm: „No reason to worry, John", beruhigte sie ihn. Und zu Alfred gewandt: „Nun machen Sie schon, gehen Sie. Mein Mann verträgt keine solche Aufregung, das sehen sie doch. Er ist schon 90 Jahre alt!"

Alfred verdrückte sich rückwärts aus dem Buchladen.

Stammtisch-Odyssee (6)

„Es kostet für jeden von uns 499 Euro!"

„Wie bitte?" Alfred wäre, als er die Zahl hörte, beinahe auf dem Beifahrersitz in Linus' Porsche aus dem Sicherheitsgurt gefallen.

„Sag ich doch, 499 Euro", bekräftigte Linus.

Sie waren unterwegs in die Unterstadt von Neustadt. Linus hatte Alfred abgeholt, nun fuhren sie durch die Wilhelm-Stahl-Straße zum Jägerhaus. Ein weiteres Lokal, das sie auf ihrer Suche nach einer künftigen Stammkneipe ausprobieren wollten.

„Man kann gut essen dort", hatte Linus verkündet. Er wusste Bescheid, denn er war oft mit Kunden zu Geschäftsessen im Jägerhaus. Alfred jedoch wollte einen Stammtisch, an dem er abhängen und den neusten Dorftratsch in Empfang nehmen konnte.

„Gibt es auch dort", behauptete Linus. „Der Stammtisch ist direkt am Kachelofen. Dort hocken immer alteingesessene Einheimische, genau richtig für uns."

Man hätte locker zu Fuß ins Jägerhaus kommen können. Von Alfreds neuer Wohnung am Adlerbuckel waren es nur dreihundert Meter bis hinunter zum Postplatz, wo sich das Hotelrestaurant befand. Aber da Linus, von der Josef-Sorg-Straße kommend, schon mal mit dem Auto unterwegs war, stieg Alfred am Adlerbuckel ein und sie fuhren über Hauptstraße und Pfauenstich hinunter in die Unterstadt zum Parkplatz vor dem Jägerhaus.

„Ich zahle keine 499 Euro", erklärte Alfred kategorisch, als sie ausstiegen. „Melde mich wieder ab!"

„Zu spät. Ich habe uns beide verbindlich zum Tauchkurs angemeldet. Du musst das Geld von der Polizei wieder eintreiben.

Dein Kommissar-Kumpel wollte doch, dass du diesen Tauchkurs machts."

Alfred sagte genervt: „Meinen Kommissar-Kumpel interessiert das nicht die Bohne, wer diesen Kurs bezahlt. Er wird es sicher nicht tun. Und ich auch nicht. Ich sage ab. Ich melde mich ab!"

„Dann wird eine Stornierungsgebühr von 245 Euro fällig", sagte Linus mitleidslos, während sie das Hotel betraten.

„Wer hat uns angemeldet, du oder ich?", fragte Alfred trotzig.

Linus winkte ab. Er steuerte auf den Stammtisch zu, der sich mitten im Raum an einen grüngekachelten Ofen anlehnte. Man hatte vom Stammtisch aus einen guten Blick zur Theke, zum Kücheneingang und in die gesamte Gastwirtschaft hinein. Strategisch gab es keinen besseren Platz. Alfred kannte sogar einen der Stammtischgäste. Das war Harry von den Hornschlittenfahrern, bei denen Alfred seit einer Saison Mitglied war. Neben Harry saßen auch noch zwei weitere Einheimische am Stammtisch, die sich als Kalle und Walter vorstellten. Kalle sah rund und gemütlich aus, Walter eher wie ein Seeräuber, denn er trug eine Augenklappe. Alfred und Linus setzten sich dazu.

Während sie beim jugendlich wirkenden Kellner ihre Bestellungen aufgaben, schlug Alfreds Smartphone mal wieder Alarm. Der Signalton verriet, dass sich auf seinem Tinder-Profil etwas getan hatte. Er checkte kurz den Eintrag und sprang dann auf: „Muss mal kurz raus!"

Er wollte nicht, dass ihm jemand über die Schulter schaute. Aber Tinder zeigte ihm ein Match an. Jemand hatte seinen gefakten Account, in dem er sich mit aus dem Netz geklautem Bild als 37-jähriger bulgarischer Verfasser von „gefühlvollen Kurzgeschichten und Liebesgedichten" ausgegeben hatte, der die Natur und lange und ernste Gespräche liebt, nach rechts geswipt. Und dieser Jemand war niemand anderes als Vanessa.

Sie antwortete sogar mit ihrem Echtbild, wenngleich sie es mit Photoshop etwas aufgehübscht hatte.

„Verdammt!", fluchte Alfred vor sich hin. „Wieso beißt sie auf einen bulgarischen Fake-Intellektuellen an?" Er bastelte sich eine Zigarette und nahm ein paar hektische Züge. Dann las er, was Vanessa gepostet hatte: „Wir haben einiges gemeinsam. Auch ich bin auf der Suche nach einem naturverbundenen Menschen mit Tiefgang. Bin sehr romantisch veranlagt. Würde mich auf einen Spaziergang im Mondschein freuen, vielleicht hier in Freiburg am Schlossberg?"

Vanessa und romantisch? Das war Alfred noch nie aufgefallen. War er blind? Oder hatte Vanessa ihm immer etwas vorgespielt? Sie war eine unangepasste und abgebrühte kleine Amazone, die wenig auf Konventionen und noch weniger auf althergebrachte Rollenbilder gab. Noch nie hatte sie versucht, Alfred zu einem Mondscheinspaziergang am Schlossberg zu überreden. Was war bloß in sie gefahren? Alfred widerstand dem Impuls, sofort zu antworten. Er musste erst über diese Wendung nachdenken. Wieder einmal hatte Tim Joy recht behalten. Der WG-Kumpel war es, der vorgeschlagen hatte, Alfred solle einfach mal das Profil des erfolgreichen tschechischen Musikers imitieren, dann würde Vanessa schon anbeißen. Auf solche Typen stand Vanessa also. Vegetarier, romantisch, Nichtraucher! Das musste Alfred erst verdauen. Am besten bei einem Bier. Er kehrte an den Stammtisch im Jägerhaus zurück. Biertrinken half immer. Er prostete Linus mit Rogg-Bier zu und bestellte sich dann ein Steak mit Pommes, wie er es auf den Tellern von Walter, Kalle und Harry sah. Man konnte beim Essen im Jägerhaus nicht viel falsch machen. Die Diskussion zwischen Linus und Alfred, die sich um den Tauchkurs in Schluchsee drehte und um die Frage, wer ihn bezahlen sollte, interessierte auch die anderen Stammtischgäste. Kalle, der aussah, als könne er von Natur aus nicht untergehen, und Walter, der offen bekannte, dass seine tollsten Wasserabenteuer in der heimischen Badewanne stattgefunden hätten, stellten in Frage, ob man im Schluchsee überhaupt tauchen könne: „Da ist doch nichts zu sehen unter Wasser. Ich war mal im Mittelmeer tauchen. Da gibt es Korallen, Riffe, exotische Fische", sagte Kalle. „Aber im Schluchsee, da sind doch nur Schlamm und Felsbrocken."

„Manchmal auch eine Leiche", widersprach Alfred. Er hatte selbst keine Ahnung davon, was das Tauchen im Schluchsee attraktiv machen könnte. Da es aber beim Waldhotel eine florierende Tauchschule gab, musste es irgendwie ja ein Erlebnis sein.

Harry half mit Erinnerungen: „Vor 40 Jahren war der Schluchsee mal abgelassen. Er ist ja ein Stausee, und da musste man zur Sanierung der Staumauer fast das ganze Wasser ablassen. Da konnte man dann sehen, was es alles auf dem Grund zu besichtigen gibt." Er nahm einen tiefen Schluck Bier, um sich die Erinnerungen daran zurückzurufen: „Es wurden bei der Aufstauung des Sees ein kleines Dorf, mehrere Bauernhäuser, ein Hotel und eine alte Straße überschwemmt. Da kann man heute hinuntertauchen und besichtigen, was davon noch übriggeblieben ist."

„Ich war damals dort und hab mir das angeschaut", ergänzte Walter. „Der Seegrund besteht aus matschigem Torf. Ich stelle mir das ziemlich langweilig vor."

Der Einzige am Tisch, der wirklich Taucherfahrung mitbrachte, war Linus. „Ich bin schon im Titisee getaucht", erklärte er schließlich. „Das ist im Unterschied zum Schluchsee ein natürlicher Bergsee. Da liegt ein altes Flugzeugwrack auf dem Grund."

„Davon hats du ja noch nie erzählt", wunderte sich Alfred. „Das ist doch eine Geschichte für Goodwood Wälder-News."

„Das ist ein alter Hut", widersprach Linus. „Ganz Titisee kennt die Geschichte. Das Flugzeug wurde im Zweiten Weltkrieg abgeschossen und liegt seither auf dem Seegrund."

Sie prosteten zu Ehren des unbekannten Flugzeugpiloten, aber Linus konnte nicht sagen, ob er mit seinem Flieger untergegangen war oder sich vielleicht per Fallschirm hatte retten können. Alfred nahm sich vor, die Geschichte zu recherchieren.

Es kamen noch weitere Katastrophen zur Sprache: Ein untergegangener Traktor, der vor vielen Jahren mal im Eis des zugefrorenen Sees eingebrochen und versunken war. Sie prosteten zu Ehren des verunglückten Traktorfahrers. Ein abgestürzter Starfighter im Jostal. Sie prosteten zu Ehren des Starfighter-Piloten. Eine Zugkollision zwischen einem Bauzug und einem Personenzug auf der Dreiseenbahn. Sie prosteten zu Ehren des verunglückten Lokführers. Zwei erfrorene Skiwanderer auf dem Herzogenhorn, lange her. Sie prosteten auf die Unglücklichen. Ein Lawinentoter unter der Zastlerwächte am Seebuck. Sie prosteten auch auf dieses Opfer der Naturgewalten. Es gab einen reichlichen Vorrat an Toten, Vermissten und Verunglückten, so dass eine Runde nach der anderen fällig wurde.

Welchem Unglück denn Walter seine Augenklappe verdanke, wollte Alfred wissen. Es kam eine haarsträubende Geschichte heraus, in deren Mittelpunkt ein Kirschkern stand, den Walter in genau dem Moment zum Seitenfenster seines Autos hinausspucken wollte, als ein Autofahrer im Gegenverkehr zu nahe kam, den Seitenspiegel touchierte, und Teile dieses Spiegels in Walters Auge flogen. Seither trug er die Augenklappe. Die Stammtischrunde war sich einig, dass dieses dramatische Schicksal mindestens eine weitere Runde wert war, stießen darauf an und prosteten dem Einäugigen zu.

Alfred gab zum Besten, was er bis dahin alles schon über den Schluchseenixen Mord wusste. Sie prosteten auf die ermordete Jassi und riefen ihr himmelwärts ihr Beileid zu.

Aufgrund von Alfreds Ausführungen landeten sie schließlich beim Schlucksee-Trainingslager der Nationalmannschaft. Kalle konnte eine exakte Beschreibung der Umkleidekabinen im Lenzkircher Schliecht-Stadion beisteuern, wo die Nationalelf damals ihre Trainingsspiele ausgetragen hatte: „Der blanke Betonboden! Drei Wasserhähne in der Wand. Nur kaltes Wasser. Und dann musste man über eine Treppe am Clubhaus vorbei zum Spielfeld hinauf."

Alfred nutzte die gute Gelegenheit, um zur Finanzierung der nächsten Runde seine bewährte Wette auszurufen: „Wie hieß der dritte Torwart damals?"

„Vöstel!", schlug Walter vor.

Alfred kannte keinen Vöstel, hatte den Namen noch nie gehört. Aber Walter beharrte eisern: „Das war der Torwart der dritten Mannschaft beim FC Neustadt?"

„Nein, das war der Meister Katze!", widersprach Kalle.

Namen, die niemand kannte!

Alfred musste einschreiten: „Ich rede nicht von der dritten Mannschaft, sondern vom dritten Torwart der Nationalmannschaft."

Wie erwartet gewann er die Wette. Das nächste Bier wurde serviert.

Das Smartphone meldete sich erneut. Alfred hatte Tim Joy in der Leitung. Er ging zum Telefonieren vor die Tür, da konnte er wenigstens rauchen. „Was ist los?"

„Ich habe mit Vanessa telefoniert", eröffnete Tim. „Sie hat mich um Hilfe gebeten."

Alfred schwieg, rauchte und wunderte sich: Was wollte Vanessa von Tim Joy? Er erfuhr es gleich: „Sie hat mich gebeten, einen Tinder-Account zu checken, der ihr verdächtig vorkommt. Du ahnst schon, oder? Es geht um deinen gefakten Bulgaren. Sie wollte, dass ich die Echtheit des Accounts überprüfe. Wie hast Du eigentlich den Verifizierungsmechanismus der App überlistet?"

„Mit Photoshop", sagte Alfred beiläufig, um sich dann über Vanessas Ansinnen aufzuregen: „Sie glaubt meinem Bulgaren nicht? Verdammt!" Er musste sich an der Hauswand anlehnen, weil er wegen der vielen Biere nun an der frischen Luft Gleichgewichtsprobleme bekam.

Dies registrierte Karl-Heinz Rogg, der Hotelier und Küchenchef, der in diesem Moment in seinem weißen Kochkittel vor die Tür trat, um ebenfalls eine Zigarette zu rauchen.

„Kann ich helfen?", fragte er.

„Alles gut", wehrte Alfred ab. Er gab dem Hotelchef Feuer und fragte gleichzeitig ins Smartphone hinein: „Wie hat sie bloß Lunte gerochen. Hast du ihr verraten, dass ich dahinterstecke? Ahnt sie etwas davon?"

„Liebeskummer?", fragte Karl-Heinz Rogg, der interessiert mithörte.

Alfred verzog das Gesicht und winkte ab. Er lauschte Tim Joys Ausführungen.

„Sie ist misstrauisch geworden, weil dein Bulgare blöderweise gefragt hat, wie es ihr mit dem tschechischen Musiker in Prag gefällt. Du bist ein ziemlicher Idiot, Alfred. Weißt du das?"

„Die Frage ist mir halt so rausgerutscht."

Tim Joy seufzte digital: „So hat Vanessa sofort gerochen, dass hinter dem Bulgaren jemand steckt, den sie kennt. Und übrigens war sie überhaupt nicht mit dem tschechischen Musiker in Prag."

„Wie, was soll das heißen? Ich habe doch die Bilder gesehen. Die wurden in Prag aufgenommen."

„Hat sie jemals behauptet, dass sie mit dem tschechischen Musiker dorthin fährt? Das hast du dir bloß zusammengereimt in deiner dämlichen Eifersucht. Sie war alleine in Prag und hat dort eine alte Schulfreundin besucht."

Alfred grunzte betroffen. Er war vom vielen Bier zu benebelt, um einen klaren Gedanken zu fassen.

„Du verrätst ihr nicht, dass ich hinter dem Bulgaren stecke! Kannst du es auf Jochen Schiller schieben? Oder auf deine Kappe nehmen?"

„Jochen Schiller ist schwul!", erwiderte Tim Joy vergnügt. „Das wäre ungefähr so glaubwürdig wie ein vegetarischer Alfred. Und warum sollte ich dahinterstecken? Ich habe noch weniger Anlass und ich hätte ganz sicher nicht so gestümpert. Nein Alfred, das Ding musst du schon selbst ausbaden."

„Wo steckt sie jetzt?", wollte Alfred wissen. „Hat sie einen Verdacht?"

„Sie ist zurück aus Prag", klärte Tim auf. „Und ja, sie hat einen Verdacht. Sie glaubt, dass es dieser Janosch Koczan war, dieser Musiker. Ihm hat sie auf Tinder erzählt, dass sie nach Prag fährt. Sie glaubt, dass Koczan sie stalkt, weil sie sich bisher geweigert hat, sich mit ihm zu treffen."

„Sie hat was?", Alfreds Stimme wurde schrill. „Ich dachte, die beiden haben längst ein Date miteinander gehabt."

„Fehlanzeige", brummte Tim sonor durch den Äther. „Sie hatte vor ihrem Prag-Trip keine Zeit mehr dazu, und jetzt ist sie misstrauisch geworden. So steht die Sache."

„Aber das ist ja ganz wunderbar", jubilierte Alfred.

„Freu dich nicht zu früh", meinte Tim. „Mit dem bulgarischen Account gewinnst du bei ihr keinen Blumentopf mehr. Und du weißt ja, wie Vanessa ist. Sie wird den Musiker zur Rede stellen. Und dann kommt sie vielleicht doch noch auf die wahren Zusammenhänge."

Diese Warnung bekümmerte Alfred nicht mehr sonderlich.

„Jetzt gebe ich einen aus", verkündete er euphorisch und kehrte mit Hotelier Karl-Heinz, den er sogleich zum Schnaps mit einlud, zurück an den Stammtisch ins Jägerhaus.

Die dortige Runde, die aufgrund der zahlreichen Biere bereits mächtig am Wanken war, trat mit der Schnapszufuhr nunmehr in die Phase „jetzt ist es eh egal" ein. Diese Phase ist allgemein gekennzeichnet dadurch, dass zwar alle Beteiligten noch sprech- und trinkfähig sind, jedoch jeder sein eigenes Gespräch führt, und zwar durcheinander. Linus bejammerte die schlechte Konjunktur für private Rechtschutzversicherungen. Kalle und Walter philosophierten über Märklin-Eisenbahnen. Harry leerte akkurat sein Schnapsglas, auf eine Art und Weise, die es aussehen ließ, als genösse er ein Gläschen Vanillelikör. Karl-Heinz, der Wirt, erzählte eine Räubergeschichte von der Baubehörde des Landratsamtes, mit der er sich wegen einer Balkonsanierung überworfen habe. Nur Alfred saß behaglich und stumm am Tisch, lauschte dem babylonischen Durcheinander und fühlte angenehme Wärme in sich aufsteigen. So langsam war er bereit, zehn Punkte zu vergeben. Das Jägerhaus kam auf seine Favoritenliste. Er malte sich aus, wie er am nächsten Tag nach Freiburg fahren und sich mit Vanessa versöhnen würde. Aber wieso eigentlich versöhnen? Er hatte doch gar nicht mit ihr gestritten. Er würde einfach nur ein fröhliches Wiedersehen mit ihr feiern. Alles war bestens.

Erneut klingelte das Smartphone. Alfred hetzte wieder vor die Tür und ging dran. Es war Anna. Sie klang aufgeregt.

„Hallo Alfred", sagte sie atemlos. „Ich bin in deiner Wohnung! Da liegt ein fremder Mann in dein im Bett. Kannst du kommen?"

Ungebetene Besucher

Anna stand an der Wohnungstür, die Hände über den gewölbten Bauch gefaltet, und wartete mit angstvoll geweitetem Blick auf Alfred, der atemlos die Treppe heraufpolterte und Lärm wie ein Sondereinsatzkommando veranstaltete. Es war kurz vor Mitternacht. Aus der Wohnung drang seliges Schnarchen. Wortlos warf sich Anna in Alfreds Arme. Sie zitterte. Er keuchte. Er war bis zu seiner Wohnung emporgesprintet, war dabei infolge des Biernebels in seinem Kopf am Fuße des Hirschenbuckels einmal über die Blumenkübel beim Brillenstudio Sörgel gestolpert und hatte anschließend die gesamte Breite des Adlerbuckels benötigt, doch nun stand er expressausgenüchtert vor seiner Wohnungstür. Er musste pumpen wie ein Triathlet, war aber bereit, die schwer verängstigte hochschwangere Anna gegen sämtliche Monster der Unterwelt zu verteidigen, oder wer sonst der fremde Schnarcher in seinem Bett war.

Vorsichtig nahm er Annas Kopf zwischen die Hände, streichelte ihr über das Haar und drückte ihr einen Kuss auf die Stirn, so weit weg von ihrer Nase, dass sie seine Bier- und Tabakfahne nicht gleich riechen musste. Einige Sekunden lauschte er in dieser Haltung mit Anna zusammen dem seltsamen Schnarchen, das aus der Wohnung drang, dann fragte er flüsternd: „Erzähl! Was ist passiert? Warum bist du überhaupt hier?"

Anna schnäuzte sich, dann erzählte sie mit zittriger Stimme: „Ich hatte … hatte … entschuldige, ich bin … es ist lächerlich. Ich hatte Schmerzen im Unterleib. Und ich dachte, ich fürchtete, es seien die ersten Wehen. Ich war so … so hilflos. Und du hast doch versprochen, dass du mir … mir beistehst, wenn es so weit ist. Da habe ich meine Sachen gepackt" – sie deutete mit einem Kopfnicken in den Flur, wo eine Reistasche stand – „und bin hierhergeeilt." Sie schnäuzte sich erneut, um dann fortzufahren: „Unten ist ja nie abgeschlossen. Ich bin hier hochgekommen, da stand die Tür weit offen, es brannte das Licht im Wohnzimmer … und im Schlafzimmer … da … liegt so ein Kerl."

„Ich schaue nach!", verkündete Alfred tapfer, obwohl ihm nicht nach Tapferkeit zumute war. Er gab Anna frei und machte ein paar vorsichtige Schritte in seine Wohnung hinein. Auf dem Wohnzimmertisch lag eine umgekippte und ausgelaufene Bierflasche. Zwei weitere leere Bierflaschen lagen auf dem Boden. In der Küche sah es aus wie auf einem Schlachtfeld. Jemand hatte von Alfreds Büchsensammlung aus Kopfmanns Wurstautomat ein knappes Dutzend aus dem Kühlschrank geholt, geöffnet und überall Erkundungsbohrungen am Inhalt vorgenommen. Eine Leberwurstbüchse war leer, aber die Büchsen mit Bratwurst, Schwartenmagen und Schwarzwurst waren lediglich aufgerissen. „Er mag nur Leberwurst", kombinierte Anna, die Alfred gefolgt war und hinter ihm stand.

„Er hat gewütet wie ein Wildschwein", sagte Alfred. „Schau hier, alles vollgeschmiert mit Senf. Und hier, die Brotscheiben liegen auf dem Fußboden." Dort lagen allerdings nicht nur Brotscheiben, sondern auch zwei weitere leere Bierflaschen und eine leere Weinflasche.

„Es hilft nichts, ich muss nachschauen, wer der Kerl ist", erklärte Alfred tapfer. Er bewaffnete sich mit einem Brotmesser. Er hatte einen Verdacht. Er kannte nur einen, dem er ein so unzivilisiertes und rücksichtsloses Eindringen in seine Wohnung zutraute. Das war der alte WG-Kumpel Hugo aus Freiburg. Er erinnerte sich, dass Jochen Schiller erzählt hatte, die Kanzlei Schiller & Partner sei dabei, ihn aus dem Gefängnis loszueisen. Die Verwüstungen in Küche und Wohnzimmer trugen eindeutig Hugos Handschrift. Und auch das Schnarchen klang nach Hugo. Nur eines machte Alfred stutzig: Wenn tatsächlich Hugo hier eingedrungen war und es sich bei Wein, Bier und Wurstbüchsen gemütlich gemacht hatte, wo waren dann die überquellenden Aschenbecher und der süße Duft seiner Joints? Es war undenkbar, dass Hugo einen solchen Abend ohne Qualm verbringen würde.

Die Schlafzimmertür stand weit offen. Alfred betätigte den Lichtschalter. Das Brotmesser hielt er gezückt in Hüfthöhe. In Alfreds Bett lag nicht etwa Hugo, sondern auf dem Rücken und in voller Montur, mit Mantel, verfilztem Strickpullover, siffiger Jogginghose, ausgelatschten Turnschuhe, Hector.

„Das ist Hector", seufzte Alfred und ließ das Messer sinken. Er versetzte der Matratze einen Fußtritt, der ihn selbst beinahe aus dem Gleichgewicht brachte. Dann packte er die Bettzipfel und zog sie mitsamt dem ungebetenen Gast über die Kante auf den Fußboden. Polternd krachte Hector auf die hölzernen Dielen, wälzte sich vom Rücken auf den Bauch und schnarchte zufrieden weiter.

Alfred ging ins Bad und füllte einen Eimer mit kaltem Wasser. Anna beobachtete ihn und fragte zaghaft: „Du kennst den Kerl? Wer ist er? Was macht er hier?"

„Das ist Hector der Flaschensammler", sagte Alfred, während er Maß nahm. „Er ist eigentlich harmlos. Aber er hat keine Manieren."

Dann kippte er den Eimer mit dem kalten Wasser über Hectors Kopf aus.

Das Schnarchen brach abrupt ab. Hector prustete und wälzte sich auf den Rücken, dabei schlug er wild mit den Armen um sich. Alfred versetzte ihm einen kräftigen Fußtritt: „Steh auf Hector!"

„Ää ää", lehnte Hector ab. Er machte Anstalten, sich auf den Bauch zu drehen und weiterzuschlafen. Alfred packte ihn am Kragen und zog ihn auf die Beine. Wenn man die mehreren Schichten Hosen, Pullover, Jacken und den Mantel abzog, unter denen Hectors kümmerlicher Leib verborgen war, wog der Flaschensammler nicht viel. Alfred schüttelte ihn und schalt: „Was hast du dir bloß dabei gedacht? Kommst einfach in meine Wohnung und veranstaltest eine Riesensauerei. Und dann in mein Bett ... das ist jetzt kontaminiert."

Hector schüttelte den Kopf: „Nein, sowas hab ich nicht gemacht!"

„Wie bist du überhaupt reingekommen?"

Hectors Blicke irrten unruhig hin und her. Er konnte Alfred nicht in die Augen sehen, stotterte herum. Sein Blick blieb an einer noch halbvollen Wurstbüchse hängen, die zusammen mit ihm aus dem Bett gefallen war.

„Ka ... kann ich die behalten?" Er deutete auf die Büchse.

Anna kicherte.

Alfred hatte Anna fast vergessen. Sie stand hinter ihm.

„Was gibt's da zu lachen?", fragte er unwillig.

„Er ist doch komisch, entschuldige", sagte Anna.

„Noch mal, Hector", nahm Alfred einen weiteren Anlauf und packte Hector dazu am Mantelkragen. „Wie bist du in meine Wohnung gekommen?"

„Le ... Leberwurst ist gut. Das andere nicht so ...", gab Hector zuerst ein Wurstbüchsenurteil ab.

Alfred wurde wütend: „Dann mach gefälligst nur die Leberwurstbüchsen auf, wenn die anderen dir nicht schmecken."

„Sehen alle gleich aus", entschuldigte sich Hector mit gesenktem Kopf.

„Ach du meine Güte, das habe ich ja ganz vergessen", sagte Alfred zu Anna. „Er kann nicht lesen. Kein Wunder, dass er jede Büchse aufmacht."

„Wie bist du reingekommen", fragte jetzt Anna, etwas freundlicher als Alfred, aber nicht weniger eindringlich.

Brav antwortete Hector: „Es war auf. Tür war auf! ... Seine ... seine Freunde waren da!" Er zeigte mit dreckigem Zeigefinger auf Alfred.

„Wie bitte?" Alfreds Stimme wurde schrill. „Welche Freunde?"

„Zw ... zwei Freunde von dir", stammelte Hector. „Ein Mann und eine Frau. Die waren da drin" – er deutete Richtung Wohnzimmer – „und haben Computer gespielt."

Jetzt war Alfred sprachlos. Seine Gedanken schwirrten, es drehte sich alles in seinem Kopf. Die vielen Biere aus dem Jägerhaus machten sich bemerkbar. Er ließ Hector los und wankte langsam ins Wohnzimmer hinüber. Anna und Hector folgten ihm. Das Laptop stand aufgeklappt auf dem Schreibtisch, die Tastatur war vollgeschmiert mit Leberwurst. Alfred explodierte: „Hector, du Dubel, du verdammter Lügner. Du warst am Computer. Erzähl mir keinen Scheiß von irgendwelchen Freunden. Was hast du mit meinem Laptop gemacht."

Hector verbarg den Kopf wie ein Boxer hinter seinen Unterarmen und fragte unschuldig: „Hast du Pornos im Computer?"

Wieder musste Anna kichern. Alfred warf ihr einen grimmigen Blick zu und brummte: „Nein!"

„Jeder Computer hat Pornos", behauptete Hector. „Ich hab sie gesucht, aber ni ... ni ... nicht gefunden."

Anna prustete.

„Und nebenbei hast du Leberwurst gegessen", kombinierte Alfred mit mühsam gezügelter Wut. Wäre Anna nicht gewesen, er hätte Hector grün und blau geprügelt. So aber beherrschte er sich. Das Laptop war noch an, hatte sich aber in einer Endlosschleife von anrüchigen Sexseiten aufgehängt. Auf der obersten Seite forderte eine dralle Blondine: „Hol mich, lutsch mich, mach's mir!", aber wenn Alfred sie wegklickte, tauchte darunter die nächste Blondine auf einer neuen Seite auf, die genauso einsam wie die Erste war und deshalb bettelte: „Willst du feuchte Stunden mit mir erleben?" So ging es weiter.

Wann immer Alfred eine Seite wegklickte, tauchte die nächste auf. Hector hatte ihm einen Dialer eingefangen, eine typische, bösartige Schadsoftware, die nun dafür sorgte, dass sämtliche Pornoseiten aus der westlich-abendländlichen Wertekultur es auf Alfreds Bildschirm schafften. Wütend zog er den Stecker. Der Bildschirm wurde schwarz.

Anna war besonnener als Alfred. Mit besänftigender Stimme redete sie auf Hector ein: „Jetzt erzähl noch mal, wie bist du hereingekommen? Wieso bist du überhaupt gekommen?"

Hector schluckte, verhaspelte sich ein paarmal, angesichts der Tatsache, dass er mit einer Frau sprach, was ihn vollkommen überforderte. Endlich brachte er ein paar gerade Sätze zustande: „Unten ist immer auf. Da komme ich rein und hol' die leeren Flaschen. Dann habe ich Stimmen gehört und bin die Treppe hoch. Es war Licht. Dem da seine Freunde", er zeigte auf Alfred, „die saßen am Computer und haben rumgespielt."

„Es waren ein Mann und eine Frau?", hakte Anna nach.

Hector nickte beflissen.

„Wie sahen sie aus?"

Hector rollte mit den Augen. Schließlich fiel ihm ein: „Der Mann sah wie ein Mann aus. So sah er aus. Die Frau war eine Frau!"

„Oh Mann, wie dämlich bist du!", entfuhr es Alfred, doch Anna fasste ihn am Ellbogen und besänftigte ihn. „Lass mich machen, Alfred. Man braucht etwas Geduld."

So war es. Anna sprach beruhigend auf Hector ein, ließ ihn nachdenken, ließ ihn ausreden, forschte sanft nach, erklärte ihre Fragen, und am Ende dieses behutsamen Verhörs stand fest: Hector hatte Licht gesehen und Stimmen in Alfreds Wohnung gehört, und da die Wohnungstür nur angelehnt gewesen war, war er eingetreten. Dabei hatte er ein Pärchen überrascht, das sich an Alfreds Computer zu schaffen gemacht hatte. Es habe sich dabei um einen Mann und eine ziemlich junge Frau gehandelt. Beide seien erschrocken aufgesprungen, als Hector im Wohnzimmer stand, und ohne ein Wort mit ihm zu wechseln, hätten sie eiligst die Wohnung verlassen. Da er nun schon einmal da war, hatte Hector sich auf die Suche nach Ess- und Trinkbarem gemacht, Bier, Wein und Wurstbüchsen aus Alfreds Vorräten geplündert und dann vergeblich versucht, dem Laptop einen Pornofilm zu entlocken. Stattdessen war es ihm gelungen, den Rechner lahmzulegen. Irgendwann habe er sich müde und gut abgefüllt zum Schlafen in Alfreds Bett gelegt. Das war die ganze Geschichte.

Anschließend durfte Hector gehen und Anna und Alfred blieben allein in der kriegsverwüsteten Wohnung zurück. Anna machte sich systematisch ans Aufräumen, aber Alfred verbot es ihr. Er richtete ihr auf dem Wohnzimmersofa mit frischer Bettwäsche ein Nachtlager und wickelte sich selbst in seinen Schlafsack, den er im Schlafzimmer ausrollte. In das Bett, in dem Hector gelegen hatte, wollte er sich ohne gründliche Desinfektionskampagne nicht legen.

Als er am nächsten Morgen erwachte, war Anna bereits fleißig dabei, die Unordnung der Nacht zu beseitigen. Er hatte in seiner Bierschwere nicht bemerkt, dass sie früh aufgestanden war und mit Hilfe eines blauen Müllsackes konsequent alle Altlasten beseitigte. Das Staubsaugergeräusch weckte ihn. Aus der Küche erschnupperte er Kaffeeduft. Die Fenster waren weit aufgerissen und frische Mailuft strömte herein.

Während er sich aus seinem Schlafsack wurstelte, gab sein Smartphone Lebenszeichen von sich. Tinder-Alarm! Er scrollte sich durch und kam aus dem Staunen nicht mehr heraus. Gleich vier Frauen hatten auf seinen bulgarischen Account angebissen und wollten mit Alfreds bulgarischem Pseudonym wahlweise einen gemeinsamen Nachtspaziergang im Mondschein machen, eine leckere vegetarische Reispfanne kochen, über die Literatur der bulgarischen Emigranten des 20. Jahrhunderts nachdenken oder gegen den Müll auf dem Mount Everest demonstrieren. Anlässe, bei denen man sich näherkommen und die gemeinsamen Schwingungen erforschen könne.

Er überlegte, ob und wie er antworten sollte. Auf den beigefügten Fotos sahen die Frauen gar nicht übel aus.

Anna riss ihn aus seinen Gedanken: „Kaffee ist fertig!" Erkennbar hatte sie sich bereits häuslich eingerichtet und das Kommando über Alfreds kleine Küche übernommen.

„Ich bin so froh, dass ich bei dir wohnen darf, bis das Baby kommt", schnurrte sie behaglich am Frühstückstisch, während sie Knäckebrot mit Margarine aßen, weil es etwas anderes in Alfreds Haushalt nicht gab. Anna bot sich an, für Alfred einzukaufen und den Kühlschrank „mal anständig" zu bestücken, wie sie sich ausdrückte.

Alfred versuchte sich daran zu erinnern, ob und wie er zugestimmt hatte, dass Anna bei ihm einziehen dürfe. Es wollte ihm nicht mehr einfallen. Er verzichtete auf Widerspruch. Dem Augenschein nach konnte es bis zur Geburt des Babys nicht mehr allzu lange dauern.

„Wann ist dein Termin?", fragte er vorsichtshalber.

„In zwei Wochen", strahlte Anna.

„Und Sterzer?"

„Der ist am Amazonas!" Annas Stimme wurde kalt. „Ich habe die Scheidung eingereicht."

Alfred seufzte. Aber was dies alles für die Zukunft zu bedeuten hatte, wollte er sich zum gegenwärtigen Zeitpunkt nicht ausmalen. Er war müde. Er kämpfte noch gegen den Kater. Als Anna zum Einkaufen aufbrach, legte er sich wieder in seinen Schlafsack, um noch eine Runde zu dösen.

Knerris Geständnis

Zwei Tage benötigte Tim Joy, um per Fernzugriff Alfreds Laptop von allen Seuchenprogrammen zu befreien, die Hector eingesammelt hatte und um ihn wieder betriebsbereit zu programmieren. Tim Joy gelang es bei diesem Reset gleichzeitig, die letzten Aktivitäten des Rechners minutiös zu rekonstruieren. Er konfrontierte Alfred mit dem Ergebnis: „Ehe dein Flaschensammler auf Pornorecherche ging, hat jemand versucht, all deine Dateien zu knacken, die etwas mit dem Schluchseenixen Mord zu tun haben. Die Inhalte wurden auf einen USB-Stick gezogen. Falls du also irgendwelche Geheimnisse abgespeichert haben solltest, dann sind sie jetzt auch im Besitz dieses Unbekannten."

„Es waren zwei Unbekannte", klärte Alfred auf. „Ein Mann und eine Frau." Er setzte Tim Joy ins Bild und berichtete von den ungebetenen Besuchern, die der Flaschensammler aufgeschreckt hatte.

„Wer könnte sich für meine Recherchen interessieren?", grübelte Alfred laut.

Tim Joy gab die Antwort: „Der Mörder! Du hast möglicherweise irgendetwas herausgefunden, was ihn überführen könnte. Er ist nervös geworden. Er will wissen, was du weißt. Er will wissen, ob er etwas unternehmen muss."

Alfred beschloss, das Laptop zur Sicherung von Fingerabdrücken an Kommissar Junkel und dessen Spurensicherungsexperten zu übergeben. Vielleicht fanden sie heraus, wer für den Einbruch verantwortlich war.

Zu Tim sagte er: „Ich habe herausgefunden, wer Knerris Tochter ist. Und ich weiß, warum sie das mehr als 35 Jahre lang geheim gehalten hat." Er erzählte Tim Joy in kurzen Zügen, was er von Mirri in der Sauna erfahren hatte, die Geschichte von der Erpressung der Fußballnationalspieler. Die heißen Details der Sauna-Recherche unterschlug er dabei.

„Damit verfügst du über exakt jenes Wissen, das Jassi das Leben gekostet hat", fasste Tim Joy mit seiner sonoren Brummbärenstimme zusammen. Er fügte den schlauen Ratschlag hinzu: „Du solltest in nächster Zeit Segelboote meiden."

Ebenso lange wie das Aufräumen und die Wiederinbetriebnahme von Alfreds Laptop dauerte, brauchte es auch, bis Alfred mit Annas Hilfe sämtliche Reste von Leberwurst und Brotkrümeln aus der Tastatur entfernt hatte. Während dieser beiden Tage pendelte Alfred zwischen seiner von Anna okkupierten Wohnung und dem darunter liegenden Goodwood Wälder-News Redaktionsbüro.

Er schrieb eine neue Fortsetzung der Schluchseenixen Story: Giuseppe de Angelis war aus der Untersuchungshaft entlassen worden. Das hatte Oberkommissar Junkel Alfred exklusiv mitgeteilt. Die Beweislage sei zu dünn. Für den Tag des Mordes hatte de Angelis ein Alibi, das man entlang seiner Kreditkartenabbuchungen überprüft und für hieb- und stichfest befunden habe.

„Wo ist er jetzt?", wollte Alfred wissen.

Junkel gab sich ahnungslos. „Vermutlich kehrt er in seine Heimat nach Italien zurück", schlug er vor.

Aber Alfred wusste, dass der Oberkommissar ihn mit einer solchen Vermutung nur auf eine falsche Fährte setzen wollte. De Angelis würde nicht nach Italien zurückkehren, ehe er nicht herausgefunden hatte, wer seine Tochter war und wo er sie treffen konnte. Es war also davon auszugehen, dass der Italiener ins Waldhotel oder jedenfalls nach Schluchsee zurückkehren würde, um die Suche aufzunehmen. So wie Alfred Junkel kannte, hatte dieser die gleichen Überlegungen angestellt und ließ de Angelis ganz sicher beschatten. Die Wahrscheinlichkeit war nicht gering, dass de Angelis fündig wurde und bei dieser Gelegenheit den Mörder oder die Mörderin von Jassi auf den Plan rufen würde. Im Gegenzug zu diesen Informationen verriet Alfred dem Oberkommissar in den wichtigsten Zügen, was er von Mirri über das Trainingslager Schlucksee und die dortige Rolle der Schluchseenixen erfahren hatte. Junkel sagte außer „hm" und „aha" wenig dazu, mahnte am Ende aber eindringlich: „Halte dich da raus Alfred. Es geht um einen Mord." Alfred überlegte seine nächsten Schritte. Er dachte nicht daran, sich herauszuhalten. Als das Laptop wieder betriebsbereit war loggte er sich auf der Seite hetzelianer.de ein, wo Tim Joy ihn als Giuseppe de Angelis angemeldet hatte. Auf seine vor einigen Tagen eingetippte Frage „Wer erinnert sich noch an Schlucksee 1982?" waren jede Menge Antworten eingegangen. Ein User mit Namen René schrieb: „Ich kann mich sehr gut erinnern, habe im Mai 1982 mein Praktikum angefangen. Durfte die Mannschaft beim Frühstück bedienen, als erster kam um 7 Uhr Toni Schuhmacher, als letzter Breitner und Litti. Uwe Reinders saß schon um 11 Uhr verletzt an der Bar, und Karl Heinz Rummenigge ließ sich den Schampus aufs Zimmer bringen, um mit der Bildzeitungsreporterin die Schlagzeilen zu besprechen. In Lenzkirch gab es Pokerpartys und Jupp Derwall lief nachts verwirrt über die Hotelflure und hat seine Spieler gesucht."

Darunter hatte ein „Patrick H." notiert: „Unsere Mädels waren ganz wild auf die Fußballer. Sie haben alles mitgemacht, besonders die drei Schluchseenixen. Die haben schon vom Leben als Spielerfrau geträumt. Unsereiner hatte da keine Chancen mehr. Das musst du doch am besten wissen, Giuseppe, selbst du warst plötzlich abgeschrieben."

Eine „Marita", von der der nächste Eintrag stammte, erinnerte sich: „Ich musste den Herren Fußballern immer Eis-Gugelhupf mit Prozenten machen, am liebsten mochten sie ihn mit Schampus oder mit Campari."

Darauf reagierte der nächste Eintrag einer „Sonja F." „Beim Tischtennisspiel hat einer der Spieler sich den Fuß umgeknickt. Ich glaube, der Reinders war es. Und dann lag er immer am Pool im Liegestuhl und sagte zu mir, zwei Campari Soda wären das Beste für sein Bein. Habe ich ihm natürlich serviert ..." Alfred las das alles kopfschüttelnd. Sein Bild vom Trainingslager „Schlucksee" bekam nochmal ein paar neue, haarsträubende Facetten. Ein „Mirko aus der Küche" teilte mit: „Wisst ihr noch, wie der Schneider nachts immer Spiegeleier braten musste? Hrubesch, Kaltz und Reinders haben sich einmal in einer Nacht hundert Spiegeleier aufs Zimmer bringen lassen. Nachdem sie dann aber jeder nur zwei oder drei davon verspeisen konnten, gingen 90 Spiegeleier unangetastet in die Küche zurück."

Lana, ein ehemaliges Zimmermädchen, fügte hinzu: „Das war ja auch nicht leicht, die Nationalspieler waren im Hetzel quasi wie Freiwild. Neben und über und unter ihnen wohnten im Hotel ganz normale Urlauber. Und jeder hat an den Spielern rumgezupft, immer wurden sie angequatscht und in den Nebenzimmern mieteten sich die Geliebten der Spieler ein oder sie suchten sich welche aus dem Personal aus. Erinnere mich noch an Mirri, die Superblondine. Die hat es doch darauf angelegt ..."

Der letzte Eintrag stammte von einem User E. I., der beklagte: „Zu allem Überfluss tauchte dann plötzlich noch so ein Modeheini aus Düsseldorf auf und veranstaltete im Hotel Modenschauen mit seinen Models. Die verschwanden danach auch auf den Spielerzimmern."

Wenngleich das alles nichts Neues war und in den Biografien einiger Spieler sowie im Netz in aller Offenheit ausgebreitet wurde, bastelte Alfred dennoch aus diesen Erinnerungen für Goodwood einen Rückblick auf „40 Jahre Schlucksee". Er war mitten in der blumigen Beschreibung wilder Hotelzimmerorgien, als ihn der Anruf von Linus erreichte: „Hi Alfred! Hast du Lust, mal mit meinem Porsche zu fahren?"

Was war denn das für eine Frage? Linus' Porsche war ein anderes Kaliber als Alfreds roter Flitzer. Aber warum dieses großzügige Angebot?

„Was ist los? Willst du mich vergackeiern?"

„Mein Führerschein ist weg!" Linus klang vollkommen deprimiert. Weinerlich erzählte er, dass die bierselige Nacht im Jägerhaus, bei der Alfred so plötzlich wegen Annas Anruf verschwunden war, noch länger gedauert habe. Danach sei er mit seinem Porsche nach Hause gefahren, „etwas unsicher", wie er einräumte, und dieser Fahrstil sei der Polizei aufgefallen. Das Ende vom Lied: Die Streife hatte Linus ins Röhrchen blasen lassen, ihn mit einem Ergebnis von 2,1 Promille anschließend sofort zur Blutprobe in die Helios Klinik gebracht. Seither besitze er keinen Führerschein mehr, jammerte Linus, und der Porsche stehe nach wie vor auf der rechten Fahrspur auf der Gutachtalbrücke, da, wo die Polizei ihn aus dem Verkehr gezogen habe. Wenn er nicht weggefahren werde, so habe die Polizei angekündigt, würde bis zum Abend ein Abschleppdienst beauftragt. Es sei also Eile geboten.

„Erklär mir mal, wie man auf dem Heimweg vom Jägerhaus in die Josef-Sorg-Straße auf die B31-Gutachtalbrücke kommt", forderte Alfred seinen Kumpel auf.

„Weiß ich nicht mehr", räumte Linus ein. „Ich muss wohl einen kleinen Umweg genommen haben."

Alfred fühlte sich an eigene, ähnliche Eskapaden erinnert und forschte nicht weiter nach. Linus wollte, dass Alfred den Porsche abholte und sicher in die heimische Garage in der Josef-Sorg-Straße chauffierte.

„Schlüssel steckt noch. Du musst nur einen Spaziergang auf die Brücke machen."

Der Porsche stand tatsächlich mitten auf der Fahrbahn, notdürftig abgesichert durch zwei Warndreiecke, die vermutlich die Polizei aufgestellt hatte. Der Verkehr floss ostwärts auf der Überholspur an dem Hindernis vorbei. Alfred, der zu Fuß über die Kirchsteige und den Anschluss „Neustadt-Ost" auf die Brücke gelangt war, schob die Warndreiecke ans Brückengeländer und klemmte sich hinter das Steuer. Keineswegs lag ein „Spaziergang" hinter ihm, eher schon eine kleine Wanderung. Deshalb empfand Alfred es nur als gerechten Lohn für seine Mühen, dass er den Wagen nicht gleich ablieferte, sondern erst einmal eine kleine Spritztour unternahm. Er brauste auf der B31 bis nach Döggingen und schaffte es zwischen Löffingen und Unadingen immerhin, die Tachonadel einmal kurz über die Marke von 200 km/h springen zu lassen. Ursprünglich hatte er die Absicht, bis nach Geisingen auf die Autobahn zu brettern und dort das Geschoss einmal so richtig bis zum Anschlag auszufahren. In Döggingen überlegte er es sich aber anders und entschied sich für die kurvenreiche Landstraße, die über Mundelfingen hinunter in die Wutachschlucht führt. Mit quietschenden Reifen querte er die Wutach in Höhe der Wutachmühle und jagte den Porsche auf der anderen Seite der Schlucht hinauf nach Ewattingen und weiter bis nach Bonndorf. Spontan fasste er den Entschluss, nach Schluchsee zu fahren und dort der Einsiedlerin Knerri noch einmal einen Besuch abzustatten. Das hatte er schon länger geplant, aber immer wieder hinausgeschoben. Mit allem, was er inzwischen von Mirri und aufgrund der Recherchen im Netz über Knerris Schlucksee-Vergangenheit wusste, musste er sie aber unbedingt noch einmal sprechen. Und diesmal würde er sich nicht mehr so leicht abschütteln lassen.

Es war ein sonniger, milder Maitag, an dem die Schmetterlinge und Bienen über die Blumenwiese vor Eva Knerdlers Anwesen schwärmten. Als Alfred, diesmal vom Zinken „Loch" herkommend, mit dem Porsche dort anlangte, das letzte, steile und ungeteerte Wegstück im ersten Gang und mit wütend durchdrehenden Reifen, saß Knerri auf einer Gartenbank vor ihrem Haus und genoss mit geschlossenen Augen die Sonne. Der Weg endete abrupt, und Alfred steuerte den Porsche zum Parken in die Wiese unterhalb des Hauses. Zu spät, erst beim Aussteigen, merkte er, dass er in sumpfiges Gelände eingebogen war. Die feuchte Erde schmatzte bei seinen Schritten. Um die Vorderräder des Porsche bildeten sich schwarze Pfützen, die schnell größer wurden. Alfred ignorierte es und stapfte zu Knerri hinüber.

Sie trug ein schlichtes beigefarbenes Kleid und sah sehr entspannt und mit sich im Reinen aus. Als er nähertrat öffnete sie kurz die Augen, blinzelte gegen die Sonne und fragte milde: „Was wollen Sie schon wieder?"

Alfred schlich nicht lange um den heißen Brei herum: „Ich habe in den letzten Wochen einiges über Sie herausgefunden." „Ich weiß", erwiderte Knerri. Um ihre Mundwinkel zuckte ein ironisches Lächeln. Die Fältchen gaben ihrem schmalen Gesicht etwas Würdiges, Gelassenes. „Julie war da. Sie hat mir berichtet, dass Sie herumgeschnüffelt haben. Haben Sie ihr erzählt, wer ihr Vater ist?"

„Nein!" Alfred fühlte sich unbehaglich. Knerri schien überhaupt nicht aufgeregt oder überrascht. Sie strahlte große Ruhe aus.

„Es wird nicht mehr lange dauern, bis Tscheppo herausgefunden hat, wo ich wohne. Dann werde ich es ihm sagen", verkündete Knerri. „Und dann wird es auch Julie erfahren. Es lässt sich nicht mehr aufhalten." Sie lächelte: „Vielleicht machen wir ein Familientreffen."

„Nach so langer Zeit?", wunderte sich Alfred. „Bisher haben Sie doch alle Anstrengungen unternommen, dass niemand die Wahrheit erfährt. Selbst ihre Tochter …"

„Julie?", Knerri lachte unbekümmert. „Julie weiß schon lange, dass ihr Vater ein italienischer Gigolo ist. Ich habe es ihr gesagt, als sie 21 wurde. Ich habe ihr erzählt, dass es ein einmaliges Abenteuer mit einem Urlauber war und dass ich nicht weiß, wo sich der Halunke heute aufhält. Einige Jahre hat sie versucht, etwas herauszufinden, aber da sie nicht wusste, dass Tscheppo ein Kollege aus dem Hetzel war, ist sie der Sache nie auf die Spur gekommen."

Alfred verdaute die Information. Ohne zu fragen, setzte er sich neben Knerri auf die Bank. Die Götterkatze Dana tauchte auf, stellte den Schwanz und strich um Alfreds Hosenbein. Er streichelte das Tier, das behaglich schnurrte. Alfred sammelte sich zum nächsten Angriff: „Dann haben Sie Ihrer Tochter auch erzählt, wem Sie die Vaterschaft angehängt haben?"

Knerri straffte sich. Sie rückte bis zur Banklehne von Alfred ab: „Was wissen Sie?"

„Schlucksee! Die Nationalspieler!", sagte Alfred nur.

Knerri stöhnte. Sie erhob sich und trat zwei Schritte in die Sonne hinaus. Ein Lichtkranz umgab sie und bildete eine flimmernde Corona um ihre wilde Haarmähne. Sie rang die Hände und ging auf und ab. Schließlich wandte sie sich Alfred zu: „Und wer hat Ihnen das erzählt?"

„Vieles habe ich mir nach und nach zusammengereimt", gab Alfred offen zu. „Wissen Sie, ich dachte tatsächlich, dass einer der Fußballspieler von damals der Vater Ihrer Tochter sein müsse. Alles sprach dafür. Niemals wäre ich auf eine Erpressung gekommen." Er ließ seine Worte wirken und drehte sich eine Zigarette, während Knerri weiterhin vor der Bank auf und ab ging. Als Alfred den ersten Zug nahm und seinen Rauch unter das herabgezogene Dach des Bauernhauses blies, sagte Knerri trocken: „Es tut mir nicht leid. Diese Fußballer, die hatten so viel Geld, die schwammen im Luxus. Und ich hatte nichts. Die haben uns behandelt wie ..., wie ..."

„Wie Nutten", schlug Alfred vor.

„Meinetwegen wie Nutten", räumte Knerri ein. „Auf jeden Fall haben sie mit ihren Scheinen um sich geschmissen. Und sie waren alle der Meinung, niemand könne ihnen widerstehen. Sie waren die Schönsten, die Begehrtesten, die Krone der Schöpfung. So viel männliche Eitelkeit rund um einen einzigen Hotelpool können Sie sich gar nicht vorstellen, wie damals versammelt war. Das bisschen Geld, das wir gekriegt haben …"

„Sie und Jassi und Mirri", warf Alfred ein.

„… das hat denen nicht wehgetan", fuhr sie ungerührt fort. „Hier hat es drei Existenzen gerettet. Mich hat es unabhängig gemacht. Mirri und Jassi konnten sich ihr Hotel kaufen … Niemand ist zu Schaden gekommen."

„Das dürften die betroffenen Nationalspieler etwas anders sehen. Drei waren es, nicht wahr?"

Auf diese Frage antwortete Knerri nicht. Sie setzte sich wieder auf die Bank. „Sie wissen erstaunlich gut Bescheid", konstatierte sie jetzt. „Das haben sie nicht alles alleine herausgefunden. Mirri hat geplaudert, nicht wahr?"

„Wie ist Ihr Verhältnis zu Mirri?"

„Das habe ich Ihnen bei Ihrem ersten Besuch schon gesagt. Mirri ist ein Biest. Ein durchtriebenes Luder. Ich habe schon lange nichts mehr mit ihr zu schaffen."

Alfred blies Wölkchen in den wolkenlosen Himmel. Zwischen zwei Zügen überlegte er laut: „Aber Sie waren über all die Jahre auf Mirri angewiesen. Hätte sie geplaudert, dann wäre Ihre Erpressung aufgeflogen …"

Jetzt lachte Knerri wieder heiter: „Es war nicht meine Erpressung. Es war unsere Erpressung. Mirri und Jassi waren genauso mitgefangen wie ich. Wir hatten alle drei kein Interesse daran, unser Geheimnis auszuplaudern, glauben Sie mir."

„Ich werde es der Polizei erzählen müssen", kündigte Alfred an.

„Die Polizei weiß es längst", antwortete Knerri. „Da, sehen Sie!" Sie deutete mit einer Hand hinunter ins „Loch". Auf dem Feldweg näherte sich ein Konvoi von Polizeifahrzeugen. Alfred zählte drei Streifenwagen und zwei Zivilfahrzeuge. Er erkannte an der Spitze des herannahenden Pulks Junkels uralten Ford Fiesta.

Sehr gelassen und optimistisch verkündete Knerri: „Ich habe damit gerechnet. So wie in den letzten Wochen in der Sache herumgeschnüffelt wurde."

Sie erhob sich und kündigte an: „Ich richte einen Tee für die Beamten."

„Man wird Sie verhaften", warnte Alfred.

„I wo", gab sich Knerri unbekümmert. „Erpressung verjährt nach fünf Jahren. Paragraf 253 Strafgesetzbuch. Ich habe mich kundig gemacht. Da ist nichts mehr mit verhaften."

Der Polizeikonvoi erreichte das Bauernhaus. Beamte und Zivilfahnder schwärmten aus den Fahrzeugen. Junkel in seinem speckigen Allwetterjacket bildete die Spitze.

„Die kommen nicht wegen einer 40 Jahre alten Erpressung", wollte Alfred der heiteren Knerri zurufen. „Die kommen wegen dem Mord an Jassi."

Aber Knerri war schon im Haus verschwunden. Junkel baute sich vor Alfred auf. Seine zusammengekniffenen kleinen Augen schossen giftige Blitze ab.

„Habe ich dir nicht gesagt, dass du dich raushalten sollst?", schnarrte er. Gleichzeitig gab er mit Armbewegungen seinen Beamten Zeichen, wie sie das Haus umstellen und sich am Eingang zu postieren hatten. „Das ist Behinderung eines Polizeieinsatzes. Wir bereiten hier eine Verhaftung vor."

„Darf ich fotografieren?", fragte Alfred frech. „Hole nur schnell die Kamera aus dem Auto?"

„Aus welchem Auto?", fragte Junkel ehrlich überrascht. „Bist du nicht zu Fuß hier?"

Alfred schielte über Junkels Schulter hinunter zu der Wiese, auf der er den Porsche abgestellt hatte. Der Sportwagen war verschwunden. Wie war das möglich? Er sah genauer hin. Die Reifenspuren, die vom Feldweg abgingen, führten bis zu einem kleinen, schwarzen Tümpel, der verdächtige blubberte. Eine Autoantenne und Reste vom Verdeck ragten aus der Wasseroberfläche heraus. Der Porsche war im Sumpf versunken.

Rekordversöhnung

Alfred fuhr mit Junkel in dessen Fiesta von Blasiwald zurück.
Er ließ sich ohne Zwischenstopp in Neustadt gleich nach Freiburg chauffieren, denn er wollte sich zuerst in Sicherheit bringen, eher er Linus das Problem mit dem Porsche beichtete.
Anna erhielt immerhin eine Nachricht: „Bin paar Tage in Freiburg, ruf an, wenn was ist."
Junkel war während der Fahrt guter Laune und rauchte un-
bekümmert in seinem Wagen. Alfred wusste außer dem alten
Kumpel Hugo niemanden, der im Auto rauchte. Die beiden
letzten Überlebenden ihrer Art! Aus dem Aschenbecher in der
Mittelkonsole quollen die Kippen, die Windschutzscheibe war
rauchgelb und insgesamt sah der Fahrzeuginnenraum eher aus
wie ein Hippielager aus den späten 1960er Jahren als wie der
Wagen eines Oberkommissars.
„Ja, ich weiß, man müsste mal wieder saugen!", kommentierte
Junkel, als er Alfreds inspizierende Blicke bemerkte. „Komme
ja zu nichts!"
„Wie wär's mit einem neuen Auto?", schlug Alfred vor.
Junkel schenkte ihm einen verkniffenen Seitenblick: „Vielleicht
ein Porsche? Ich muss ihn nur aus dem Sumpf ziehen, oder?
Dann dürfte er günstig zu haben sein."
Alfred drehte sich eine Zigarette. Dieses Thema hätte er am
liebsten verdrängt. Er spuckte ein paar Tabakfitzelchen aus,
die ihm beim Anfeuchten des Papiers zwischen die Zähne gekommen waren, nutzte den vollkommen verschmorten An-
zünder des Fiesta, um die Zigarette zum Glimmen zu bringen
und kommentierte dann widerwillig: „Ich habe Linus Bilder
geschickt und die Sache erklärt. Ich denke mal, wenn einer wie
er gegen sowas nicht versichert ist, wer dann. Immerhin ist er
Versicherungsmakler."

„Gegen die Blödheit seines besten Freundes kann man sich nicht versichern", murmelte Junkel freudig. Die Sache bereitete ihm sichtlich Vergnügen.

Sie passierten Titisee und Hinterzarten und schlängelten sich die Kurven ins Höllental hinunter. Junkel erklärte während der Fahrt, wie es im Fall der Schluchseenixen nach seiner Ansicht weitergehen würde: „Wir haben Knerri am Wickel. Ich denke, der Fall ist gelöst. Sie war's!"

„Was macht Sie da so sicher?"

„Sie hat ein Motiv. Sie wollte nicht, dass ihr Geheimnis verraten wird. Schon gar nicht an de Angelis, den Vater ihrer Tochter. Sie musste deshalb Jassi aus dem Weg räumen, denn Jassi hat den Italiener in den Hochschwarzwald gelockt und war entschlossen, ihm die ganze Geschichte aufzutischen."

„Ein bisschen dünn", befand Alfred lakonisch.

Junkel schnäuzte hörbar, gab aber keinen Kommentar ab. Deshalb bohrte Alfred weiter: „Die Erpressung ist verjährt. Da hatte sie nichts mehr zu befürchten. Mit ihrer Tochter ist sie so auseinander, dass es eigentlich auch hier egal sein kann, wenn die wahre Vaterschaft nun ans Licht kommt. Auf mich hat sie nicht den Eindruck gemacht, dass ihr das noch besonders wichtig ist. Bedenken Sie, Julie ist fast 40, die wird es aushalten, wenn sie jetzt ihren Vater kennenlernt. Sie weiß ja längst, dass es ein Italiener ist."

Als Junkel immer noch keine Reaktion zeigte, schob Alfred hinterher: „Und als ich Knerri das erste Mal besucht habe, erzählte ich ihr, dass Jassi vermisst wird, da war sie ehrlich überrascht, sie hat es gar nicht gewusst. Also kann sie auch nicht die Mörderin sein."

„Mörder sind in der Regel auch gute Schauspieler", ließ sich jetzt Junkel zu einer gnädigen Bemerkung herab. „Man kann auch so tun, als sei man überrascht. Wie leicht lässt du dich reinlegen?"

Alfred wollte etwas erwidern, doch es warf ihn abrupt nach vorne, weil Junkel eine Vollbremsung hinlegte. Sie kam zu spät. Der berüchtigte Blitzer in der Tempo-30-Zone bei der Ortseinfahrt Falkensteig hatte schon ausgelöst.

„Verdammte Sch...", fluchte Junkel. „Raubritter von Falkenstein!"

Sie schlichen durch die Ortschaft. Auf dem Parkplatz beim Gasthaus Zwei Tauben standen die Spargel- und Erdbeerhändler mit ihren fliegenden Buden. Junkel schimpfte in ihre Richtung: „Man wird gezwungen, so langsam durch den Ort zu fahren, dass man bei diesen Gemüseonkels fast aus dem fahrenden Auto heraus einkaufen kann. Und für den Lärmschutz bringt es auch nichts, dieses Stop- and-go!" Demonstrativ gab er Gas im Leerlauf und ließ den heiseren Fiesta-Motor gequält aufheulen.

„Ich dachte eigentlich, Sie sind bei der Polizei", bemerkte Alfred süffisant und ergänzte: „Verkehrssicherheit und so!"

Junkel winkte ab und dröhnte ein weiteres Mal mit seinem Oldtimer.

Alfred kehrte zum Thema zurück: „Wie stellen Sie sich vor, dass Knerri den Mord begangen hat? Das ist unter Wasser geschehen, bei der Schluchseenixe. Und wie ich von Ihnen weiß, müssen mindestens zwei Täter oder Täterinnen beteiligt gewesen sein."

Junkel zuckte mit den Schultern: „Das werden wir herausfinden. Dafür gibt es ja die Untersuchungshaft und die Verhöre."

„Knerri kann überhaupt nicht tauchen", fiel Alfred jetzt ein. „Das hat sie mir bei meinem ersten Besuch auch gesagt. „Sie kann unmöglich die Mörderin sein."

„Du nervst, Alfred", beschied ihm Junkel. „Misch dich nicht in die Polizeiarbeit ein! Sie ist dringend tatverdächtig. Sie kommt in Untersuchungshaft. Die Ermittlungen gehen weiter."

„Ist das wieder so eine Oki Ahr Sache?"

„Du bist ein ziemlicher Schlaumeier", lobte Junkel. Seit ihrem letzten Gespräch hatte er sich weitergebildet und gab jetzt damit an: „OKR heißt Objective Key Results. Verstanden? Schlüsselergebnisse, objektiv messbar. Eine Verhaftung ist ein Schlüsselergebnis." Er klang zynisch und resigniert: „Wenn du in Ruhe ermitteln willst, dann liefere dein OKR, liefere eine Verhaftung."

„Machen Ihre Frau Semmelleber glücklich?"

„Meine Chefin heißt Dr. Gerda Leber-Semmlich", korrigierte Junkel spitz. Der Zynismus triefte aus jedem Satz: „Sie ist Leitende Kriminaldirektorin und unfehlbar. Es gibt keine modernere und effizientere Führungs- und Steuerungsmethode als OKR. So klären wir jeden Fall, so geht uns kein Schwerverbrecher mehr durch die Lappen. Kapisko?"

Alfred begnügte sich mit einem belustigten Grunzen.

So erreichten sie Freiburg. Im Ganter-Tunnel kassierte Junkel eine weitere Blitzerattacke, was ihn zu einer Kaskade von Flüchen über die Verkehrspolitik der Stadt Freiburg brachte, ohne dass freilich deren erzieherischer Ansatz gewirkt hätte, denn zwei Kreuzungen später fuhr Junkel bei Halbrot über die Kreuzung in die Schreiberstraße und wurde erneut geblitzt.

Sie kehrten auf Alfreds Betreiben gemeinsam kurz im Légère an, wo Junkels studentischer Informant freche Bemerkungen über Alfreds schlammverkrustete Turnschuhe machte. Nachdem Junkel verschwunden war rauchte Alfred mit Addi eine Selbstgedrehte und ließ sich von ihm erklären, warum Junkel als Stammgast im Légère so wohlgelitten war: „Er hält seine schützende Hand über uns. Hier gehen manchmal die übelsten Gestalten ein und aus. Es hat seit Jahren keine Razzia mehr gegeben. Sperrzeit wird auch nie kontrolliert. Ich stelle dem schrumpeligen Alten hin und wieder einen Kaffee mit Cognac hin, und gut ist. Die Chefin hats erlaubt."

Alfred blieb im Légère sitzen, weil er dort ein Date hatte.

Er erwartete eine der Frauen, die ihn auf Tinder gematcht hatten. Eine Samantha, die mit der Eigendarstellung: „Unkonventionelle Veganerin und Nichtraucherin, liebe ehrliche Gespräche, bin tiefsinnig-melancholisch, literarisch ambitioniert, naturverbunden und ehrenamtlich engagiert bei Extinction Rebellion", nicht abschreckend genug gewesen war, angesichts eines beigefügten Fotos, das eine hochattraktive brünette Mitzwanzigerin im sexy Minikleidchen zeigte.

Am Nachbartisch ließ sich eine knallig angemalte Enddreißigerin mit Hängebusen, Tränensäcken und schrumpeligen Halsfalten nieder. Sie sah sich suchend um. Dem knackigen Hilfskellner Addi schickte sie lüsterne Blicke hinterher, während sie Alfred mehr oder weniger ignorierte. Sie trank Aperol und rauchte Kette. Alfred trank Bier. Trinkend und aneinander vorbeischauend verbrachten die beiden die nächste halbe Stunde. Hin und wieder kam Addi vorbei, leerte Aschenbecher und brachte neues Bier und frischen Aperol.

Die Frau am Nachbartisch wartete auf jemanden. Immer wieder sah sie sich suchend um, verdrehte den Hals, um zu erkennen, wer vor der geöffneten Tür am Légère vorbeiflanierte, beschäftigte sich nervös mit ihrer Zigarette.

Schließlich hielt sie dem unverschämt grinsenden Hilfskellner ihr Smartphone hin und fragte, laut genug, dass auch Alfred es verstehen konnte: „Haben Sie diesen Mann gesehen? War er hier? Ich habe mich mit ihm hier verabredet?"

Addi verneinte. Ungefragt nahm er der Frau das Smartphone aus der Hand und hielt es Alfred hin: „Kennst du den Typen. War der hier?"

Alfred erkannte den bulgarischen Intellektuellen, den er als seinen Avatar auf Tinder eingestellt hatte. Er besah sich die Frau genauer. Das war keinesfalls die Samantha, die er sich vorgestellt hatte. Er erhob sich und warf Addi einen Zehn-Euro-Schein hin.

„Ich kenne ihn", sagte er dann zum Nachbartisch hin. „Ein toller Typ. Geistreich und blendend aussehend. Er hat sich kürzlich eine Millionärin aus Baden-Baden geangelt. Ich glaube, er ist vergeben."

Damit ließ er Samantha und ihre Träume allein zurück und verließ das Légère. Was war das doch für eine Schwindelwelt? Tinder, Parship, Elite Partner, c.date und wie sie alle hießen! Nichts als Schaumwolken. Ernüchtert schlenderte er durch den Abend Richtung Wiehre zu seiner WG in der Schiller-Villa. Er hatte sich bei Tim Joy angekündigt. Nach zwei Wochen im Hochschwarzwald, in denen er dort seine Wohnung über der Redaktion bezogen, Anna zur Untermiete genommen und den Schluchseenixen Fall mehr oder weniger aufgeklärt hatte, war es nun an der Zeit, in seiner WG-Bude in der Wiehre mal wieder nach dem Rechten zu schauen.

In seinem Zimmer saß Vanessa auf der Bodenmatratze, umgeben von Büchern, die nicht Alfreds Bücher waren, und einer wild über den Fußboden verstreuten Zettelwirtschaft. Sie war erkennbar am Arbeiten. Die Überraschung war gelungen.

„Du?" Alfred wusste nicht, was er sagen sollte. Mit Vanessa hatte er als Letztes gerechnet.

„Tim hat mich reingelassen. Irgendwo muss ich doch unterkommen. Ich bin aus meiner Wohnung geflogen." Sie sah ihn von der Matratze herauf treuherzig mit sanftmütigem Blick an.

Alfred hob unbeholfen die Arme: „Was ist passiert?"

Vanessa erhob sich aus ihrem Schneidersitz. Sie trug ein dünnes Flatterkleidchen und die Konturen ihrer zarten Gestalt zeichnete sich unter dem Stoff ab. Sie war das, was der Hochschwarzwälder ein „dünnes Hemd" nennen würde, ein kurvenloses, flachbrüstiges androgynes Wesen. Wie immer hatte sie ihren braun-blonden Haarschopf zu einem ungebändigten Knoten zusammengebunden, aus dem nach allen Richtungen Strähnen in die Freiheit strebten. So stand sie vor Alfred, äußerlich zart und hilflos wie Aschenbrödel, aber in Wahrheit eine energische und unbezwingbare Amazone. „Darf ich bei dir wohnen", fragte sie treuherzig.

Alfred nahm sie in die Arme. „Das ist doch keine Frage", murmelte er und drückte das zerbrechliche Wesen fest an sich. Er hatte sich tagelang das Hirn zermartert, wie er sich mit Vanessa versöhnen, wieder annähern, sein Misstrauen und seine Eifersucht beerdigen könnte, und nun geschah es so selbstverständlich und unkompliziert, als wäre nie etwas gewesen, kein tschechischer Musiker, keine Pragreise, kein Tinder und keine Funkstille auf allen Kanälen.

Sie versöhnten sich auf Alfreds Matratze und daneben, obwohl es eigentlich überhaupt nichts zu versöhnen gab. Danach saßen sie gemeinsam in der Küche, rauchten und teilten sich das letzte Bier, das noch im Kühlschrank überlebt hatte. Aus Tim Joys Zimmer drang der technische Lärm digitaler Schlachten. Er war nicht dazu zu bewegen, seine Höhle zu verlassen und sich zu ihnen zu gesellen. „Geht jetzt nicht, komme erstmals auf Level 24 …", teilte er durch die geschlossene Zimmertür hindurch mit, ohne zu erläutern, was es mit „Level 24" auf sich hatte.

„Vermutlich eines seiner Computerspiele", vermutete Vanessa, während sie den müffelnden Kühlschrank und den von erkalteter Lava lahmgelegten Backofen inspizierte.

„Ich werde hier gründlich aufräumen müssen", ahnte sie. Sie erzählte, dass sie wegen nicht beglichener Miete aus ihre acht Quadratmeter großen Dachzimmerwohnung geflogen war. Das war nicht verwunderlich, denn Vanessa hatte seit zwei Jahren keine Miete mehr bezahlt. Da Alfreds Bude in der Wiehre-WG weitgehend leer stand, hatte sie bei Tim um Hilfe gerufen, der hatte Jochen Schillers Einverständnis eingeholt, und nun teilte Alfred sich das sowieso nicht mehr benötigte

Zimmer mit Vanessa. Wobei er Vanessa erst noch ins Bild über seine neue Wohnung in Neustadt setzen musste.

„Ich bin sowieso die meiste Zeit oben in Neustadt", erklärte er zaghaft. „Habe dort jetzt ein Zimmer über der Redaktion."

Dass sich in seine Neustädter Wohnung mittlerweile Anna einquartiert hatte, verschwieg Alfred. Zwar wusste Vanessa von seiner komplizierten Beziehung zu Anna, aber sie vermieden es in der Regel, über Alfreds unerfüllte Liebe zu sprechen. Auch diesmal hielt er es für geraten, dieses Thema nicht anzurühren. Nun besaß er also zwei Wohnsitze, einen in Freiburg und einen in Neustadt, und jeden teilte er sich mit einer Frau.

Ein lauter Triumphschrei aus Tim Joys Zimmer hallte durch den Flur. „Denke, er hat Level 24 geknackt", interpretierte Vanessa. So war es. Tim war plötzlich wieder ansprechbar. Seine Zimmertür schlug auf und er kam auf seinem mächtigen Drehstuhl durch den Flur in die Küche gerollt.

„Wollen wir uns Döner bestellen?", schlug er gutgelaunt vor. Sein bleiches Mondgesicht strahlte. Wie immer, wenn Alfred Tim außerhalb seiner Höhle zu Gesicht bekam, erinnerte er ihn an einen aufgeschwemmten Nacktmull oder an eine 1000-jährige Unke, die aus einem dunklen Brunnenschacht nur einmal pro Jahrhundert an die Oberfläche kommt.

Mit einem beiläufigen „Ich lade euch ein", orderte Tim bei „Rojs Kebaphaus" sechs Portionen Döner, „falls jemand größeren Hunger hat", wie er entschuldigend die Großbestellung verteidigte. Am Ende war er es, der vier Portionen vertilgte, während Alfred und Vanessa jeweils schon mit einem Döner zu kämpfen hatten.

„Ich werde mit Jochen zu diesem Autorennen kommen", kündigte Tim zwischen zwei Döner an. „Wir fahren mit."

„Du meinst doch nicht etwa den Großen Preis von Schluchsee? Dieses Modellautorennen um den Riesenbühl?", fragte Alfred ungläubig.

„Doch genau, das meine ich", bestätigte Tim und kaute weiter. Vanessa und Alfred stierten ihren Kumpel entgeistert über die Tischplatte hinweg an. Als Tim keine Anstalten zu weiteren Erläuterungen machte, fragte Alfred gedehnt: „Und …?"

Tim wischte sich die mit der mayonesenlastigen Dönersauce verschmierten Hände an den Hosenbeinen ab, die bereits Spuren zahlreicher früherer Mahlzeiten trugen, und antwortete: „Diese Modellautos sind leicht zu steuern. Kein Vergleich zu einem komplexen Ego-Shooter Spiel auf dem PC. DiRT Rally von Codemaster ist zum Beispiel hammerschwer. Ich habe dort den ganzen Tag gebraucht, um auf Level 24 zu kommen. Da sind so ferngesteuerte Spielzeugautos ein Klacks dagegen. Jochen hat Bock. Er hat uns beide angemeldet, wir bilden ein Team."

„Aber dort fahren die absoluten Profis. Typen, die jede Woche Meisterschaften untereinander ausfahren."

„Nicht nur", widersprach Tim und machte mit geschlossenen Fäusten Bewegungen auf der Tischplatte, als würde er einen Joystick dirigieren. Seine Fäuste waren groß wie Pampelmusen. „Es gibt eine Profiklasse und eine Hobbyfahrerklasse. Da kann mitmachen wer will."

„Ach so, ihr startet in der Jedermannsklasse", fasste Vanessa zusammen. „Hättest du gleich sagen können."

„Wir starten natürlich in der Profiklasse", widersprach Tim und grinste dabei wie ein Schuljunge. „Jochen besorgt uns ein konkurrenzfähiges Modellauto. Wir fahren auf Sieg."

„Wie oft hast du schon draußen im Gelände, in der richtigen Natur, ein solches Modellauto gefahren?", fragte Alfred zaghaft.

Tim schüttelte seinen mächtigen Kürbiskopf: „Noch nie!", gab er zu.

„Und Jochen?"

Wieder grinste Tim: „Der braucht das nicht. Er ist mein Co-Pilot. Das Steuern übernehme ich. Jochen muss nur die Strecke im Auge behalten und wie ein echter Rallye Co-Pilot die Anweisungen geben."

„Ihr wollt euch mit Gewalt blamieren", stellte Vanessa abschließend fest. Sie war sich aber mit Alfred einig, dass sie die beiden Piloten auf ihrer Mission nicht alleine lassen konnten. „Wir kommen mit", legte sie fest. „Das lassen wir uns nicht entgehen."

Der Große Preis von Schluchsee

„Und hiermit erkläre ich den Großen Preis von Schluchsee für eröffnet!" Der Schuss aus der Schreckschusspistole, die Bürgermeister Jürgen Kaiser über seinem Kopf in den Himmel gerichtet abfeuerte, ging nahezu im Röhren der Offroad-Modellautos unter, die mit qualmenden Abgaswolken den Abhang vom Riesenbühlturm hinunterschossen und in ihre erste Runde um den Turm einbogen. Vom Rückstoß erschrocken ließ Jürgen Kaiser die Pistole fallen, ein Moment, den Alfred, der direkt daneben stand, mit der Kamera festhielt.

„Für Goodwood Wälder-News", erklärte er grinsend, als der wenig amüsierte Bürgermeister von Schluchsee ihn fragte, wer er sei und für was das Foto gedacht sei. Alfred zückte seinen schon mehrfach erfolgreich zum Presseausweis umfunktionierten Bibliotheksausweis und seine Akkreditierung und meinte beschwichtigend: „Das ist nur gut fürs Image, wenn ein Bürgermeister Schusswaffen fallen lässt. Glauben Sie mir."

Jürgen Kaiser hob die Schreckschusswaffe wieder auf, rückte seine Brille zurecht und schaute sich um, ob außer Alfred noch jemand den Lapsus beobachtet hatte. Aber die Menschen, die sich auf der VIP-Tribüne unter dem Riesenbühlturm drängten, hatten alle nur Augen für das soeben gestartete Rennen.

Es waren die ersten vier Fahrzeuge unterwegs und es handelte sich um den ersten Lauf in der Hobbyklasse. Alle Teilnehmer fuhren mit dem gleichen ferngesteuerten Offroad Modell, einem Verbrenner-Modellauto, das mehr Lärm verursachte als Alfreds roter Flitzer bei der Fahrt über den Spirzen nach St. Märgen. Die Fahrzeuge wurden vom Veranstalter gestellt, den Cheforganisator Thorben Mag von der Hochschwarzwald Tourismus GmbH für diese Erstauflage des „Großen Preis von Schluchsee" extra aus Österreich engagiert hatte. Der Veranstalter hatte auch alle teilnehmenden Fahrer mit Rennanzügen ausgestattet, die aussahen wie gesteppte Overalls aus dem Formel 1 Fahrerlager. Alle Fahrer und ihre Co-Piloten trugen solche Anzüge, mit einer Ausnahme: Für Tim Joy hatte es keine passende Größe gegeben. Er ging in Jogginghose und Riesensweatshirt an den Start. Thorben Mag, ein großgewachsener, schlanker Mann, der selbst im roten Ferrari-Anzug steckte, weil er bei den Hobbyteams mit der HTG am Rennen teilnahm, hatte zuvor in seiner Begrüßungsrede die zahlreich auf den Riesenbühl geströmten Zuschauer aufgeklärt: „Bei diesen Modellfahrzeugen gehen Leistung und Sound Hand in Hand. Denn der Fahrer erhält auf eindrucksvolle Weise durch die Abgasanlage eine unüberhörbare akustische Rückmeldung, wie die Gassteuerbefehle im Modell umgesetzt werden. Auf der anderen Seite werden auch Sie als Zuschauer sehr schnell anhand der Geräusche registrieren, in welchem Streckenabschnitt die Fahrer das Gas voll durchziehen."

Das klang sehr kompetent und ließ erwarten, dass Mag etwas vom Modellautorennen verstand. So stolzierte er auch durch das Fahrerlager. Wie jemand, der das Autorennfahren erfunden hat. Als Teilnehmer beim ersten Lauf landete er für das Team HTG mit seinem Modellauto dann jedoch auf dem letzten Platz, direkt hinter dem Renn-Buggy des Feldberger Bürgermeisters Johannes Albrecht. Sieger im ersten Lauf wurde das Fahrerduo der Rothaus-Brauerei, gefolgt vom Team der Testo AG. Die meisten Piloten der Modellautos nutzten die am Fuße des Riesenbühlturms aufgebaute Plattform, von der sie den Überblick über die gesamte Strecke hatten, und steuerten, assistiert von ihren Co-Piloten, von dort ihr Fahrzeug. Manche nutzten auch die Aussichtsplattform ganz oben auf dem Turm. Das hatte allerdings den Nachteil, dass sie lange bis zum Modellauto brauchten, wenn es umgekippt war oder wenn sie ihr Fahrzeug in die Büsche gesteuert hatten.

Alfred pendelte zwischen VIP-Zelt und Fahrertribüne und ließ sich das Reglement von einem der Helfer erklären. Es gab für die Hobbyklasse und ebenso für die Profiklasse mehrere Läufe á zehn Runden um den Turm, deren Ergebnisse jeweils in Punkten belohnt wurden. Dabei gingen jeweils vier Fahrzeuge gemeinsam an den Start, solange bis mehr oder weniger einmal jeder gegen jeden gefahren war. Nach Abschluss dieser „Vorläufe" sollte es unter den jeweils vier Punktbesten jeder Klasse zum großen Finale kommen. Eine digitale Schautafel am Fuße des Riesenbühlturms zeigte dem Publikum den Punktestand nach jedem Rennen an.

Mit seiner Akkreditierung durfte Alfred sich im Fahrerlager, im VIP-Bereich und im Zentrum der Rennleitung bewegen, die sich direkt am Fuße des Turms befanden. Der Turm selbst mit seinem luftigen Stahlgitter-Treppenhaus war für das Publikum gesperrt. Dort hatte sich die Rennleitung einquartiert. Am Fuße des Turms stand das VIP-Zelt und direkt daneben befand sich das Fahrerlager, ein Kranz von kleinen Pagodenzelten, die rings um den Turm herum wie eine Wagenburg aufgereiht waren. Außerhalb dieser Wagenburg verlief die abgesperrte Rennstrecke, die in einer kleinen und einer größeren Schlaufe eine Acht rund um den Turm beschrieb und durch das baumfreie, aber von Steinen, Sträuchern und Unebenheiten aller Art durchsetze, Gipfelgelände führte. Die Zuschauer mussten außerhalb der Rennstrecke bleiben, am weitesten vom Turm entfernt. Während die ersten Läufe der Hobbyklasse liefen, sammelte Alfred Informationen. Ein Mechaniker des aus Österreich angereisten Veranstalter-Teams erklärte ihm: „Der Buggy-Truck, den wir hier verwenden, eignet sich für Anfänger und für Fortgeschrittene gleichermaßen. Er hat einen robusten Rahmen aus Aluminium, acht Highend Stoßdämpfer und Allradantrieb. Man kann sie mit stufenloser Geschwindigkeitsbegrenzung steuern."

Alfred machte sich eifrig Notizen. Zwischendurch stellte er Fragen, während der HTG-Pilot Thorben Mag auch seinen zweiten Lauf als Letzter beendete.

„Wieso acht Stoßdämpfer. Das Ding hat doch nur vier Räder?" Der Mechaniker musterte Alfred wie einen Fahranfänger, der nach der Funktion des Schaltknüppels fragt. Er ließ sich zu einer großmütigen Erläuterung herab: „Das Auto ist extra für die Jumps mit acht Öldruckstoßdämpfern ausgestattet. Auch die Stoßstange hat eine Federung, um auch stärkste Schläge abzufangen. Warte mal, bis die Profis loslegen. Mit ihren übergroßen Rädern können unsere Kisten einfach über Hindernisse hinwegfahren, Steine, Zweige, sogar kleine Baumstämme." Dies sagte er, als soeben der omnipräsente Thorben Mag zum dritten Mal als Letzter eingekommen war und fluchend auf einen Baumstamm schimpfte, der im Weg gelegen und seinen Rennwagen gestoppt habe.

Alfred heftete sich mit der Absicht, ein Interview zu führen, an die Fersen des HTG-Chefs, der jetzt erst einmal einige Läufe Pause hatte und daher in seinem roten Rennanzug durch die VIP-Lounge stolzierte, als habe er soeben die 24 Stunden von Le Mans gewonnen. Zielstrebig steuerte er auf die Riege der Hochschwarzwälder Bürgermeister zu, die sich am Bierausschank der Rothaus-Brauerei versammelt hatten und dem Feldberger Bürgermeister dazu gratulierten, dass er nicht in jedem seiner Läufe Letzter geworden war. Man prostete sich mit Rothaus Bier zu und wollte von den Piloten Mag und Albrecht Einzelheiten zum Rennverlauf wissen.

„Er ist mir absichtlich in den Weg gefahren", behauptet Thorben Mag und baute sich vor Bürgermeister Johannes Albrecht auf. Dieser wehrte sich sogleich: „Niemand fährt so unberechenbar wie Sie! Geisterfahrer! Ich musste ständig ausweichen."

„Unerhört!", schimpfte Mag. „Er hat es darauf angelegt …"

Schluchsees Bürgermeister Jürgen Kaiser wandte sich mit einem verzweifelten Seufzer an den Hinterzartener Rathauschef Klaus Michael Tatsch, der neben ihm stand, und klagte laut: „Jetzt liegen sie sich schon wieder in den Haaren. Wie bei der letzten HTG-Aufsichtsratssitzung."

Auch der Breitnauer Bürgermeister Joseph Haberstroh mischte sich ein: „Wir sollten doch mal einen Mediator engagieren, so wie es mein Gemeinderat vorgeschlagen hat."

„Na meine Herren, was gibt es denn so aufgeregt zu diskutieren?", fragte eine Stimme, die Alfred bekannt vorkam. Er schaute sich um. Hoteldirektor Hartmut Schwärmler näherte sich der Bürgermeister-Gruppe. Er klopfte dem HTG-Chef auf die Schulter: „Prima siehst du aus, Thorben. Fast wie damals James Hunt, als er noch für Hesketh Racing fuhr." Er holte zu einer längeren Erzählung aus, wie er einst Sponsor des Formel 1 Rennstalls Hesketh gewesen war, eine Geschichte, die Alfred bereits kannte, weshalb er sich – ein Rothaus Bier in der Hand – von der Gruppe davonschlich.

Der 35 Meter hohe Riesenbühlturm auf dem gleichnamigen 1095 Meter aufragenden Hügel ist ein Monstrum aus Stahl und Holz. Man hat von seiner Aussichtsplattform einen grandiosen Blick über den Ort Schluchsee und über den Stausee in seiner gesamten Länge. Da man ihn von Schluchsee aus über mehrere Fußwege in einem gemächlichen Spaziergang erreicht, gehört er zu den beliebtesten Ausflugszielen der Gegend. Am Tag des großen Ereignisses sammelten sich auf der Kuppe Hunderte von Schaulustigen, die zu Fuß den Weg heraufgefunden hatten, um dem „Großen Preis von Schluchsee" beizuwohnen. Vanessa, die anders als Alfred keine Presseakkreditierung besaß, hatte einen der begehrten Plätze auf dem schindelgedeckten Dach der hölzernen Rasthütte ergattert, die außerhalb der Rennstrecke lag und an normalen Tagen als Grill- und Vesperhütte genutzt wurde, hin und wieder auch als Schauplatz nächtlicher Jugendpartys. Von ihrem Sitzplatz auf dem First der Hütte hatte sie nicht nur einen komfortablen Blick über nahezu die gesamte Rennstrecke, sie überblickte auch die Zuschauerströme, die vom Wanderweg herkommend sich entlang der Rennstrecke verteilten. Darüber hielt sie per Smartphone Alfred auf dem Laufenden: „Rate mal, wer hier gerade aufgetaucht ist."

„Wer?", fragte Alfred zurück, während er sich im VIP-Zelt an die Theke mit den belegten Häppchen durchboxte.

„Dein Freund Junkel", antwortete Vanessa. „Er hat ein paar Zivilfahnder dabei und verteilt sie gerade über das ganze Gelände. Sieht so aus, als plane er irgendetwas."

„Interessant! Behalte ihn auf jeden Fall im Auge. Der kommt nicht zum Vergnügen hier herauf, soviel ist klar. Der kommt wegen der Schluchseenixen."

„Aber der Fall ist doch geklärt", erwiderte Vanessa. „Er hat doch diese Knerri verhaftet. Die Frau, die die Fußballspieler erpresst hat."

Alfred stellte kurz sein Bierglas ab und fingerte mit der rechten Hand nach einem Schinkenschnittchen. Mit dem Daumen entfernte er unauffällig die halbe Gurkenscheibe, die obendrauf lag und schob sich den Happen in den Mund. In der Linken hielt er das Smartphone und antwortete jetzt kauend: „Junkel verhaftet hin und wieder jemanden, damit er intern Ruhe hat. Ich habe ihm gleich misstraut, als er mir Knerri als mutmaßliche Mörderin präsentiert hat. Da gibt es zu viele Ungereimtheiten. Knerri kann zum Beispiel nicht tauchen. Wie hätte sie Jasmin Hog unter die Segeljolle locken sollen und dort dann im Fischernetz umbringen? Und du erinnerst dich: Wir haben auf der Schluchseenixe damals auf dem See eine junge Frau gesehen, die ins Wasser abgetaucht ist. Das war niemals Knerri."

„Du hast eine junge Frau gesehen", korrigierte Vanessa. „Außer dir gibt es dafür keinen Zeugen."

„Ich bin mir da aber sicher", antworte Alfred. Er musste brüllen, denn soeben wurde der erste Lauf der Profirennen gestartet. Und es dröhnte so, wie es der österreichische Service-Mechaniker versprochen hatte.

„Wo bist du dir sicher, Schätzchen", gurrte eine wohlbekannte Stimme direkt neben Alfreds Ohr. Er drehte sich um. Vor ihm stand Mirri, die Hotelbesitzerin, in High Heels in einem schneeweißen, engen Kostüm, das auf den Riesenbühl passte wie ein Skianzug an den Strand von Mallorca. Sie wurde von einer Frau im sportlichen Freizeitlook begleitet, deren Gesicht hinter den wagenradegroßen Gläsern einer stylischen Sonnenbrille verborgen war. Alfred erkannte nur einen ironisch lächelnden Mund.

Mirri stellte Alfred vor: „Schau her Silvie, das ist der junge Reporter, von dem ich dir erzählt habe. Er heißt Alfred und erforscht den Mord an Jassi." Sie betonte jedes einzelne Wort und hob dabei ihr Sektglas, um es an Alfreds Bierglas anzutippen.

Als Alfred nicht gleich antwortete, plapperte Mirri weiter: „Und das ist Silvie. Ich weiß nicht, kennt ihr euch schon? Nein? Sie ist meine … äh … sie ist, sie hat …"

„Ich bin die Freundin von Ralf", nahm Silvie das Wort. Sie klang nicht so überschwappend freundlich wie Mirri, aber dennoch angenehm wohlwollend. „Mirri hat mir von Ihnen erzählt. Ihr wart gemeinsam in der Sauna, habe ich gehört …" Sie kicherte fröhlich. Alfred errötete. Was hatte Mirri erzählt? Doch nicht etwa die peinlichen Szenen aus der Sauna?

„Dann sind Sie die Tauchlehrerin?", versuchte Alfred die Situation zu überspielen. Fast hätte er auch noch offenbart, dass er für nächste Woche zum Tauchkurs angemeldet war, aber er kam nicht dazu. Ohne ihn eines weiteren Blickes zu würdigen, wandte Silvie sich mit dem Ruf „Es geht los" von Alfred ab und zerrte Mirri mit sich. Mirris Sektglas schwappte bei dieser abrupten Aktion über, und wässerte die noch auf dem Silbertablett harrenden Schinken- und Käsehäppchen.

„Oh, Ralfs erstes Rennen!", japste Mirri und stöckelte auf dem mit Sägespänen ausgelegten Zeltboden hinter Silvie her, um den Auftritt ihres Sohnes nicht zu verpassen. Alfred begab sich zu einem bühnenartigen hölzernen Podest, von dem aus die Gäste des VIP-Zeltes einen guten Blick auf die Strecke hatten. Er kam neben zwei Freaks zu stehen, die sich über die Funktechnik unterhielten, mit deren Hilfe die Modellrennautos gesteuert wurden. Einer sagte: „Die arbeiten mit Hochfrequenz-Pistolensendern. Die haben eine Reichweite von bis zu 150 Metern."

Der andere wusste noch mehr: „Das sind die Modelle, mit der solche Showrennen immer gefahren werden. Man kann auf diese Weise mit bis zu zehn Personen gleichzeitig fahren. Hast du das gewusst?"

„Wie das?"

„Weil diese Trucks über zehn verschiedene Frequenzen angesteuert werden können. Herkömmliche Sender arbeiten meistens im 27 Megaherz-Frequenzbereich. Aber hier haben wir es mit 2,4 Gigaherz-Sendern zu tun. Also: Größerer Sendebereich, doppelte Reichweite, keine Anfälligkeit für Umgebungsrauschen, energiesparsam, und die Fahrzeuge benötigen keine lange Metallantenne, sondern es reicht ein kleiner Zapfen auf dem Dach oder auf der Motorhaube."

Alfred machte sich Notizen, während er mit einem Auge das Rennen verfolgte. Ralf ging als haushoher Sieger durchs Ziel. Er stand gar nicht weit von Alfred entfernt auf einem Stein und dirigierte sein Fahrzeug traumhaft sicher durch den Kurs, den er ganz sicher nicht zum ersten Mal abfuhr. Der Streckensprecher verkündete auch sogleich, dass Ralf einen neuen Rundenrekord aufgestellt habe und zählte auf, welche international hochkarätigen Rennen „unser Lokalmatador, der Vollprofi

Ralf Ansbach" in den vergangenen Jahren bereits gewonnen hatte. Bei dieser Gelegenheit erfuhr Alfred, dass Ralf nicht nur „Eifelmeister" war, sondern auch die berühmte „Vulkanchallenge von Lanzarote" schon zweimal gewonnen hatte, wenn man dem Sprecher glauben durfte, so etwas wie „der Ironman der Modellautofahrer".

Die Rennprofis hatten völlig andere Fahrtechniken als die Amateure. Pilot und Co-Pilot teilten sich bei ihnen auf: Der Co-Pilot rannte neben dem fahrenden Modellauto her und gab die Steuerbefehle, der Steuermann selbst stand mit der Fernsteuerung an einem zentralen Punkt und folgte seinem Co-Piloten blind.

Und damit war auch schon erklärt, warum es mit Tim Joy und Jochen Schiller im Wettbewerb der Profis nicht die erhoffte Sensation gab, obwohl Tim sich im Vorfeld sicher gewesen war, mit „Level 24" auch gleichzeitig zum Favoritenkreis beim Großen Preis von Schluchsee zu gehören.

Tim Joy saß als Pilot oben auf dem Riesenbühlturm. Alfred hatte keine Vorstellung davon, wie es der Zwei-Zentner Kumpel auf die Plattform des Turms geschafft hatte. Vielleicht hatten ihn die Veranstalter mit einer Seilwinde emporgehievt. Auf jeden Fall thronte er oben auf einem Pilotenhocker und steuerte sein Offroad Monstrum im ersten Lauf noch auf Rang zwei, in allen nachfolgenden Vierer-Rennen wurde er Letzter. Das lag an Jochen Schiller, dem schlicht die Kondition fehlte, neben dem rasenden Truck über Stock und Stein an der Rennstrecke entlangzusprinten und gleichzeitig die Steuerbefehle an Tim weiterzugeben. Bereits nach dem ersten Lauf war Jochen fix und fertig. Er hatte nicht damit gerechnet, dass er hier sportliche Höchstleistungen erbringen musste. So wurde nichts aus der Idee, dem eitlen Ralf Ansbach die Show zu stehlen. Tim und Jochen kamen erst gar nicht ins Finale. Genaugenommen belegten sie in der Profirennklasse mit klarem Abstand den letzten Platz, beendeten ihre Rennfahrerkarriere also ähnlich ruhmlos wie der HTG-Chef Thorben Mag, nur mit dem Unterschied, dass dieser zwar abgeschlagener Letzter bei den Hobbyfahrern wurde, aber immerhin einen Schuldigen gefunden hatte, den er öffentlich beschimpfen konnte: „Der Feldberger Bürgermeister hat mich ständig absichtlich behindert und von der Piste gedrängt", erzählte Mag jedem, den er im VIP-Zelt erwischen konnte. So bekam es auch Alfred mit, der sich nach Tims absehbarem Scheitern bald mehr für den Rothaus-Bierstand als für das Rennen interessierte.

Plötzlich wurde Alfred erneut von der Seite angesprochen: „Isse das aber eine Freude", radebrechte Giuseppe de Angelis, der unvermittelt neben ihm auftauchte: „Wolle zemme eine Biere trinken?"

Alfred sagte nicht nein. De Angelis wirkte aufgeräumt. Keineswegs wie ein soeben aus der Untersuchungshaft entlassener Mordverdächtiger.

„Geht's gut? Alles überstanden?", fragte Alfred höflich.

De Angels grinste und sie prosteten sich zu. Aus dem Italiener sprudelte es heraus: „Habbe ich Tochter kennegelernt. Meine Julie! Oh isse schöne Tochter. Und gute Mamma. Habbe ich zwei Enkelekinder. Bambini mio!"

Alfred ließ sich erklären, wie de Angelis nach seiner Entlassung aus der Untersuchungshaft endlich erfahren hatte, wer seine Tochter war. Das hatte ihm niemand anders als Oberkommissar Junkel erzählt. Der Italiener hegte keinen Groll wegen seiner Untersuchungshaft: „Isse Schickesale!", beteuerte er. „Sonst ich nie Julie treffe!"

Inzwischen wohnte er bei seiner Tochter, lernte seine Enkelkinder kennen und schmiedete Pläne, für den restlichen Lebensabend wieder ganz in den Hochschwarzwald zurückzukehren. Er berichtete, dass er sogar Knerri im Gefängnis besucht habe und beteuerte: „Isse unschuldig! Ich kenne sie."

Das große Finale wurde vom Streckensprecher angekündigt. Alfred stellte sein halbvolles Bierglas ab und ließ Giuseppe allein zurück: „Muss mich um das Rennen kümmern", sagte er. „Bin im Dienst!"

Er kehrte zu seinem Aussichtsplatz auf der VIP-Tribüne zurück. Gerade rechtzeitig zum Start des Finalrennens der Profis. Schon lag der blauweiße Buggy von Ralf Ansbach in Führung. Alfred sah Mirris Sohn wie ein Feldherr breitbeinig auf einem Granitfindling stehen. Er sah mit seiner Pilotensonnenbrille wie der Hauptdarsteller aus Top Gun aus. Vor sich trug er einen technischen Kasten, in dem die Fernsteuerung war und auf dem er virtuos die Hebel bediente. Das Publikum klatschte Beifall und honorierte es mit lauten Bravorufen, als er sein röhrendes Fahrzeug durch eine schwierige Stelle mit einem kühnen Sprung manövrierte. Sein härtester Verfolger havarierte an dieser Passage und blieb mit durchdrehenden Rädern auf dem Rücken liegen. Es musste erst der Co-Pilot herbeieilen und das Fahrzeug wieder auf die Räder stellen. Die beiden übrigen Finalisten lagen weit zurück.

Alfreds Smartphone piepste. Er ignorierte es, denn es wurde unerwartet spannend. Zu Beginn der dritten Runde machte Ralfs blauweißer Offroad-Buggy nämlich plötzlich Zicken. Er brach nach links aus, verließ die ausgefahrene Piste und raste durch ein dichtes Feld von Heidelbeerstauden. Die Fetzen flogen in alle Richtungen davon. Durch das Publikum ging ein kollektiver Aufschrei des Entsetzens. Glücklicherweise kehrte Ralfs Modellauto jedoch nach einigen Schrecksekunden unter dem Beifall des erschrockenen Publikums auf die Strecke zurück. Der Streckensprecher faselte etwas von „unglaublichen Reflexen" und „höchster Fahrkunst", obwohl jedermann sehen konnte, wie Ralf ebenso hektisch wie hilflos an seinen Knöpfen und Steuerhebeln operierte. Irgendetwas lief nicht nach Plan. Dennoch bewahrte Ralf nach diesem rätselhaften

Ausbruch die Führung und baute sie bis zur fünften Runde wieder ansehnlich aus. Dann begann das Unheil erneut: Ralfs Auto stoppte unvermittelt und kreiselte mehrfach um die eigene Achse. Entgegen der Fahrtrichtung blieb es stehen. Man hörte Ralf seinem Co-Piloten hektisch Kommandos zurufen. Der Co-Pilot brüllte zurück. Die beiden gestikulierten. Ralfs Vorsprung vor den Verfolgern schmolz.

Alfreds Smartphone piepste immer noch. Unwillig zog er es aus der Hosentasche und warf einen Blick auf das Display. Er las im Chat eine Nachricht von Tim: „Habe seine Frequenz geknackt. In der dritten Runde übernehme ich mal kurz das Steuer!"

Die Antwort von Jochen Schiller lautete: „Er hat keine Ahnung, was passiert. Lass ihn ein bisschen zappeln."

Dann wieder Tim: „In Runde fünf übernehme ich wieder. Dann bringe ich ihn zum Stehen."

Jochen: „Hat geklappt, der Typ flippt aus. Er hat keine Ahnung, dass du seine Funkfrequenz gekapert hast."

Alfred schaute von der Piste, wo Ralfs bockiges Modellfahrzeug feststeckte, hinüber zu Ralf, der wie ein Rumpelstilzchen um seinen Feldherrenfindling herumhüpfte, und dann hinauf auf die Aussichtsplattform des Riesenbühlturmes, wo er die massigen Konturen Tims ausmachte. Der Kumpel hatte Ralfs Funkverkehr mit dem Rennwagen gehackt und machte sich nun einen Spaß daraus, das Rennen mit einigen unkonventionellen Befehlen wieder spannend zu machen. Mal raste der blauweiße Favoritenbuggy in die falsche Richtung, mal donnerte er gegen Felshindernisse, mal verpasste er eine Kurve. Inzwischen fuhr Ralf seinen Konkurrenten hinterher und jedermann konnte sehen, dass er die Situation nicht im Griff hatte und kurz davorstand, die Beherrschung zu verlieren. Die letzte Runde brach an. Ralfs Rennauto torkelte am Ende des Feldes über die Piste. Da verlor der coole Ralfi die Beherrschung. Er riss sich den Gurt vom Leib, an dem der Kasten mit der Fernsteuerung hing, packte das Gerät und zertrümmerte es mit einem Wutschrei am nächstbesten Felsbrocken. „Was habt ihr mir für einen Scheiß gegeben", brüllte er in Richtung der österreichischen Rennleitung. Für den großen Favoriten war das Rennen vorbei.

Während die im Rennen verbliebenen drei Finalfahrzeuge hintereinander die Ziellinie passierten, trat eine neue Wendung ein. Von allen Seiten schwärmten plötzlich drahtige junge Männer herbei. Sie stürzten sich auf Ralf, der noch immer damit beschäftigt war, die zertrümmerte Fernsteuerung mit Fußtritten zu bearbeiten. Jetzt erkannte Alfred auch den Anführer des Kommandos. Es war Oberkommissar Siegfried Junkel.

„Sie verhaften ihn! Sie verhaften Ralf Ansbach!", hörte Alfred jemanden neben sich sagen. Es war Schluchsees Bürgermeister Jürgen Kaiser. Im Eifer des Geschehens hatte Alfred gar nicht bemerkt, wie der Schultes zusammen mit Hoteldirektor Hartmut Schwärmler auf die VIP-Tribüne gekommen war. Schwärmler kommentierte ironisch: „Ein Höhepunkt jagt den nächsten."

„Aber warum? Was ist geschehen?", rätselte der Bürgermeister.

Alfred klärte auf: „Ich glaube, ich weiß um was es geht. Das ist Oberkommissar Junkel vom Morddezernat der Kripo Freiburg. Er ermittelt im Schluchseenixen Mord."

„Haben sie nicht Eva Knerdler als Tatverdächtige?", zeigte Hoteldirektor Schwärmler sich gut informiert.

„Knerris Verhaftung war nur OKR", erklärte Alfred, ohne dass seine beiden Nachbarn ihn verstanden. „Jetzt ist Ralf der Tatverdächtige!" Er klatschte in die Hände: „Und ich glaube, jetzt haben sie den Richtigen."

Stammtisch-Odyssee (7)

Alfred und Linus waren im Brauereigasthof Bären verabredet. „Linus hat mir die Freundschaft aufgekündigt", erklärte Alfred gegenüber Anna. „Aber er will mich trotzdem treffen. Es geht um die Versicherung für den Porsche. Ich muss den Unfallhergang unterschreiben, sonst kommt er nicht an sein Geld."
„Und dafür müsst ihr euch in einer Wirtschaft treffen?", fragte Anna zweifelnd. Sie führte inzwischen Alfreds Haushalt und hatte seine Wohnung am Adlerbuckel in jeder Beziehung umgekrempelt. Es durfte nicht mehr geraucht werden. Sie schlief in Alfreds Bett im Schlafzimmer, er musste die Wohnzimmercouch benutzen. Die Küche blitzte und strahlte, überall standen Blumen und Zimmerpflanzen, der Staubsauger war ständig in Betrieb und die Eroberung des Kühlschranks durch Anna war abgeschlossen. Dort gab es jetzt nur noch gesunden und nützlichen Inhalt. Alfreds Wurstbüchsen gehörten der Vergangenheit an. Für Bier war im Kühlschrank kein Platz mehr. Kurzum: Alfred war nicht mehr Herr in den eigenen vier Wänden. Insgeheim nahm Anna auch Einfluss auf Alfreds Lebenswandel. Sie machte sich daran, ihn zu erziehen. Vorerst noch ohne sichtbaren Erfolg.
Aber damit hatte es nichts zu tun, dass das Treffen mit Linus im Bären stattfinden musste.
„Er sagt, wir sollen uns auf neutralem Boden treffen, also weder bei mir, noch bei ihm." Alfred machte eine Geste mit beiden Händen und erklärte: „Er hat so einen Hals! Sein Porsche ist futsch! Wenn er könnte, würde er mich am liebsten hinterher versenken. Er sagt, ich bringe ihm immer nur Unglück, seit wir uns kennen. Wahrscheinlich hat er sogar recht damit. Aber jetzt braucht er mich noch ein letztes Mal, denn ohne meine Unterschrift kommt er nicht an das Geld der Versicherung."

Seufzend gab Anna ihre Einwilligung. So weit war es schon. Alfred fühlte sich unter dem Pantoffel wie ein Ehemann. Das sagte er Anna so nicht, aber sie hatte dieses Glucken- und Überwachungs-Gen, womit sich das Zusammenleben mit ihr anfühlte wie eine elektronische Fußfessel.

Anna begründete ihr Verhalten mit ihrer fortgeschrittenen Schwangerschaft: „Ich muss einfach wissen, wo du steckst, Alfred. Ich brauche dich doch. Versprich mir, dass du dein Handy immer griffbereit und eingeschaltet hast, mich ins Krankenhaus bringst und bei mir bleibst, wenn das Baby kommt."

Im Grunde war nichts gegen diesen Wunsch einzuwenden. Es folgte dann aber meist noch: „Versprich mir, dass du nicht zu viel trinkst." Anna konnte einfach nicht aus ihrer Haut. Sie hauchte Alfred ein Küsschen auf die Stirn und ließ ihn ziehen. Unter diesen Umständen verbot es sich, mit dem roten Flitzer die 150 Meter bis zum Bären in die Hauptstraße zu fahren. Alfred ging zu Fuß. Vor der Tür traf er Hector, den Flaschensammler, der ihn mit seinem üblichen „Hallo!" begrüßte und ein zweites „Hallo!" folgen ließ, als Alfred nicht gleich reagierte.

Hector war das Faktotum der Innenstadt. Er sprach jeden mit „Hallo" an, den er kannte. Wenn jemand den Fehler machte und stehen blieb, schnorrte Hector Kleingeld oder leere Pfandflaschen. Manchmal fragte er auch: „Zahlst du mir ein Bier?" Ansonsten aber war er harmlos und nur in Maßen aufdringlich.

Alfred schüttelte ihn ab, indem er durch den Erdgeschosseingang der Sportsbar am Adlerbuckel floh. Von dort gab es im Innern eine Treppe in die angeschlossene Shisha Bar im Obergeschoss, die wiederum einen Ausgang zur Hauptstraße hin hatte. Direkt schräg gegenüber befand sich der Brauereigasthof Bären. Linus saß bereits mit einem Mineralwasser an einem

Tisch auf der Terrasse. Seit der umtriebige Geschäftsmann Rainer Büche das alte Gasthaus übernommen und zu einem Brauereigasthof umgebaut hatte, wobei er selbst den Braumeister gab, war das Gasthaus nicht mehr wiederzuerkennen. Die Gartenterrasse war neu. Sie lag etwas überhöht oberhalb des Hotelparkplatzes und bot eine gute Aussicht auf das Treiben entlang der Hauptstraße.

„Wäre auch ein tolles neues Stammlokal", versuchte Alfred einen lässigen Einstieg, nachdem er sich am Tisch auf den Stuhl hatte fallen lassen. Linus machte ein böses Gesicht und schob Alfred sofort ein eng bedrucktes Dokument unter die Nase: „Hier unterschreiben! Bringen wir es hinter uns."

Alfred schob das mehrseitige Papier zur Seite. Er packte den Stier bei den Hörnern: „Wie oft soll ich mich noch entschuldigen? Wie oft soll ich noch sagen, dass es mir leidtut? Wie oft soll ich noch erklären, dass man das Sumpfloch nicht erkennen konnte?"

Linus gab seinem bösen Blick noch eine Spur mehr Finsternis und knurrte unfreundlich vor sich hin.

„Lass uns ein Bier zusammen trinken, ich gebe einen aus", schlug Alfred vor.

Linus zischte: „Dein Bier kannst du dir sonst wohin schütten. Du solltest den Porsche von der Gutachtalbrücke zu mir in die Garage bringen. Das sind drei Kilometer. Stattdessen bist du damit durch die Gegend gefahren, bis hinauf nach Schluchsee."

Alfred bestellte zwei Bier, ohne auf Linus zu achten, der heftig ablehnte.

„Pass auf", sagte Linus drohend, schob seinen Gartenstuhl nach hinten und erhob sich: „Ich gehe jetzt aufs Klo. In der Zwischenzeit lies gefälligst diesen Unfallbericht, und wenn ich wiederkomme, dann hast du das Ding unterschrieben! Klaro? Danach will ich nie wieder etwas mit dir zu tun haben."

Es dauerte sehr lange, bis Linus an den Tisch zurückkehrte. Alfred hegte den Verdacht, dass er irgendwo im Gasthaus am Fenster stand und ihn beobachtete. Und so lange Alfred nicht unterschrieb, blieb Linus abwesend.

Alfred war aber anderweitig beschäftigt. Er musste eine Whatsapp an Vanessa verschicken und ihr erklären, warum sie nicht nach Neustadt kommen und ein paar Tage bei ihm übernachten konnte. Das hatte Vanessa nämlich vorgeschlagen. Bislang wusste sie nur, dass Alfred eine eigene Wohnung über der Redaktion bezogen hatte. Sie hatte allerdings keine Ahnung, dass dort inzwischen schon ihre Rivalin Anna eingezogen war. Das wollte Alfred gerne geheim halten.

„Es geht nicht. Die Handwerker sind da. Alles wird neu gestrichen. Der Boden ist aufgerissen. Es werden neue Elektroleitungen gelegt. Der Hausbesitzer macht ernst mit der Sanierung", log er. Nichts davon stimmte. Der Hausbesitzer ließ weiterhin alles verlottern, wie er es seit zwei Jahrzehnten schon tat. Nur deshalb hatte Alfred überhaupt die Wohnung bekommen. Niemand sonst war bereit gewesen, in solch ein spartanisches Loch einzuziehen.

„Dann komm runter zu mir!", forderte Vanessa in ihrer Antwort. „Ich habe Sehnsucht nach dir!"

So war Alfred mal wieder in der Bredouille. Er wurde abgelenkt, weil die Bedienung die zwei bestellten Bier brachte und weil schon wieder das Smartphone anschlug. Diesmal war Oberkommissar Junkel dran. Er wirkte gut gelaunt. „Die Schlinge um Ralf Ansbach zieht sich zusammen", verkündete er. „Seine Fingerabdrücke sind identisch mit jenen, die wir nach dem Einbruch in deine Wohnung an deinem Laptop gefunden haben. Er war also eindeutig in deiner Wohnung, und er war es, der auf deinem Computer deine Recherchen zum Schluchseenixen Mord durchsucht hat."

„Er war nicht alleine", erinnerte Alfred. „Nach den Aussagen von Hector war noch eine junge Frau bei ihm."

„Das prüfen wir noch", versprach Junkel. „Alles spricht dafür, dass das seine Freundin war, die Tauchlehrerin Silvie."

„Hat er denn schon gestanden?", fragte Alfred neugierig.

Junkel brach freimütig die polizeiliche Verschwiegenheitspflicht: „Er wird von der Chefin persönlich vernommen. Jetzt, wo wir so vielversprechend vor der Aufklärung des Falles stehen, will sie selbst diejenige sein …" Er ließ ein vielsagendes Räuspern folgen. Dann fuhr er fort: „Aber nein, der Kerl ist zäh. Er behauptet hartnäckig, er habe nichts mit dem Mord zu tun. Angeblich war er am Mordtag bei einem Modellautorennen im Berner Oberland. Das prüfen wir noch."

„Was sollte er denn für ein Motiv gehabt haben?", fragte Alfred interessiert und machte sich gleichzeitig Notizen. Er würde mal wieder eine Exklusivstory für Goodwood Wälder-News verfassen.

Junkel gab Erläuterungen: „Das Motiv ist eindeutig: Habgier! Ralf will das Hotel. Solange Jassi dort noch das Sagen hatte, hätte er nie eine Chance bekommen. Jassi hätte lieber den ganzen Laden verkauft als ihn dem nichtsnutzigen Sohn ihrer ungeliebten Partnerin Mirri zu überlassen. Darüber gab es schon lange Streit. Jetzt aber, nach Jassis Tod, ist die Sache geklärt. Jassis Tochter wird ausgezahlt. Das Hotel gehört dann Mirri und geht an Ralf und sein künftige Ehefrau Silvie."

„Seine künftige Ehefrau …? Habe ich was verpasst?", fragte Alfred ehrlich überrascht.

Junkel bestätigte: „Die beiden wollen heiraten. Sie haben schon einen Termin im Herbst. Vielleicht ist sogar Silvie die treibende Kraft hinter der ganzen Sache. Sie ist viel ehrgeiziger und zielstrebiger als Ralf."

Alfred nahm einen tiefen Schluck Bier um das Gehörte zu verdauen. Linus ließ sich immer noch nicht blicken. Notgedrungen musste Alfred auch das zweite Bier in Angriff nehmen. Zwischendurch fragte er den Oberkommissar: „Könnte es sein, dass Silvie die junge Frau war, die ich an Bord der Schluchseenixe gesehen habe? Die Taucherin?"

„Ha! Jetzt hast du's, jetzt bist du auf der richtigen Spur", freute sich der Oberkommissar. „Damit wird die Geschichte rund: Silvie ist mit Jassi auf der Schluchseenixe zum Tauchen gefahren. Dann lockte sie ihr Opfer ins Wasser, doch dort lauerte unter der Oberfläche im Taucheranzug Ralf, der die ahnungslose Jassi ins Fischernetz zerrte, den Schlauch ihrer Pressluftflasche zerschnitt und sie elendig ertrinken ließ."

„Und als das erledigt war, schlüpfte auch Silvie in ihren Taucheranzug und die beiden entkamen unter Wasser unerkannt. Die Segeljolle mit der Toten ließen sie einfach auf dem See treiben," spann Alfred die Tatrekonstruktion zu Ende.

„So war es", bestätigte Junkel.

„Anschließend entsorgten sie die eigene Taucherausrüstung an der Staumauer", setzte Alfred die Rekonstruktion fort.

Junkel bejahte.

„Aber warum eigentlich?", meldete Alfred Zweifel an. „Es wäre doch viel unauffälliger gewesen, wenn sie ihre Taucherausrüstung einfach wieder ins Regal in der Tauchschule gestellt hätten."

Junkel am anderen Ende der Leitung blieb stumm. Er grübelte. Schließlich krächzte er: „Guter Hinweis, Alfred. Darüber muss ich nachdenken. Vielleicht kriegt es die Alte im Verhör raus."

„Die Alte" war bei Siegfried Junkel immer seine Vorgesetzte, die Leitende Kriminaldirektorin Dr. Gerda Leber-Semmlich. Er pflegte mit ihr eine herzliche Feindschaft, so dass es unwahrscheinlich war, dass er die Chefin auf das kleine Fragezeichen aufmerksam machen würde.

„Warum rufen Sie mich eigentlich an?", fragte Alfred gegen Ende des zweiten Bieres. „Sie haben den Fall doch weitgehend geklärt."

„Mir fehlt noch was", antwortete Junkel. „Du musst Silvie wiedererkennen. Du bist der einzige Zeuge, der sie an Bord der Schluchseenixe gesehen hat, mutmaßlich unmittelbar nach dem Mord. Würdest du sie wiedererkennen?"

„Kann ich nicht sagen", räumte Alfred freimütig ein. „Beim Großen Preis von Schluchsee" ist sie mir kurz begegnet, zusammen mit ihrer künftigen Schwiegermutter Mirri. Aber da trug sie eine Sonnebrille mit Gläsern so groß wie Untertassen. Vom Gesicht habe ich wenig gesehen."

„Würdest du sie im Tauchanzug wiedererkennen?"

Alfred rief sich die Bilder von jenem Segeltag vor einigen Wochen in Erinnerung. Würde er Silvie im Taucheranzug wiedererkennen? Zweifelnd sagte er: „Wenn sie das Oberteil abnimmt und ihre Brüste zeigt, dann sicher. Aber im Anzug sehen doch fast alle gleich aus."

Jetzt erst ließ Junkel heraus, um was es ihm ging: „Du hast dich doch nächste Woche zum Tauchkurs angemeldet. Dort wirst du sie sehen, im Taucheranzug, über Wasser, unter Wasser. Sie weiß, dass du recherchierst und ihr auf der Spur bist. Vielleicht verrät sie sich. Wir warten an der Anlegestelle, um sie direkt beim Auftauchen festzunehmen. Dann brauchen wir deine Zeugenaussage."

Daher wehte also der Wind. Alfred als Lockvogel.

„Ihr habt hoffentlich einen Kampftaucher in den Kurs eingeschmuggelt, der mich unter Wasser beschützt, sollte Silvie auf dumme Gedanken kommen?", fragte Alfred halb im Scherz, halb im Ernst. Junkel verneinte: „War auf die Schnelle nicht mehr möglich."

Die Bedienung brachte das dritte Bier. Von Linus war immer noch nichts zu sehen. Während er das Gespräch mit Junkel

beendete, fiel Alfred ein, dass der Tauchkurs ja von Linus ge-
bucht worden war. Und Linus sollte zusammen mit Alfred teil-
nehmen.

Alfred zog die Versicherungspapiere zu sich heran und täuschte
eine Unterschrift vor, indem er demonstrativ den Kugelschreiber zückte und so tat, als würde er auf das Papier schreiben.
Unvermittelt tauchte Linus auf. Er setzte sich erst gar nicht,
sondern deutete auf die Unterlagen: „Wurde auch höchste
Zeit! Gib her das Ding!"

„Setzt dich! Trink ein Bier!", befahl Alfred. „Vorher unterschreibe ich nicht."

Linus realisierte, dass die Unterschrift immer noch fehlte und
dass Alfred es ernst meinte. Widerstrebend nahm er Platz,
ebenso widerstrebend ließ er sich ein Bier bringen. Alfred
setzte ihm auseinander, um was es ging: „Ich unterschreibe
den Wisch. Aber du musst nächste Woche mit mir zu diesem
Tauchkurs nach Schluchsee gehen, zu dem du uns beide angemeldet hast."

„Ich denke im Traum nicht daran!"

„Du hast uns angemeldet. Dein Gesicht kennt dort niemand.
Wenn ich erscheine, dann fliegt die Sache auf. Silvie darf mich
erst sehen, wenn wir bei Seebrugg ins Wasser steigen."

Energisch schüttelte Linus den Kopf: „Ich bin draußen. Mit dir
mache ich überhaupt nichts mehr."

„Aber wir sind zu zweit angemeldet. Ich kann nicht alleine dort
erscheinen."

„Such dir jemanden. Einen Freiwilligen. Ich bin es auf jeden
Fall nicht. Und jetzt unterschreib endlich den Wisch!"

„Ich muss ihn erst durchlesen", versuchte Alfred Zeit zu gewinnen. „Trink solange noch ein Bier. Ich nehm auch noch eins",
sagte er und winkte der Bedienung, die eilig die Bestellung aufnahm. Der Biergarten hatte sich inzwischen gefüllt. Am Nachbartisch machte Alfred einen alten Bekannten aus, Pfundle,

den er vom ehemaligen Stammtisch in der Spritz kannte. Sie
prosteten sich zu, Alfred mit leerem Glas, denn er wartete noch
auf die jüngste Bestellung.

Doch anstelle der Bedienung erschien der Hausherr persönlich, Bierbrauer Rainer Büche, ein kräftiger Mann mittleren
Alters mit Lausbubengesicht. Er balancierte eine Lage ver-
schiedener Biere auf dem Tablett und verteilte sie an die Gäste:
„Zum Testen!", verkündete er fröhlich über die Köpfe hinweg.
„Das ist selbstgebrautes Ossos Bier. Heute Abend gibt's kosten-
losen Biertest!"

Linus erhob sich: „Ich bin draußen", sagte er energisch. Er
schnappte sich seine Unterlagen: „Wenn du nicht unter-
schreibst, Alfred, dann schalte ich meinen Rechtsanwalt ein
und verklage dich auf Schadenersatz."

Er wollte gehen, doch die mächtige Pranke des Bierbrauers
klatschte auf seine Schulter und drückte ihn zurück auf den
Stuhl: „Du wirst doch nicht etwa verschwinden wollen, Linus? Jetzt wird Bier getestet, da haut mir niemand ab!" Als
Linus dennoch Anstalten machte aufzubrechen, drohte der
Bären-Chef: „Ich hab die Gebäudeversicherung noch nicht unterschrieben. Kann auch zu jemand anderem gehen, wenn dir
nicht einmal mein Bier schmeckt."

Widerstrebend setzte Linus sich wieder an den Tisch, an dem
ungefragt auch Rainer Büche Platz nahm und in aller Breite
von seiner Bierbrauerkunst zu erzählen begann. Er sah noch
nicht ganz so aus, wie Alfred sich einen Bierbrauer vorstellte.
Am Bierbauch musste er noch arbeiten, obwohl schon vielversprechende Ansätze zu erkennen waren. Büche hatte sich in
der Hotelküche eine kleine Brauerei eingerichtet und verkaufte
nun sein Ossos Bier, von dem er behauptete, es sei benannt
nach dem Gasthaus Bären, denn Ossos heiße Bär.

Alfred widersprach: „Ossos ist portugiesisch und heißt Knochen!" Zum Beweis googelte er auf dem Smartphone und

erhielt vom Google-Übersetzer die Bestätigung. Nach einer längeren Suche, innerhalb derer sie drei Sorten Ossos Bier durchtesteten, hell, dunkel und trüb, kamen sie mit Googles Hilfe darauf, dass es im Katalanischen eine Form „ós" gab, was Bär hieß, und der Plural davon óssos lautete, also Bären. Sie tranken in die aufziehende Abenddämmerung hinein. Während des Biertestens durchlief Linus seine trotzige Phase. Er verweigerte die Gesprächsteilnahme, schüttete seine Biere hinunter und hielt Alfred demonstrativ den Kugelschreiber entgegen, damit dieser endlich seine Unterschrift leistete. Inzwischen hatten sie die benachbarten Tische zusammengeschoben, so dass nun auch Pfundle am Ossos Test teilnahm. Ebenso wie Alfred sprach er sich für die Sorte „Ossos trüb" aus, mit der für den Bierbrauer eher befremdlichen Begründung: „Das schmeckt noch am ehesten wie Fürstenberg!" Anschließend erklärte er mit dem Ernst eines Vermögensberaters, dass er direkt gegenüber dem Lidl Supermarkt wohne und immer warte, bis dort der Kasten Fürstenberg-Bier für 12 Euro im Angebot sei. „Dann kaufe ich 20 Kästen und staple die in meinem Keller auf und spare in Summe mehr als 80 Euro!"
In der nun folgenden Ossos trüb Phase gingen die Lichter im Gartenlokal an, denn die Nacht war heraufgezogen, und Linus schaltete auf weinerlich um und beklagte sein Elend. Alle erfuhren vom unrühmlichen Ende seines Porsches und vom Niedergang seines Gewerbes als Versicherungsmakler. Er erntete viele aufmunternde Worte und Beileidbekundungen, die darin gipfelten, dass erst Pfundle, dann Alfred und am Ende auch der Ossos Brauer jeweils eine Runde Schnaps spendierten. Sie tranken Obstler und das läutete bei Linus die Versöhnungsphase ein. Es ging auf Mitternacht zu. Linus hielt eine flammende Rede zum Lob der echten und ewigen Freundschaft unter Männern, von der zwar nicht alles in zusammenhängenden Sätzen und klar artikuliert herüberkam, die aber immerhin be-

wirkte, dass sich die Nachbartische leerten. Sie kamen in eine Stimmungslage, in der Alfred großmütig „mindestens zehn Punkte" an den Bären vergab. „Hier kann man's aushalten!"
Nachdem im Anschluss an die damit verbundenen Friedensangebote Alfred dennoch das Versicherungspapier nicht unterschreiben wollte, sondern darauf bestand, dass Linus verbindlich die Teilnahme am Tauchkurs in Schluchsee zusage, folgte bei Linus die Streithammel-Phase. Sie begann mit einem wenngleich gelallten, so doch klar vernehmlichen: „Du bssscht ein ggggvadmmmes Arschloch!"
Alfred gab Contra: „Und du erst! Ein ego … ego … istischer, dämlicher Voll … Volldubel!"
Von „Sackgesicht" über „Vollpfosten" bis „Machoseckel" und „Stinkstiefel" schenkten sie sich gegenseitig nichts, bis Linus sein halbvolles Glas mit Ossos Bier packte und es über den Tisch Alfred ins Gesicht schüttete.
Die Situation eskalierte. Alfred warf sein gefülltes Glas gegen Linus. Der wiederum griff nach dem bereits überquellenden Aschenbecher, um zurückzuwerfen. Die Kippen schossen wie kleine Streubomben nach allen Richtungen, den gläsernen Aschenbecher wehrte Alfred mit den Versicherungsunterlagen ab, die daraufhin in mehrere Fetzen gerissen wurden. Nun gingen die Kontrahenten aufeinander los. Die Fäuste flogen, Linus gewann die Oberhand, begrub Alfred unter sich und rempelte Tische und Stühle um, während sich die Streitenden im Kies des Gartenlokals wälzten. Linus packte die Fäuste aus. Da er regelmäßig im Fitnessstudio zugange war und anders als Alfred stets auf seine Muckis größten Wert legte, wurde es ein ungleicher Kampf. Erst machte Alfreds Nase Bekanntschaft mit Linus' Fäusten, dann das linke Auge. Die Nase blutete, das Auge schwoll zu. Wären nicht Pfundle und der Bierbrauer dazwischengegangen, so hätte Linus seinen besten Kumpel höchstwahrscheinlich krankenhausreif geprügelt.

Der laue Sommerabend war damit abrupt beendet. Für Linus wurde ein Taxi gerufen, Alfred torkelte über die Hauptstraße und wankte seinem Zuhause am Adlerbuckel entgegen. An der Ecke von Hauptstraße und Adlerbuckel stolperte er die Treppe an der dortigen Sportsbar hinunter, überschlug sich einmal und blieb neben einer reglosen Gestalt liegen, die dort zusammengekauert vor sich hin schnarchte.

„Hey!", sagte die schnarchende Gestalt im Aufwachen. Und als Alfred nicht gleich antwortete: „Hallo!"

Es war Hector. Alfred blinzelte aus seinem heilen Auge und erkannte den Flaschensammler, der sich mit wissenschaftlichem Interesse über ihn beugte.

„Hallo!" wiederholte Hector.

„Hallo", antwortete Alfred, und fragte dann, einer Eingebung folgend: „Kannst du tauchen?"

Tauchgang

„Also, passt auf! Der Schluchsee ist sehr finster. Man sieht unter Wasser nicht allzu viel."

Die Tauchlehrerin Silvie stand vor der Gruppe der Teilnehmer am Tauchlehrgang und erzählte zur Einführung von den Besonderheiten des Sees. Sieben neugierige und aufgeregte Tauchschüler saßen im Halbkreis in Plastikstühlen um sie herum, drei Frauen und vier Männer, unter ihnen Alfred und – Hector.

„Ich habe ein Abenteuer für dich", so hatte Alfred den Flaschensammler am Tag des Lehrgangs in den roten Flitzer gelockt. „Komm mit, wir fahren nach Schluchsee."

Hector war mit dem ihm eigenen Gottvertrauen eingestiegen und hatte sich von Alfred nach Seebrugg chauffieren lassen, wo sich die Tauchgruppe zur Einweisung und zum anschließenden Tauchgang traf. Hier wirkte Hector in seinem speckigen Mantel und den ausgetretenen Schuhen zwar recht deplatziert, aber er hatte sich nicht lange bitten lassen, als Alfred ihn gefragt hatte. Ob ihm klar war, auf was er sich einließ, war zweifelhaft. Aber Alfred konnte seinen zweiten Mann vorweisen, nachdem Linus sich so kategorisch verweigert hatte.

Die Tauchschule Waldhotel hatte in Seebrugg unweit des mit Flaggen und Bojen markierten Einstiegs in den See einen Container stehen, in dem die ersten Trockenübungen stattfanden. Silvie erklärte die Bestandteile und Funktion der Tauchausrüstung und gab Informationen zum See und seinem Untergrund: „Auf dem Grund hat sich über die Jahre jede Menge Torf abgelagert. Manchmal hängt er in großen Ballen zusammen. Dadurch ist der Grund sehr schwarz und der See allgemein sehr dunkel. Ab zwölf Metern Tiefe taucht man, als wäre es Nacht."

Ein junger Tourist, Ernie, dem Dialekt nach aus der Pfalz stammend, schraubte bereits selbstbewusst am Atemgerät herum und tat sich schon seit Beginn der Einweisung vorlaut hervor. Er moserte: „Warum tauchen wir dann überhaupt da runter, wenn man nichts sehen kann?"

„Nur Geduld", sagte Silvie und drückte die Taucherbrille und den Schnorchel, dessen Funktion sie zuvor erklärt hatte, ihrer Assistentin in die Hand. Diese Assistentin war eine alte Bekannte. Es handelte sich um Hedi, das Mädchen von der Hotelrezeption. Alfred erinnerte sich, dass sie ihm beiläufig erzählt hatte, dass sie gelegentlich in der Tauchschule aushalf. Hedi und Silvie standen in Jeans und in ihren Tauchschule-Sweatshirts vor der Gruppe. Die Tauchanzüge lagen abseits. „Zuerst Theorie!", so hatte Silvie den Lehrgang eröffnet. „Wir müssen einige Sicherheitsspielregeln erklären. Vorher steigen wir nicht in die Ausrüstung."

Und so hörten sie jetzt das Briefing. Bis auf Hector. Der schnarchte in seinem Sessel. Alfred gab ihm einen Stoß mit dem Ellbogen. Hector erwachte und grüßte alle mit einem fragenden: „Hallo?"

„Die Sicht ist unter Wasser sehr unterschiedlich", erklärte Silvie geduldig. Alfred studierte ihr Gesicht. Sie wirkte kantig und hart, aber auf ihre Art sehr attraktiv. Aber es gab kein Wiedererkennen. Er hätte nicht sagen können, ob es sich bei Silvie um die junge Frau handelte, die er am Tag des Mordes auf der Schluchseenixe beobachtet hatte.

„Manchmal hängt die Sicht auch davon ab, ob das Schluchseewerk gerade Wasser aufstaut oder zur Stromerzeugung ableitet. Wir nehmen auf jeden Fall Lampen zum Tauchgang mit, sonst macht es keinen Spaß."

„Wie tief tauchen wir?", wollte der Pfälzer Ernie wissen.

Silvie machte ihm wenig Hoffnung: „Der See ist bis zu 60 Meter tief. Aber so weit gehen wir natürlich nicht runter. Wir

bleiben zwischen 10 und 20 Metern. Wir haben ein paar Erst-
taucher in der Gruppe, Anfänger!" Das letzte Wort betonte sie
besonders scharf und sah dabei Alfred und Hector an. Alfred
grinste. Silvie lächelte zurück. Alfred kam dieses Lächeln vor
wie eine Drohung. Er war sich nicht sicher, ob Silvie genau
wusste, wer er war. Aber ihr Blick ließ ihn frösteln. Vielleicht
würde sie ihn kaltblütig unter Wasser meucheln. Er rechnete
mit dem Schlimmsten.

„Wir werden trotzdem schöne, bizarre Unterwasserwelten sehen", versprach Silvie in das Murren der Gruppe hinein. „Es
liegen da unten versunkene Bäume und die Reste von ehemaligen Mauern und Straßen. Das ist alles bei der Aufstauung des
Sees in den 1930er Jahren überflutet worden."

Es folgten einige weitere allgemeine Erläuterungen. Silvie und
Hedi erklärten die Zeichensprache, die unter Wasser galt.
Daumen hoch, Daumen runter, ausgestreckter Zeigefinger,
flache Hand, geballte Faust, Winken mit gespreizten Fingern,
Kippbewegungen mit der ausgestreckten Hand. Alfred konnte
sich längst nicht alles merken, es blieben ihm nur zwei wichtige
Tauchzeichen haften: Die geballte Faust bedeutet Gefahr, der
Daumen nach oben war der Befehl zum Auftauchen. Dann gab
Silvie das Kommando: „Jetzt ziehen wir uns die Tauchanzü-
ge an. Dann bekommt ihr die Pressluftflaschen. Hedi und ich
kümmern uns um jeden von euch und überprüfen noch einmal
alle Funktionen, ehe wir ins Wasser steigen."

Alfred weckte Hector wieder auf.

„Hallo!"

Dann schnappte sich jeder außer Hector den für ihn bereit ge-
legten Taucheranzug und zwängte sich hinein. Hector weigerte
sich. Er flüchtete auf eine Himmelsliege, die vor dem Tauch-
container stand und legte sich dort erneut zum Nickerchen nieder.

„Wenn er nicht will, dann muss er nicht", sagte Hedi verständnisvoll. „Solche Kandidaten haben wir immer wieder mal. Sobald sie die Pressluftflasche sehen, verlässt sie der Mut."

Hector schnarchte weiter. Alfred hielt es für besser, ihn jetzt nicht mehr aufzuwecken. Im Auto auf der Fahrt von Neustadt nach Schluchsee hatte Hector nämlich gestanden, dass er nicht schwimmen konnte. „Hab, hab … hab Angst vor Wasser", bekannte er, während er Kippen aus Alfreds Autoaschenbecher klaubte, um sie aufzudröseln und mit dem so recycelten Tabak eine neue Zigarette zu drehen.

Es gab keine Umkleidekabinen. Tauchlehrerinnen und Schüler zogen sich unbekümmert im Freien um. Alfred steckte schon bis zur Hüfte im Neoprenanzug, als er beim Versuch, die gummierten Anzugbeine über die nackten Füße zu zerren, ins Torkeln geriet und einen Schamanentanz aufführte. Dabei drehte er sich einmal um die eigene Achse und landete rücklings im Sand, den Blick unfreiwillig direkt auf die beiden Tauchlehrerinnen Silvie und Hedi gerichtet, die sich etwas abseits auf einem Mäuerchen sitzend in ihre Anzüge zwängten. Beide waren ebenfalls schon bis zu den Hüften angezogen, aber ihre schlanken, nackten Oberkörper waren blank. Silvie hatte einen Waschbrettbauch und Muskeln wie eine Beachvolleyballerin. Ihr Brüste waren flach und stramm. Das waren jedenfalls ganz unzweifelhaft nicht jene Brüste, die Alfred von der Frau auf der Schluchseenixe in Erinnerung hatte. Wenn es eines Beweises bedurft hätte, dass Silvie nicht identisch mit jener Frau war, dann war er hiermit erbracht. Alfred schielte zu Hedi hinüber, die sich ebenso freizügig präsentierte, und es traf ihn der Schlag: Das waren sie, die Brüste von der Schluchseenixe. Jetzt saß die junge Taucherin auch noch exakt so wie Alfred sie von der Jolle auf dem See in Erinnerung hatte: Knie angewinkelt, Rücken nach hinten durchgebogen, Brüste im Präsentationsmodus wie für ein Vogue-Titelbild. Alfred schluckte. Hedi, die bemerkte, dass sie beobachtet wurde, vollführte auf dem Hintern eine Drehung um 180 Grad und wandte Alfred den Rücken zu. Aber es war zu spät, Alfred hatte sie identifiziert. Ob man ihm das Erschrecken ansah? Hurtig beeilte er sich, in seinem Anzug und hinter der Taucherbrille zu verschwinden. Schon wateten die Tauchschüler und ihre zwei Kursleiterinnen wie die Pinguine ins flache Wasser.

Silvie gab Anleitungen zu Schnorchelübungen, Hedi machte sie vor: Atemtechnik, Mund-Nase-Koordination, Schwimmen mit Tauchflossen. Während er paddelte und schnorchelte, überlegte Alfred fieberhaft, was seine Entdeckung zu bedeuten hatte. Vor Aufregung verschluckte er sich und Wasser geriet ihm in den Schnorchel und in die Taucherbrille, die er nur mangelhaft festgezurrt hatte. Um anschließend den Kopf nicht komplett aus dem Wasser heben zu müssen, bläst man normalerweise den Schnorchel aus. Bei diesem Vorgang wird durch einen kurzen, kräftigen Luftstoß das eingedrungene Wasser entfernt, was bei Alfred aber damit endete, dass er Wasser schluckte und sich nur vor dem Ertrinken retten konnte, indem er sich im Wasser aufrichtete und Schnorchel und Maske vom Kopf riss.

Unvermittelt stand Silvie neben ihm: „Du bist viel zu hektisch", gemahnte sie ihn und zeigte, wie er es machen musste: „Hier, man drückt sich die Taucherbrille am oberen Maskenrand gegen das Gesicht, den unteren Rand hebt man leicht an. Gleichzeitig musst du durch die Nase die Luft ausatmen, die drückt dann das Wasser aus der Tauchmaske."

„Danke! Kann ich an Land gehen?"

„Nichts da. Gleich tauchen wir ab. Jetzt geht es erst richtig los." Alfred wäre liebend gerne geflüchtet. Er beneidete Hector, der selig in der Sonne lag und von vollen Glascontainern träumte. Es ließ sich nicht mehr hinausschieben. Die Gruppe tauchte ab. Silvie übernahm die Führung. Alfred wollte Hedi im Auge behalten, aber unter Wasser sahen für ihn alle Taucher gleich aus. Acht schwarze Schatten mit Flossenfüßen!

Der Bewuchs auf dem Grund des Schluchsees ist spärlich. In den Uferzonen, die von der Gruppe nun in Tiefen zwischen drei und sieben Metern abgetaucht wurden, fanden sich außer gelegentlichen in der Strömung wankenden Gräsern lediglich Kies und Schlick, an einer Stelle ein versenktes Fahrrad, das zur ersten Attraktion des Tauchganges wurde. Alfred hörte sein eigenes Atmen, das wie ein asthmatisches Röcheln die Taucherbrille erfüllte, und er spürte hart wie Glockenschläge sein Herzpochen. Vor ihm wirbelte Ernie der Pfälzer Staub auf. Eine Wolke von düsterem Unterwassernebel umfing ihn. Alfred erkannte überhaupt nichts mehr. Er verlor die Orientierung. Schon stieg Panik in ihm auf und er machte Anstalten, an die Oberfläche aufzusteigen. Da spürte er mit einem Male einen harten Griff an seinem linken Fußknöchel. Irgendjemand griff nach ihm. Er paddelte wild. Von Flossentechnik konnte bei Alfred keine Rede sein. Aus steifen Knien heraus prügelte er wild mit den Unterschenkeln durch das Wasser, was die kraftraubendste und am wenigsten effektive Art des Kraulbeinschlags war. Jetzt spürte er ein Gewicht an seinem Fuß, das ihn in die Tiefe zog. Was war das? Er tastete nach seinem Knöchel und erspürte in der absoluten Schwärze eine Schnur oder Kordel, die um seinen linken Fußknöchel geknüpft war. Am Ende dieser Kordel hing etwas, das ihn in die Tiefe zog. Alfred strampelte. Dann zappelte er. Dann geriet er in Panik und wirbelte mit Armen und Beinen, aber das unbekannte Gewicht zog ihn tiefer und tiefer. Schon spürte er den wachsenden Druck auf Ohren und Nase. Wie tief war er? Zehn Meter? Fünfzehn Meter? Er verlor die Orientierung. Unerbittlich sank er in die Tiefe. Er versuchte sich zu besinnen. Jemand hatte ihm ein Gewicht ans Bein gehängt. Warum? Um ihn zu ertränken! Eine andere Erklärung gab es nicht. Als

Alfred dämmerte, dass es sich um einen Mordanschlag handelte, und dass er wenig Aussicht hatte, ihn zu überstehen, wurde er endlich ruhiger. Er gab die kraftraubende und sinnlose Gegenwehr auf und ergab sich dem Gewicht. Es fühlte sich wie eine Ewigkeit an, aber schon nach wenigen Sekunden langte er auf dem Grund des Sees an. Er wagte einen Blick auf den Tiefenmesser, der zu den Armaturen an der Pressluftflasche gehörte. Er zeigte 930 Meter an. Alfred befand sich also 22 Meter unter Wasser. Wieso hatte er kein Tauchermesser, keinen scharfen Gegenstand dabei, nichts, mit dem er die Kordel an seinem Fußknöchel hätte zerschneiden können? Er fummelte an dem Knoten herum, sorgte aber nur dafür, dass dieser sich noch enger zusammenzog. Entlang der Kordel ertastete er das Gewicht. Es handelte sich um einen mit Beton gefüllten Lastwagenreifen, so wie man sie verwendet, um Bojen auf dem Grund des Sees zu fixieren. Wer auch immer ihm dieses tödliche Gewicht ans Bein gehängt hatte, er hatte genau gewusst, wo das Teil im See auf dem Grund lag und wo die richtige Stelle war, um Alfred von der Tauchgruppe zu separieren und in Schwierigkeiten zu bringen.

Was hatte Silvie gesagt, wie lange die Atemluft in den Pressluftflaschen hielt? Eine halbe Stunde? Eine Stunde? Nur keine Panik! Alfred nahm die Kordel zwischen die Zähne. Es handelte sich um Nylon-Schnur. Alfred versuchte sie mit seinen Backenzähnen zu bearbeiten. Das zeitigte keinen erkennbaren Erfolg. Nach einigen Minuten stellte er fest, dass sich an der Schnur nichts getan hatte, dabei aber seine Zähne Oberkiefer 27 und 28 sowie Unterkiefer 37 und 38 sich anfühlten wie nach einer Wurzelbehandlung. Mit den Zähnen war der Nylonschnur offensichtlich nicht beizukommen.

Nunmehr versuchte Alfred, sich am Grund Richtung Ufer zu schleppen, indem er den betonierten Lastwagenreifen Stück für Stück im Schlick nach oben wuchtete. Er gewann binnen zehn Minuten auf diese Art und Weise etwa drei oder vier Meter. Danach war er so erschöpft, dass er fürchtete, in seiner Atemnot die Pressluftflasche zu sprengen. Ihm kamen die Tränen. Das war das Ende! Womit hatte er das verdient? Ein solch grausamer Tod in finsterer, kalter Tiefe, auf dem Grunde des Schluchsees. Bilder schossen vorüber: Mit Vanessa am Dreisamufer, sie mit dem Kopf an seine Schulter gelehnt. Wieso kam dieses Bild zuerst? Dann zog Anna vorüber, eine porzellanhafte Schönheit, Schneewittchen aus dem Schwarzwald. Anna, was habe ich dir angetan? Er erinnerte sich an ihr maßlos enttäuschtes, verzweifeltes Gesicht, als er jüngst vom Bären nach Hause gekommen war, mit blauem Auge und blutender Nase. Sie hatte nichts gesagt. Sie hatte ihm Eisbeutel besorgt, ihn auf dem Sofa gebettet und verarztet, aber ihre Blicke hatten Bände gesprochen. Er schluchzte in sich hinein, ohne es richtig zu merken. Dann neue Bilder: Linus im Porsche! Tim Joy an seiner Bildschirmwand in der Freiburger WG! Kommissar Junkel, Cognac trinkend! Jochen Schiller mit Golfschläger! Noch weitere Figuren aus Alfreds jüngerer Vergangenheit. Er war bereit zu sterben. Es gab keine Rettung mehr. Sollte er sich die Pressluftflasche mit dem Atemschlauch vom Gesicht reißen? Ein schneller, gnädiger Tod?

Ein Schatten näherte sich. Ehe Alfred richtig registrierte, dass er nicht mehr allein war, umschwebte ihn mit eleganten Bewegungen ein geübter Körper, eine Hand mit Tauchermesser zuckte nach unten, zerschnitt die verhängnisvolle Kordel und Alfred war frei. Der unbekannte Retter fasste Alfred unter der Achsel und bedeutete ihm mit einem nach oben gereckten Daumen, dass er auftauchen solle. Es handelte sich bei seinem Retter um Silvie, die Tauchlehrerin. Sie begleitet Alfred mit sanften Flossenschlägen an die Oberfläche. Als sie gemeinsam auftauchten, zog sie Alfred die Taucherbrille vom Gesicht. „Alles gut!", sagte sie beruhigend.

Objectiv Key Result (OKR): Festnahme

Die Polizei war schon da. Am Ufer standen in Kriegsausrüstung die Beamten der Freiburger Kriminalpolizei. Wie Oberkommissar Junkel angekündigt hatte: Es gibt Festnahmen! Junkels Männer hatten das Gelände weiträumig abgeriegelt. Sieben harmlose Tauchschüler waren bereits in Polizeigewahrsam. Nun nahmen die Beamten unter Junkels Anleitung auch Silvie in Empfang, die Alfred noch unter der Achsel stützte, damit er heil aus dem Wasser kam.

„Das ist die Hauptverdächtige", verkündete Junkel seinen Leuten, die sich zu fünft – drei Beamtinnen, zwei Beamten – auf Silvie stürzten, die wiederum nicht wusste, wie ihr geschah.

„Wo ist Hedi?", fragte Alfred, nachdem er sich Taucherbrille und Schnorchel vom Kopf gerissen hatte.

„Wer ist Hedi?", fragte Junkel zurück.

Alfred erklärte es ihm und berichtete in kurzen Worten von der Attacke mit dem Beton-Autoreifen am Seegrund.

„Sie war es, eindeutig. Und sie war die Frau auf der Schluchseenixe, als Jassi ermordet wurde. Ich habe sie an ihren Brüsten erkannt."

Junkel ignorierte die feixenden Gesichter seiner Kolleginnen und Kollegen und den fragenden Gesichtsausdruck von Silvie.

„Das ist die Person, die wieder untergetaucht ist, als die Gruppe an die Oberfläche kam", rief Junkel seinen Leuten zu. „Sie ist noch im See. Irgendwo da unten!" Er deutete auf den Schluchsee, der sich von ihrem Standort in Seebrug als langer Schlauch nach Westen zog.

Es wurde hektisch. Funkgeräte wurden gezückt, Taucher angefordert, Hubschrauber in die Luft befohlen, Streifenwagenbesatzungen rund um den Schluchsee verteilt. „Wir riegeln das Seeufer hermetisch ab", informierte Junkel Alfred, der sich inzwischen wie alle übrigen Teilnehmer der Tauchschule wieder in seine Zivilkleidung gezwängt hatte. „Irgendwo muss sie ja rausklettern."

Auch Silvie hatte sich unter Bewachung zweier Polizeibeamtinnen inzwischen umgezogen und wurde nun in Handfesseln zu Junkel zurückgebracht. „Ich habe keine Ahnung, was hier läuft, was das hier soll." Sie hob demonstrativ die Arme, um zu zeigen, dass sie in Handschellen steckte. „Kann mich mal jemand aufklären?"

Junkel schenkte ihr einen mitleidigen Blick: „Mord an Jasmin Hog. Sie stehen unter Verdacht der Mittäterschaft. Ich weise Sie darauf hin, dass alles, was Sie sagen, vor Gericht gegen Sie verwendet werden kann."

„Sie hat mir das Leben gerettet", wagte Alfred zaghaft zu intervenieren.

„Das zählt nicht", erwiderte Junkel kalt.

Die Tauchgruppe und auch Silvie wurden abgeführt, ihre Aussagen in Polizeikombis zu Protokoll genommen. Auch Alfred musste aussagen und minutiös nicht nur seine Zeugenaussage hinsichtlich der weiblichen Person auf der Schluchseenixe wiederholen, sondern vor allem auch die Vorgänge unter Wasser beim zurückliegenden Tauchgang schildern.

Es dauerte bis in die Abenddämmerung, dann bewahrheitete sich Junkels Vorhersage: Beim kleinen Bootsverleih auf der Blasiwälder Seite der Staumauer versuchte die abgetauchte Hedi, sich heimlich aus dem Wasser zu schleichen. Im Schutze eines anlandenden Tretbootes tauchte sie auf, entledigte sich im flachen Wasser ihrer Taucherausrüstung, mischte sich unter die Touristen und steuerte zielstrebig den nahen steilen Bergwald an, in dem sie sich bei der heraufziehenden Dämmerung gut hätte verbergen können. Allerdings kam sie nicht so weit. Ein läppischer Revierstreifenwagen aus Neustadt, besetzt mit dem bewährten Duo Hansi Pflaster und Johanna Schwarz, wurde auf die gebückt zum Wald hastende Gestalt aufmerksam und vollstreckte lehrbuchmäßig das, was in der Polizeisprache „Zugriff" genannt wurde. So kam Hedi in Polizeigewahrsam.

Davon erfuhr Alfred aber erst am nächsten Tag. Als er am späten Abend nach endlosen Verhören und Protokollen vor Ort endlich aus den Klauen von Junkels Polizeiapparat entlassen wurde, war er nach Hause gefahren und hatte sich von der bereits besorgt wartenden Anna bekochen lassen. Es gab Risotto mit Pilzen und Erbsen, weil Anna als überzeugte Vegetarierin der Ansicht war, auch Alfred schade es nicht, auf Fleisch zu verzichten. Alfred behalf sich dann, indem er sich Speckstreifen schnitt, in der Pfanne anbriet und sie in sein Risotto mischte, so dass es für Alfred doch noch irgendwie wie eine anständige Mahlzeit schmeckt. Den Speck hatte er vom Hobbymetzger Pfundle und Anna war es bisher noch nicht gelungen, die halbe Speckseite unauffällig aus Alfreds Kühlschrank zu verbannen.

Auf jeden Fall wurde Alfred nach diesem aufregenden und anstrengenden Tag richtig satt, ehe ihm einfiel, dass er Hector in Seebrugg vergessen hatte. Der Kerl hatte auch während des Polizeieinsatzes noch auf der Himmelsliege geschlafen und im Getümmel der Ereignisse hatte Alfred schlicht nicht mehr an den Flaschensammler gedacht.

„Er kann im Schulungscontainer der Tauchschule übernachten", redete Alfred sich ein. Er war zu müde, um nochmals nach Seebrugg zurückzukehren. Später erfuhr er, dass Hector auf eigene Faust nach Neustadt heimgefunden hatte. Er hatte sich einfach am Bahnhof Seebrugg in den Zug gesetzt. So schlief Alfred den seligen Schlaf des Gerechten, im wohligen Wissen darum, dass der Schluchseenixen Fall endlich aufgeklärt und die Täterin in Polizeigewahrsam war. Die Story dazu hatte er für Goodwood Wälder-News exklusiv.

Zwei Tage später gab die Leitende Kriminaldirektorin Dr. Gerda Leber-Semmlich eine Pressekonferenz, auf der sie sich mit dem Erfolg brüstete und eine Überraschung verkündete: „Ralf Ansbach und seine Freundin Silvie sind unschuldig. Für den Tag des Mordes haben sie beide hieb- und stichfeste Alibis. Wir haben sie wieder aus der Untersuchungshaft entlassen. Die Mörderin war Miriam Ansbach, genannt Mirri. Das Mädchen Hedi war ihre Gehilfin, aber den Mord unter Wasser hat Mirri verübt. Aus Habgier und Niedertracht."

Die Kriminaldirektorin lobte zwar die „professionelle Arbeit" ihrer Ermittler, erwähnte aber Oberkommissar Junkel mit keinem Wort. Dieser war darüber so angefressen, dass er seine Beziehungen zu Alfred missbrauchte, um diesen um einen „kleinen Gefallen" zu bitten: „Kannst du einen Artikel schreiben, indem du mich als denjenigen hervorhebst, der diesen Fall aufgeklärt hat? Nur einmal will ich der Alten was zurückzahlen. Ich habe ihr punkt- und fristgenau ihr Scheiß OKR geliefert, Festnahme und Fall geklärt! Und die blöde Kuh lässt sich für meinen Erfolg feiern. Die muss mal auf die Eier kriegen!"

„Sie hat keine Eier", dämpfte Alfred den Furor des Oberkommissars. „Oder wissen Sie da mehr als ich?"

Junkel knurrte unwirsch. „Wenn Sie welche hätte, dann …"

Auf jeden Fall erfuhr Alfred im Laufe des Gesprächs mit Junkel alles über die Ermittlungsergebnisse. Hedi hatte im Verhör schnell gestanden und eingeräumt, dass sie als Helferin am Mord beteiligt gewesen war. Aber Mirri war die Mörderin. Mirri Ansbach hat ihre Partnerin Jassi aus dem Weg geräumt, um das Waldhotel allein zu bekommen. Die beiden Frauen lagen seit Jahren im Streit und Jassi hatte damit gedroht, an Dritte zu verkaufen, um ihre Tochter Annika auszahlen zu können. Die Alternative wäre gewesen, die Hotelbeteiligung an Annika zu überschreiben, obwohl diese kein Interesse am Hotel hatte. Auch dann wäre nur ein Verkauf des Hauses in Frage gekommen. Um dies zu verhindern, hatte Mirri Ansbach sich ihren schlauen Plan zurechtgelegt: Sie war die Frau, die an jenem Tag Jassi zum Segeln überredet und aufs Boot begleitet hatte. An Bord der Schluchseenixe hatte sie Jassi dann bei einem Tauchgang begleitet, bei dem sie unter Wasser die ahnungslose Jassi ins Angelnetz gelockt und dann in dieser Falle umgebracht hatte. Die Aufgabe von Hedi war gewesen, tauchend der Schluchseenixe unter Wasser zu folgen und dann nach dem Mord an Bord zu gehen und dort Spuren auszulegen, die den Verdacht auf die unschuldige Knerri lenken sollten. Auf diese Idee war Mirri schon Wochen vor dem Mord gekommen. Sie war es auch gewesen, die im Namen von Jassi an Giuseppe de Angelis geschrieben hatte, um ihn in den Hochschwarzwald zu locken. Raffiniert eingefädelt, weil sie damit ein plausibles Motiv schuf, um Knerri den Mord unterzuschieben. Mirri verfiel auf den schlauen Gedanken, die alte Geschichte um Knerris Tochter und die längst verjährte Erpressung der damaligen Nationalspieler zu nutzen, um ein glaubhaftes Motiv für Knerri zu konstruieren. Deshalb die auffällig deponierten Hinweise: Das Anpfiff-Buch von Toni Schuhmacher, die Visitenkarte von Giuseppe de Angelis, die Fotos von den drei „Schluchseenixen" aus dem Jahr 1982, die Hinweise auf das Trainingslager der Fußballnationalmannschaft in jenem Jahr. Nachdem Hedi all diese Beweismittel gut sichtbar auf dem Boot platziert hatte, war sie wieder in ihren Taucheranzug geschlüpft – das war jener Moment gewesen, den Alfred beobachtet hatte – und war dann abgetaucht. Die Segeljolle ließ sie führerlos zurück. Mit Mirri, die ebenfalls tauchend den Tatort verlassen hatte, traf sie sich an einem vorher verabredeten Ausstieg, und die beiden entsorgten danach gemeinsam ihre Tauchausrüstung an der Schluchseestaumauer. Mirri wollte nämlich unbedingt vermeiden, dass ihr Sohn Ralf und vor allem dessen schlaue Freundin Silvie auch nur den leisesten Verdacht schöpften. Das wäre der Fall gewesen, wenn sie die Taucherausrüstung wieder ins Waldhotel zurückgebracht hätte und dabei von Ralf oder Silvie bemerkt worden wäre. Sie fürchtete, dass ihr wenig verlässlicher Sohn Ralf sich dann verplappern könnte und alles auffliegen würde. Nichtsdestotrotz galt ihr Mordmotiv auch ihm, denn sie wollte freie Hand haben, Jassis Hotelanteile an ihren Sohn zu überschreiben. Lange hatte es dann auch so ausgesehen, als könne ihr Plan aufgehen. Doch Junkels Misstrauen und Alfreds hartnäckige Recherchen hatten sie zunehmend nervös gemacht. Immer unverhohlener lenkte sie deshalb die Aufmerksamkeit auf Knerri. Am Schluss offenbarte sie Alfred in der Sauna sogar die ganze Schlucksee-Geschichte. Gleichzeitig stiftete sie ihren tumben Ralf und dessen Freundin Silvie an, bei Alfred in die Wohnung einzudringen und den Computer nach möglicherweise gefährlichen Beweisen zu durchforschen. Das Motiv von Hedi, bei diesem heimtückischen Mord mitzuwirken, hatte Junkel bei den Verhören auch herausgefunden. Hedi war, kurz nachdem sie im Waldhotel angefangen hatte, von Juniorchef Ralf geschwängert worden und hatte auf Betreiben von Mirri und von ihr auch bezahlt eine viel zu späte Abtreibung vornehmen lassen. Damit erpresste Mirri die junge Frau und stiftete sie auch an, Alfred beim Tauchkurs aus dem Weg zu räumen. Alfred erinnerte sich an seine ersten Begegnungen mit Hedi im Hotel. Da war ihm schon aufgefallen, dass sie sehr seltsam auf den Namen Ralf reagiert hatte. Jetzt wurde ihm manches klar. Auch Hedis Gefühlskälte, als er mit ihr über den Mord gesprochen hatte.

„Ich schreibe Ihnen Ihren Artikel", versprach Alfred, nachdem er bald eine Stunde mit Junkel telefoniert hatte. „Ich werde Sie und Ihre Schläue über den grünen Klee loben. Ihrer Kriminaldirektorin werden vor Wut die Eier anschwellen …"

„Sie hat keine Eier", retournierte Junkel.

„Das habe ich schon vor Ihnen gewusst."

Zu guter Letzt

Alfred saß in der Redaktion und hämmerte seinen Sensationsartikel zugunsten Junkels in die Tasten, als das Smartphone anschlug.

Anna war dran. Sie rief aus der Wohnung über der Redaktion an: „Alfred, komm schnell! Ich glaube … Es ist so weit."

„Bist du sicher?"

Anstelle einer Antwort stöhnte Anna: „Oh, ohhh …"

Alfred ließ alles stehen und liegen, sprintete die Treppe hinauf und fand Anna breitbeinig und mit bleichem Gesicht auf dem Sofa sitzend vor, ihren schon seit Wochen griffbereit gerichteten Notfallkoffer neben sich.

Behutsam führte er sie durchs Treppenhaus nach draußen, wo glücklicherweise der rote Flitzer abgestellt war, legitimiert durch das Presseschild hinter der Windschutzscheibe. Es klebte trotzdem ein Knöllchen am Scheibenwischer. Alfred entsorgte es in den Straßengulli, lud Anna mitsamt ihrem Koffer ein und raste von Panik durchströmt Richtung Helios Klinik.

„Geht's? Geht's noch?", fragte er Anna andauernd, aber sie saß stumm auf dem Beifahrersitz und kaute auf ihren Lippen. So brauste er Richtung Notaufnahme, wo ihm jedoch ein Assistenzarzt nach kurzem Blick auf Anna die Spielregeln erklärte: „Sie parken auf dem Besucherparkplatz. Dann bringen sie Ihre Frau zum Empfang, dort melden Sie sich an. Dann können Sie hinauf in die Geburtenabteilung und eine Hebamme kümmert sich um Ihre Frau."

„Sie ist nicht meine …", wollte Alfred erwidern, aber Anna zog ihn weg: „Er hat recht. Ich kann noch gut selber laufen. Ich bin kein Notfall!"

Die weitere Geschichte ist schnell erzählt: Anna und Alfred hielten sich ungefähr zehn Stunden im Wartebereich der Geburtenabteilung auf. In dieser Zeit drehten sie Runden im Haus: Treppenhaus, Gang, Foyer, wieder Treppenhaus, wieder Gang, zurück ins Wartezimmer und so weiter. Anna horchte in sich hinein, wurde alle Stunde einmal bei der Hebamme vorstellig, nach dem Schichtwechsel dann auch bei deren Kollegin, und musste zu Alfreds Entsetzen nach etwa fünf Stunden Wartezeit die Empfehlung hören: „Fahren Sie doch noch mal nach Hause. Vielleicht kommt das Kind erst Morgen. Da könnten Sie noch etwas schlafen."

„Kommt gar nicht in Frage", protestierte Alfred. „Es kommt jetzt! Bald!"

Es kam dann wirklich noch am gleichen Tag, kurz vor Mitternacht. Alfred harrte im Wartezimmer aus. Hebamme und Arzt hatten ihn, nachdem Anna schon in den Kreißsaal geführt worden war und in der Annahme, es handele sich bei Alfred um den Vater, zwar gefragt, ob er bei der Geburt dabei sein wolle, doch er hatte entsetzt abgewunken. So wartete er und zitterte, knotete sich nervös die Finger, ging alle paar Minuten aufs Klo und wurde zwischendurch von entsetzlichen Vorstellungen geplagt: Was ist, wenn etwas schiefgeht? Wenn Anna die Geburt nicht überlebt? Wenn das Kind nicht gesund ist? Wenn, wenn, wenn …

Dann trat nach einer von Alfred als schier endlos empfundenen Dreiviertelstunde die fröhlich lächelnde Hebamme aus den Räumen der Geburtshilfe und eröffnete ihm freudestrahlend: „Glückwunsch, junger Mann. Sie sind Vater einer gesunden Tochter geworden. Mutter und Tochter sind wohlauf und haben alles gut überstanden. Sie können jetzt hinein zu Ihrer Frau …"